LE SECRET

DU

CHEVALIER DE MÉDRANE

CLICHY. — IMPRIMERIE PAUL DUPONT 12 RUE DU BAC-D'ASNIÈRES.

LE SECRET

DU

CHEVALIER DE MÉDRANE

PAR

A. GRANIER DE CASSAGNAC

PARIS

E. DENTU, LIBRAIRE-ÉDITEUR

PALAIS-ROYAL, 15-17-19, GALERIE D'ORLÉANS

—

1877

A MADAME JANE DE SAULCY

Ma chère Fille,

JE TE DÉDIE CE LIVRE,

OU J'AI TRACÉ L'ESQUISSE

DES ÉPREUVES, DES LUTTES ET DES PÉRILS

QUI ATTENDENT LES JEUNES FEMMES DANS LE MONDE.

TA PIÉTÉ ET TA DROITURE

M'ONT OFFERT L'EXEMPLE

DES FORCES QUI LES BRAVENT ET DES VERTUS QUI LES SURMONTENT

ET IL NE M'EST RESTÉ A IMAGINER

QUE LES FAIBLESSES ET LES VICES.

A. GRANIER DE CASSAGNAC.

LE SECRET

DU

CHEVALIER DE MÉDRANE

I

UNE SOIRÉE CHEZ LA COMTESSE MERLIN

L'hôtel de la comtesse Merlin, situé derrière le théâtre de la Porte Saint-Martin, rue de Bondy, s'ouvrit avec un éclat extraordinaire, vers la fin du mois de janvier 1841, après être resté fermé pendant deux années, par respect pour la mémoire du brillant et illustre général, mari de la comtesse, mort en 1839.

Aucun autre salon, dans Paris, ne pouvait être comparé à celui-là, à raison des personnalités diversement célèbres qui s'y donnaient rendez-vous, sous le sceptre d'une femme en qui se réunissait la triple aristocratie de la naissance, de la beauté et du talent.

Cette noble et riche nature, ornée des dons les plus variés et les plus rares, musicienne, écrivain, type grec

1

adouci par la grâce française, offrait comme un modèle
à l'étude des artistes; — à Giulia Grisi pour son chant, à
Méry pour ses récits, à Louis Boulanger pour ses madones; imposant aux personnes présentes l'admiration,
aux absentes le souvenir, à toutes le respect.

Le général comte Merlin, frère de Merlin de Thion-
ville, avait depuis longtemps attiré et reçu chez lui
toutes les illustrations auxquelles l'avait associé sa longue et glorieuse carrière. Attaché à la fortune du roi
Joseph, à Naples comme en Espagne, il avait accompli
les plus beaux faits d'armes à Talavera, à Ocagna, à
Almonacid, aux lignes de Tormès et de Salamanque.
Général de cavalerie de l'école des Lassalle, des Mont-
brun et des Pajol, il avait vu sa longue expérience honorablement consacrée, sous Louis XVIII par la croix de
Saint-Louis, sous Louis-Philippe par le grand cordon de
la Légion d'honneur.

Réunies et groupées, dans le même salon, les relations
du comte Merlin et celles de la comtesse avaient donc
formé, à la longue, par le rapprochement des célébrités
les plus diverses, une société variée et charmante, et
celle où, pour un savant, un poëte, un lettré, un artiste,
un voyageur, l'admission était à la fois la plus recherchée et la plus facile.

J'y avais été introduit par madame Delphine de Girardin, peu après mon retour des Antilles et des Etats-
Unis.

Madame de Girardin, amie de la comtesse Merlin,
belle comme elle, quoique d'une autre beauté, l'une
étant blonde et l'autre brune, avait aussi un salon,

moins nombreux, mais où le rayonnement littéraire de la maîtresse de maison attirait à la fois les gloires assises et les naissantes renommées. Lamartine et Balzac y étaient, comme Alexandre Dumas, Théophile Gautier et Eugène Sue, les lares du foyer.

C'est là que je pus contempler de près les deux plus radieuses apparitions qui traversèrent le ciel parisien à cette époque : Henriette Carlisle, duchesse de Sutherland, grande maîtresse de la garde-robe de la reine Victoria, et Donna America Vespucci, descendante du rival heureux de Christophe Colomb. C'est là aussi que j'eus l'honneur envié d'apprécier et d'éprouver l'ascendant moral de cette femme célèbre, mystère impénétrable de séduction et d'insensibilité, à laquelle échut la chance de traverser, comme une hermine, l'orgie du Directoire, que tant d'autres traversèrent comme des bacchantes.

Je parle de madame Récamier. Je la vois encore, à soixante-quatre ans, entrant vêtue de blanc, comme une communiante, avec une large ceinture mauve, dont les bouts traînaient jusqu'à terre, et essayant sur moi ce prestige indéfinissable de parole et de courtoisie auquel avaient cédé, comme j'y cédai moi-même, Lucien Bonaparte, le prince Auguste de Prusse, Mathieu de Montmorency et Chateaubriand.

Lorsque je fus présenté à la comtesse Merlin, j'arrivais de la Havane, où j'avais eu l'honneur de voir ses parents ou ses amis les plus considérables, les O'Farril, les Aldama, les Peñalver, les Alfonso, les Villaverde, les Joaquim Gomez. Ce fut ma meilleure carte d'introduction, car je renouvelais les souvenirs les plus chers de sa jeunesse.

Doña Maria de las Mercedès, fille de don Beltran de Santa-Crux, comte de Mopox et de San-Juan de Jaruco, grand d'Espagne, était née à la Havane, en 1789. Elle avait donc alors cinquante-deux ans ; mais elle avait conservé du type havanais ces formes sculpturales qui rappellent les anciennes femmes étrusques, et dont Giulia Grisi fit admirer à toute l'Europe la riche et splendide beauté.

De toutes les femmes américaines, les créoles de la Havane et de la Nouvelle-Orléans sont incomparablement les plus belles ; elles allient à la grâce des Françaises de la Martinique et de la Guadeloupe la taille noble et majestueuse des Anglo-Saxonnes de New-York et d'Albany.

Les jeunes Havanaises, abritées de la chaleur accablante du jour dans leurs longues et sombres galeries, passent ce qu'on pourrait nommer les heures intimes de la journée presque aussi peu vêtues que les Romaines, qui, aux mêmes heures, ne le sont pas du tout.

Livré à lui-même, le corps se développe en liberté, la taille se dégage, la poitrine s'enrichit ; le pied, qu'aucune fatigue ne déforme, prend le galbe et la mesure du petit soulier de satin blanc ; et jusqu'à vingt-cinq ans, toutes ces élégances conservent leurs proportions et leurs harmonies.

C'est cet ensemble de lignes pures, de contours gracieux, de développements opulents et corrects, que Doña Maria de las Mercedès avait emprisonné, à vingt ans, dans le moule aux mille précautions de la toilette française, où il avait maintenu intacte sa noblesse native.

Cette exquise beauté, jointe à la plus grande courtoisie, n'avait pas peu contribué à la vogue du salon de la comtesse Merlin ; car beaucoup, qui étaient venus pour sa société, étaient restés pour sa personne.

Les groupes divers que je vis se former, le 25 janvier 1841, résumaient fidèlement les influences diverses exercées par la comtesse.

Au milieu de tous se distinguait le groupe créole, accouru en mémoire du fructueux concert dans lequel, créole elle-même, elle avait chanté pour aider à relever les ruines amoncelées par le tremblement de terre de la Martinique.

Les Antilles françaises étaient alors représentées, à Paris, par une colonie de jeunes femmes, dispersée depuis, mais florissante à cette époque, et dans laquelle les Parisiens charmés trouvaient l'aisance sans abandon, et la noblesse sans gourme.

L'honneur de la Guadeloupe était soutenu par madame de Fontenay ; celui de la Martinique par mademoiselle de Pontaléry ; la première, fine et énergique physionomie, détachée d'une toile de Van Dyck ; la seconde, idéal de jeunesse, de grâce et d'abandon, qu'atteignit quelquefois, sans le dépasser jamais, le pinceau délicat de Greuze.

A côté du groupe des créoles était celui des philbellènes, car la comtesse avait chanté autrefois pour les Grecs, et jeté les trente mille francs de son concert dans la cassette aux guinées de lord Byron.

Deux Athéniens, portant la veste en drap d'or, la fustanelle blanche à longs plis, les cnémides ou jambières en cuir de Russie, étaient debout près du célèbre général Kalergis, qui les avait présentés ; et ils avaient dans leur large ceinture assez de sabres et de pistolets pour conquérir une province.

Le nom du brave général Kalergis, sa haute stature, sa fière mine, attiraient l'attention de tous. Il portait le fez du côté gauche, affectant de laisser voir nue et dégarnie la place de l'oreille droite, que les Turcs lui avaient coupée à la bataille de Callirhoë. Mais la curiosité des hommes, et un peu aussi la jalousie des femmes, étaient excitées par la merveilleuse beauté de madame Kalergis, jeune Corinthienne, admirée de Paris comme de toute la Grèce, et qui, eût-elle été encore plus impie que Phryné, eût été absoute par l'aréopage à la seule vue de son visage.

Autour des Grecs authentiques d'Athènes s'empressaient les philhellènes de Paris, Buchon, le baron Charles Dupin, Ambroise Didot ; et Letronne, qui était capable de refaire Hérodote, si on l'avait perdu, émerveillait les deux Athéniens par la pureté de son accent et la correction de son dialecte ionique.

Naturellement, Paris lettré avait fourni un brillant et large contingent au salon de la comtesse ; et comme les poëtes et les romanciers ont toujours eu le privilége d'attirer l'attention des gens du monde, cherchant à découvrir dans les traits ou dans le regard les sources mystérieuses de l'inspiration, les yeux allaient de Balzac à Dumas, de Théophile Gautier à Méry, de Gozlan à

Eugène Sue, d'Alfred de Musset à Sainte-Beuve, de madame Mélanie Waldor, dans sa maturité, à madame Louise Colet, dans l'éclat de sa beauté provençale.

De tous ces lettrés, Eugène Sue était le plus élégant cavalier, et Balzac le plus agréable causeur. L'un sentait toujours son ancien officier de marine, avec ses trente mille livres de rente; l'autre son gentilhomme tourangeau, avec son blason à demi effacé, mais l'ayant redoré par sa plume. Méry, l'hôte recherché de dix salons, n'était pas à proprement parler un causeur : c'était un feu d'artifice. Dès qu'on l'avait allumé, par le plus léger frottement, il suffisait, à lui tout seul, à éclairer un dîner ou à illuminer une soirée.

Ce qui s'échangeait d'observations piquantes, de mots heureux, d'anecdotes inédites, dans ce milieu d'élite où étaient réunies et en contact toutes les élégances, toutes les intelligences, toutes les malices, il est plus aisé de le deviner que de le dire : plus d'une femme avait sa légende, plus d'un lettré son aventure. On les répétait, on les commentait en les voyant.

A cette époque, Alfred de Musset avait mis à la mode les Andalouses, avec sa célèbre et indiscrète chanson, où il disait :

> Avez-vous vu dans Barcelone
> Une Andalouse au teint bruni?

Un cœur andalou passait alors pour un morceau très-friand; et l'un des romanciers présents venait, disait-on, d'en perdre un qu'il n'était pas allé chercher à Barcelone, où ils doivent d'ailleurs être rares. L'histoire courait les groupes et les égayait.

Après de longues lunes, sucrées avec le miel le plus doux et le plus parfumé qu'eussent jamais distillé les abeilles de la Huerta de Grenade, la belle venait de mourir. Le poëte, nature un peu élégiaque, ne se consolait pas d'avoir vu fermer ces beaux yeux, qui avaient contemplé les splendeurs de l'Alhambra et les élégances du Généralife. Mais, désillusion amère! les parents, accourus d'Amiens pour recueillir la succession, révélèrent au poëte affligé la nationalité de la défunte, qui, au lieu d'être Andalouse, était Picarde. Elle n'en avait été ni moins aimable, ni moins aimée; ayant montré par son exemple que la Somme possédait les vertus et la poésie de Jouvence, au même degré que le Guadalquivir.

Enjouée, grave, railleuse, enthousiaste, la réunion vivait de sa force et brillait de son éclat, attendant la sortie des théâtres, qui devait amener, avec un surcroît de gloires ou de notoriétés, Giulia Grisi du Théâtre Italien et Rachel de la Comédie-Française, apportant l'une et l'autre à la soirée de la comtesse l'attrait de leurs noms et l'éclat de leurs talents.

Parmi les nouveaux venus on distinguait l'illustre Auber, causeur aussi charmant que compositeur élégant, avec des airs de Chateaubriand, dont il avait la taille, la figure et la distinction; Nestor Roqueplan, esprit original, étincelant, sensé, méridional comme Méry, avec autant de verve, mais d'un caractère parisien, c'est-à-dire calme, aiguisé et railleur; le marquis de Custine,

millionnaire lettré, petit-fils du célèbre et malheureux
général, compagnon de Lafayette et de Rochambeau, et
que sa mère portait dans ses bras, au pied de la guillotine, le jour où son grand-père y monta. A ses côtés était
un type curieux resté des salons de l'ancien régime,
Elzéar de Sabran, son neveu, fils de la célèbre amie du
chevalier de Boufflers. C'était un petit homme, joufflu,
souriant, sorte de bébé plus que sexagénaire, portant une
perruque blonde, récitant des fables de sa composition,
avec des gestes naïfs qu'il avait dû apprendre, dans les
salons de sa mère, du brillant auteur d'*Aline, reine de
Golconde*.

Pendant qu'on dégageait le piano, et qu'on faisait
place à Giulia Grisi, j'allai m'asseoir à côté du comte Philippe de Grandfay, jeune créole de la Martinique, et je
donnai, en passant, la main à Albert de Moraines, son
compatriote et son camarade au 1er régiment d'infanterie de marine. Tous deux retirés du service, riches et
du meilleur monde, ils étaient fort répandus, et appar-
tenaient naturellement au Jockey-Club, dont le cercle
était alors situé au coin de la rue Grange-Batelière et
du boulevard des Italiens.

Dans le même coin du salon étaient deux jeunes
femmes, également remarquables et remarquées, amies
intimes : l'une était l'amirale du Guénic, créole de la
Martinique, dont le mari avait été l'ami et le compagnon
du comte Merlin ; l'autre était la contessine Laura Accaiolo, alors l'une des plus célèbres beautés de Florence. Son nom, légèrement modifié, la rattachait aux
Accaioli de Florence, de Naples, d'Athènes et de Morée,

1.

famille ducale, dont le dernier représentant avait été dépossédé par Mahomet II.

Ayant eu l'honneur de connaître l'amirale à la Martinique, et d'être présenté par elle à la contessine Laura, à Paris, j'allai saluer ces dames; et, revenant à Philippe de Grandfay, je lui demandai s'il connaissait le petit vieillard, fin, droit, recherché de plusieurs, regardé par tous, qui était venu, en ma présence, échanger une poignée de main familière avec la contessine et avec l'amirale.

De Grandfay porta les yeux de ce côté, et me dit :

— C'est le chevalier de Médrane.

Craignant d'avoir mal compris, je fis répéter le nom, qui m'avait frappé.

— Vous devriez le connaître, ajouta de Grandfay; il est de la Gascogne.

— Je n'ose en croire ni mes yeux ni mes oreilles, répliquai-je. Le chevalier de Médrane, que j'ai connu dans mon enfance, et qui est encore présent dans mon souvenir, avec ses ailes de pigeon, son jabot, son épée en verrouil et ses deux montres, aurait aujourd'hui cent ans.

— Qu'à cela ne tienne, observa de Grandfay en riant; celui-là peut les avoir. Du reste, il est l'oracle du Jockey, où sa réputation d'homme d'honneur l'a fait le juge naturel de tous les paris délicats. Ce soir même, il en jugera ici un, qui est des plus graves. Vous verrez cela. Je vous présenterai même à votre revenant, si vous le désirez.

— Comment, m'écriai-je, on juge ici, publiquement, des paris faits au Jockey-Club ?

— Oui certes, puisque c'était la condition même de celui-là; mais ces paris sont un usage ancien, dont je vous expliquerai la forme et les conditions.

A ce moment, des *chut!* répétés coururent les salons et arrêtèrent notre conversation; les doigts agiles de la comtesse Merlin attaquaient capricieusement les touches de son piano, et, au milieu d'un silence profond, Giulia Grisi abordait, de sa voix la plus émue et la plus pure, l'admirable *cantabile* de la *Norma*, *casta diva*, le triomphe de Bellini et le sien.

Pendant qu'elle chantait les quatre premiers vers :

> Casta diva, que inargenti
> Queste sacre antiche piante,
> A noi volgi il bel sembiante
> Senza nube è senza vel,

toute l'assemblée resta muette sous le charme irrésistible de cet organe, aussi suave qu'énergique, aussi correct que puissant, et dont l'empire était secondé et centuplé par la magistrale beauté de l'artiste.

Mais lorsque sa voix, plus concentrée et plus douce encore, attaqua les quatre derniers :

> Tempra tu de' cori ardenti
> Tempra tu lo zelo audace;
> Spargi in elli quella pace
> Che brillar fai tu nel ciel,

des acclamations unanimes et ardentes saluèrent l'artiste, vers laquelle s'abattait une avalanche de bouquets.

Il y a des femmes qui sont belles comme les anges et

d'autres qui sont belles comme les démons. Giulia Grisi
était belle comme la beauté elle-même.

Lorsqu'elle parut sur le Théâtre Italien à Paris, en
octobre 1832, on crut voir dans cette tête, dans ces
épaules, dans ces bras, qu'on eût dits en marbre de
Paros animé, l'idéal du beau, tel que l'avait rêvé et réalisé dans la Vénus de Médicis le génie de Praxitèle.

Donc, après que les dernières notes du *cantabile*, dit
à demi-voix, avec cette émotion contenue qui pénétrait
et fondait les âmes, eurent permis de respirer, les regards se tournèrent vers Rachel, qui devait succéder
à Giulia Grisi.

Elle était assise en face de moi, à côté de madame Delphine de Girardin. Je la vis émue, fière, l'œil en feu,
la narine soulevée, comme provoquée dans sa gloire
par le triomphe de la cantatrice, et respirant par avance
son propre triomphe, dont elle ne doutait pas.

Rachel était incomparablement moins belle que Grisi,
comme femme ; mais elle avait, comme artiste, un mas-
que, une taille, un geste, une voix, qui formaient un
ensemble d'une majesté sans égale. Ce qui la mettait
tout de suite hors de pair, c'était la dignité.

Cette enfant des rues, qui avait chanté, pour deux
sous, entre quatre chandelles, était arrivée à une distinction de duchesse. Elle était simplement et naturellement grande dame. Elle possédait, dans son organe,
les notes de la raillerie, du dédain, du mépris, de la
haine, de la menace. Si elle avait eu encore la note de
la tendresse, comme madame Ristori, et la note de la
mélancolie, comme miss Smithson, jamais femme n'eût

approché de son prestige et de sa grandeur au théâtre.

Dès ses débuts à la Comédie-Française, Rachel s'était cru des motifs de me détester, et elle l'avait fait cordialement. Plus tard, revenue à des sentiments plus équitables, elle m'avait offert, et fait accepter en compensation, la plus cordiale amitié. Le soir dont je parle, la paix était faite, et un sourire échangé lui fit connaître qu'elle pouvait compter sur moi, comme tous comptaient sur elle.

Elle avait choisi une scène du troisième acte de *Phèdre*, et sa sœur Rebecca, morte jeune et déjà d'un beau talent, lui donnait, comme on dit au théâtre, la réplique, dans le rôle d'Œnone.

C'était le moment où Phèdre, égarée par sa passion incestueuse, et croyant Thésée, son mari, mort, vient de faire à son beau-fils, Hippolyte, l'aveu de son amour; tout à coup, Œnone, sa confidente, survient épouvantée, et lui apprend que le roi, son mari, non-seulement n'est pas mort, mais qu'il est déjà dans Athènes, et que les acclamations du peuple annoncent son arrivée au palais.

A cette nouvelle foudroyante, le visage de Phèdre se transfigure; le plus sombre désespoir remplace le feu que l'amour avait allumé dans ses regards, et elle accueille la chute de ses coupables espérances avec une résignation sinistre :

> Mon époux est vivant, Œnone; c'est assez;
> J'ai fait l'indigne aveu d'un amour qui l'outrage;
> Il vit; je ne veux pas en savoir davantage !

Mais peu à peu, à travers sa résignation ou son désespoir, on voit paraître sur le visage de Phèdre égarée
un sentiment nouveau et plus poignant encore ; c'est la
honte d'être méprisée par cet amant de ses rêves, que la
fatalité lui arrache avant de l'avoir possédé, et dont les
refus l'accablent moins que le sacrifice inutile de sa
propre dignité :

> Juste ciel ! qu'ai-je fait aujourd'hui ?
> Mon époux va paraître et son fils avec lui.
> Je verrai le témoin de ma flamme adultère
> Observer de quel front j'ose aborder son père !

Le mépris de celui qu'elle aime, voilà ce qui pèse sur
son âme, encore plus que la froideur de ses dédains.
Plus grand encore que le malheur de n'être pas aimée,
lui apparaît celui de voir l'énergie de sa passion méconn-
ue ; et il lui semble que l'énormité de sa honte s'affai-
blira par la sincérité de son aveu. On suit sur ses traits
les angoisses de son âme. On voit qu'elle cherche un appui dans sa faute même, et qu'il lui en coûte moins d'être
coupable que d'être dissimulée.

Résolue aux aveux, s'il le faut, et appuyant sur le
bras d'Œnone une main crispée, tandis que l'autre, tendue en avant, le doigt indicateur déployé, semble désigner dans le vide quelque personnage invisible, elle
s'écrie l'œil plein d'éclairs, et avec une parole que la
passion déchire :

> Il se tairait en vain, je sais mes perfidies,
> Œnone, et ne suis pas de ces femmes hardies,
> Qui, goûtant dans le crime une tranquille paix,
> Ont su se faire un front qui ne rougit jamais !

Cette scène, que Scribe et M. Legouvé introduisirent plus tard dans *Adrienne Lecouvreur*, passionna et bouleversa l'assemblée.

Les uns n'avaient admiré et applaudi que l'attitude de Rachel, les transfigurations successives de sa physionomie, la flamme de ses regards, l'énergie de son geste, le ton accusateur de sa parole contre celles dont le front ne rougit jamais ; mais beaucoup de femmes, l'esprit traversé par un soupçon diabolique, et cherchant un but au geste accusateur de Rachel, parurent croire qu'il y avait là, dans quelque coin du salon, abritées par leur éventail, protégées par leurs diamants, des grandes dames connues d'elle, peut-être des rivales, auxquelles elle venait d'imprimer en public le fer chaud de sa jalousie et de sa vengeance, comme plus tard Adrienne Lecouvreur le fit dans le salon de la duchesse qui lui disputait le cœur de Maurice de Saxe ; et plusieurs d'entre elles, à demi soulevées sur leurs chaises par une curiosité malsaine, sondèrent des yeux le coin mystérieux qu'avaient semblé indiquer son doigt et son regard.

Cette interprétation de la scène de Phèdre en centupla l'effet, et l'admiration pour Rachel alla un instant jusqu'au délire.

La moitié de la salle savait vaguement qu'un pari, engagé au Jockey-Club, et qui avait, disait-on tout bas, une femme pour objet, devait être jugé après le souper ; et de ce fait, ou de ce soupçon, les esprits prévenus conclurent que Rachel, intéressée peut-être au pari, avait probablement voulu désigner par avance la victime. L'amirale Du Guénic et la contessine partageaient ce

soupçon, et madame de Girardin ne s'en défendait pa
d'une manière absolue.

Cependant, cette idée, examinée mûrement, était e
elle-même souverainement déraisonnable. Rachel, qu
était le savoir-vivre et la courtoisie en personne, n'au
rait jamais pu avoir la pensée d'infliger un tel affront a
salon si respecté de la comtesse Merlin, sa protectrice e
son amie ; néanmoins, l'impression première, une foi
reçue, resta, se fortifia, se répandit, et des chuchote
ments la portant de fauteuil en fauteuil, l'associèren
dans la plupart des esprits à ce pari grave et mystérieux
dont m'avait parlé Philippe de Grandfay, et que devai
juger le chevalier de Médrane.

Il y avait alors, comme hélas ! on n'en voit que tro]
aujourd'hui, dans les régions les plus élevées du mond(
parisien, d'éclatants scandales domestiques.

Trois femmes étaient en ce moment les étoiles d(
première grandeur du monde galant. L'une était la femm(
d'un pair de France ; l'autre tenait les salons d'un(
grande préfecture près de Paris ; la troisième était un(
princesse italienne. La langue française, qui a les moyen:
d'exprimer en termes propres les choses qui ne le son
pas, les nommait des *lionnes ;* la langue latine, qui n'a-
vait de respect pour rien, les eût appelées des *louves.*

Les regards indiscrets les cherchèrent dans les salon:
et les cherchèrent en vain ; mais comme il fallait un(
victime à la malignité, on en voua vingt par avance, en
masse et au hasard, à ce minotaure de la médisance,
dont le chevalier de Médrane devait prononcer l'oracle
sanglant.

Les personnes instruites des usages du Jockey-Club
d'alors faisaient observer que les paris qui y étaient
engagés ne sortaient jamais du huis-clos du cercle.
C'était donc par une dérogation expresse, jusqu'alors
sans exemple, que celui dont il était question était porté
dans un salon du grand monde, et réservé pour le
cercle étroit des familiers qui restent jusqu'à la fin.
Telle était la condition dans laquelle il avait été proposé
et tenu ; et l'on concluait de ces circonstances inusitées
qu'une personne habituée du salon de la comtesse Merlin
devait s'y trouver intéressée.

Sollicitée respectueusement de donner son consentement à l'exécution des engagements pris, la comtesse
s'y était prêtée avec la plus complète bonne grâce,
sachant et disant que l'esprit d'un homme ou l'honneur
d'une femme n'avaient jamais eu qu'à gagner dans son
salon.

Le souper qui suivit, et qui mêla toutes les parties de
la société en les recomposant par groupes d'amitiés ou
de relations, acheva de porter à l'état de légende la
prétendue sortie faite par Rachel contre des grandes
dames inconnues ; ce n'était plus un secret, un soupçon,
une hypothèse ; le goût du drame et de l'aventure en
avait fait une réalité.

Quelques femmes respectables par l'âge et la situation,
qui avaient été fort belles, et qui étaient encore fort spi-
rituelles, retrouvaient dans cet incident inattendu une
arrière-saison de la société du Directoire et du Consulat,
qu'elles avaient ornée, et où l'on n'arrivait à être la plus
célèbre qu'à la condition d'y être la plus compromise.

Loin de le plaindre, elles louaient donc le sort de ces femmes soupçonnées, mais encore inconnues, et auxquelles allait peut-être échoir le sceptre qu'elles avaient elles-mêmes jadis porté avec éclat.

Madame Hamelin, qui avait été des fêtes de Barras, et avait assisté aux triomphes de madame Tallien, cherchait à m'arracher ce secret chimérique, auquel elle me supposait initié; et ne doutant pas un instant que quelque femme de la société ne fût intéressée dans le pari à juger, elle attendait impatiemment, comme beaucoup d'autres, la proclamation ou la désignation suffisamment claire des noms qui allaient désormais être ajoutés à la liste des poursuivants heureux et des maris ridicules.

La belle contessine Laura et l'amirale du Guénic, encore étrangères à la chronique galante du grand monde parisien, n'avaient qu'imparfaitement saisi les bruits qui circulaient autour d'elles. Plus particulièrement répandues dans le monde créole, alors fort brillant, et dans lequel les luttes féminines, inévitables partout où se réunissent des hommes et des femmes, étaient tempérées par l'intimité, elles étaient choquées par les froides audaces étalées dans les sociétés de Paris, où le désordre pouvait se produire, non-seulement sans blâme, mais encore sans cette réserve, qui est son voile, sinon son excuse.

Leur première pensée, lorsque je leur eus expliqué les causes de l'animation et de l'attente générales, fut de se retirer, avant l'exhibition de ce pari dont l'enjeu pourrait être, leur disait-on, l'honneur d'une femme.

Mais déjà on s'observait mutuellement, comme pour découvrir dans le trouble des visages les préoccupations des âmes; et toute jeune et belle femme semblait hésiter à sortir, par la crainte de paraître se dérober à une épreuve redoutable.

— Restons! dit l'amirale à la contessine, son amie; et elles s'asseyaient de nouveau, lorsque des *chut!* aussitôt répétés, firent cesser toutes les conversations.

On se retourna de toutes parts vers le point d'où ils partaient, et l'on aperçut, debout derrière une table de jeu, placée à l'extrémité du salon, le petit vieillard sec, froid, aux fines manières, que Philippe de Grandfay avait appelé le chevalier de Médrane.

Une émotion étrange enfiévrait alors cette assemblée, que ce petit vieillard dominait et semblait fasciner par son silence et son regard immobile.

Qui était-il? Beaucoup l'ignoraient; mais l'ascendant dont il se sentait investi par une considération générale lui donnait comme une attitude justicière, et soumettait par avance les assistants à l'arrêt que retenaient encore ses lèvres muettes.

Qu'allait-il dire? Nul ne le savait non plus au juste; néanmoins on sentait qu'il allait donner un corps aux rumeurs vaguement répandues, et qu'il sortirait de son verdict une réhabilitation ou une chute.

Le vaste cercle s'était tassé et resserré. Tous les spectateurs jouaient le calme, quelques-uns l'indifférence, les femmes surtout; mais beaucoup, parmi elles, avaient le bas du visage dans leur main, voilant ainsi le théâtre où viennent se trahir involontairement les secrètes émotions de l'âme satisfaite ou déçue.

Tout à coup, le chevalier de Médrane fit un léger signe de la main et le silence redoubla.

— Messieurs et mesdames, dit-il, je suis arbitre d'un pari, proposé et accepté au Jockey-Club, avec la condition insolite, mais expresse, qu'il serait jugé dans ce salon, sous la réserve d'une permission que j'ai sollicitée et obtenue.

Voici les termes de ce pari, tels qu'ils sont textuellement consignés dans le registre spécial du Cercle :

« PARIÉ DEUX CENTS LOUIS

qu'avant le 25 janvier 1841 il sera produit CINQ LETTRES, établissant QU'ELLE EST ENGAGÉE à un autre que son mari.

« Les cinq lettres seront remises, le 24 janvier, à M. le chevalier de Médrane, juge du pari, et le résultat sera déclaré dans le salon de madame la comtesse Merlin, si elle daigne le permettre.

« Paris, 1er juin 1840. »

Telle est, messieurs, la proposition du pari. Un peu plus bas, et d'une autre main, est écrite l'acceptation suivante :

« TENU LE PARI

DANS TOUTES SES CONDITIONS.

« Paris, 10 juin 1840. »

Un mouvement de curiosité, difficilement étouffé, suivit ces paroles. Ainsi, la malignité l'emportait. Une victime allait être immolée, qui se trouvait probablement dans le salon. Laquelle ? tous les esprits cherchaient. Celles que leur âge rendait susceptibles d'être soupçonnées se dominaient avec énergie ; et tous épelaient le nom inconnu et attendu sur le visage de celles que leur beauté semblait désigner pour le sacrifice.

Le chevalier de Médrane reprit :

— Ni la proposition ni l'acceptation du pari ne portent de signature. Le voile le plus impénétrable dérobe donc les deux joueurs aux yeux du public, et cache aussi chacun d'eux aux regards de l'autre. Le perdant, quel qu'il soit, versera l'enjeu par un intermédiaire ; et le gagnant, quel qu'il soit, le retirera de même. Nul ne les connaîtra donc jamais, pas même moi, qu'ils ont choisi pour leur juge.

Il n'y a qu'un coin du voile que j'ai, seul, le droit de lever ; c'est l'examen et la vérification des preuves produites. Je les ai là, devant moi, car ce paquet clos et cacheté, qui m'a été remis hier, par la poste, doit, aux termes de l'engagement, contenir les cinq lettres annoncées.

Avant de l'ouvrir, je le montre à tous, afin que celui qui l'a produit, s'il se trouve parmi vous, puisse s'assurer par lui-même qu'il n'a subi aucune altération.

L'attention générale redoubla, et tous les yeux se fixèrent sur le juge de la lice.

— Le pli, continua le chevalier de Médrane, est sous trois cachets. Ils sont intacts. Les armes en sont nettes et entières, d'azur au chevron d'or.

Au haut du pli se trouve le timbre de la poste française de Pondichéry ; au-dessous, le timbre du sac aux lettres du trois-mâts *le Gustave ;* plus bas encore, celui de la poste de Nantes ; et enfin au revers, le timbre de la poste de Paris. Ainsi, l'envoi est régulier, authentique et intact ; car, entre l'expéditeur qui a frappé le paquet de ses armes, et moi, qui vais l'ouvrir devant vous, il n'y a eu d'intermédiaires que les agents de la direction des postes françaises.

L'animation allait croissant, et elle fut au comble lorsque le chevalier de Médrane, ayant ouvert le pli cacheté, en retira un petit paquet de lettres, pliées en quatre, de ce papier et de ce format servant d'ordinaire aux correspondances féminines.

L'émotion éclata, et, parmi les paroles péniblement étouffées, on entendit de deux ou trois côtés : Pauvre femme !

Il restait à vérifier le contenu des cinq lettres pliées. Le chevalier de Médrane les ouvrit lentement l'une après l'autre, en les replaçant en ordre devant lui : après les avoir toutes examinées, il les prit ensemble dans sa main, tendue vers l'assemblée.

La main du vieillard ne trembla pas, mais un imperceptible ricanement plissa le coin de ses lèvres, au moment où, d'une voix nette et ferme, il prononça le verdict suivant :

— Les cinq lettres produites ne sont que cinq feuilles de papier blanc ; rien, absolument rien n'y est écrit.

En conséquence, je déclare que la preuve annoncée n'est pas faite et que le pari est perdu.

Une exclamation générale remplit le salon, et des

bravos éclatèrent, car la pitié avait fini par vaincre la médisance.

Pendant que le chevalier de Médrane brûlait tous les petits papiers à la flamme d'une bougie, les sentiments les plus divers éclataient bruyamment ; mais quelles que fussent les opinions , il y avait au fond de toutes une vérité manifeste :

Un homme avait médité de frapper l'honneur d'une femme, et le coup venait d'être habilement détourné.

Par qui ? Par quels moyens ? Dans quel but ? Quelle était cette femme placée entre une haine si brutale et un dévouement si délicat ?

Là commençaient les hypothèses ; là se trouvait le nœud du roman qui venait de se révéler.

Les salons se vidèrent peu à peu , sans que rien pût calmer les imaginations surexcitées.

Quant à moi, aussi ému que tous les autres, j'offris mon bras à la contessine Laura, et je reconduisis les deux amies jusqu'à leur voiture.

II

OLIVA LA MESTIVE[1]

Lorsqu'on a longtemps habité Paris et vécu de sa vie, il est bien difficile de n'en pas subir un peu les goûts, et de se défendre entièrement de ses habitudes. Le caractère général du Parisien est d'être curieux, avide d'anecdotes, friand de tous les incidents qui amusent ou seulement qui distraient. Ne pas s'ennuyer est, à Paris, une manière d'être heureux; et beaucoup de personnes, même parmi celles qui ont de l'esprit et du monde, estiment que leur journée n'a pas été perdue lorsqu'elles peuvent détailler, le soir, la liste des femmes compromises ou enlevées, les coups d'épée donnés ou reçus à cette occasion, les diamants ou les mobiliers achetés, depuis la veille, à d'intéressantes demoiselles,

[1] Aux colonies, on donne un son rude à l's de ce mot, et l'on prononce Messtive.

par des hommes mûrs ou de jeunes étourdis en rupture de tutelle.

J'étais donc sorti de chez la comtesse Merlin avec ma petite fièvre d'émotion et de curiosité, tout comme les autres. Les cinq petits papiers, arrivés immaculés de Pondichéry, sous tant de cachets, révélaient sans conteste un roman intime en pleine péripétie et dans lequel, au moment où la destinée d'une femme imprudente allait s'accomplir, une influence nouvelle et protectrice, intervenue à propos, adroitement et avec succès, venait de remettre tout en question.

Il était naturel de croire que la lutte des deux génies allait recommencer ; et en admettant, concession énorme, que l'un de ces deux génies pût être considéré comme bon, il devenait intéressant de rechercher comment le mauvais allait prendre sa revanche.

Pénétrer ce mystère n'était pas chose facile. J'y rêvais malgré moi en me retirant, et je dois à la vérité de confesser que, le lendemain matin, au lieu de me mettre à travailler, j'y rêvais encore.

Aller voir mes amis de Grandfay et de Moraines, qui étaient du Jockey-Club, et qui pouvaient en savoir plus long que d'autres sur le pari, fut la première idée qui se présenta. Néanmoins, je ne tardai pas à me dire que vouloir pénétrer par ruse ou de force dans la vie d'une pauvre femme, que je connaissais peut-être, et qui pouvait avoir été injustement soupçonnée, constituait une action qui, pour être sans peur, n'était absolument pas sans reproche. Mais, je l'ai déjà dit : j'étais devenu un peu Parisien ; à Rome, j'aurais jadis trouvé, comme les

2

autres, du plaisir à voir couler le sang : à Paris, j'accueillais assez volontiers l'idée de voir couler des larmes.

Je me décidai, et j'allai chez Philippe de Grandfay. Créole et gourmet, de Grandfay recevait d'un ami de la Vera-Cruz ce fameux cacao du district de Soconusco, réservé pour le chocolat des anciens empereurs du Mexique. Une tasse de soconusco me parut donc un prétexte suffisamment habile pour masquer mon indiscrétion ; et, moitié satisfait de ma ruse, moitié mécontent de moi-même, je me dirigeai vers la rue Caumartin, où il demeurait.

Lorsque j'eus sonné, et que la porte s'ouvrit, deux exclamations de surprise se croisèrent simultanément sur le seuil.

— Monsieur le délégué !

— Oliva !

M. le délégué, c'était moi.

Oliva, c'était une belle fille de couleur de la Martinique, que j'avais connue à Fort-Royal, lorsque je fus nommé délégué des colonies.

— Ma belle enfant, lui dis-je, M. de Grandfay est certainement chez lui, à ce que je suppose du moins.

— Non ; monsieur, répondit-elle, il chasse à Saint-Germain, et il ne rentrera que ce soir.

Je restai un peu désappointé, après ce court dialogue, et j'attirais déjà vers moi la porte, dont j'avais machinalement pris le bouton, lorsque je jetai à la jeune fille, en manière d'adieu familier et courtois, ces mots réunis au hasard :

— Ma chère Oliva, dites à M. de Grandfay tout mon

regret de ne l'avoir pas rencontré. Je reviendrai demain. Ce me sera d'ailleurs une occasion et un plaisir de vous revoir, car je m'étonne qu'étant venu souvent ici, depuis un an, je ne vous aie jamais aperçue.

— C'est tout naturel, monsieur, j'étais dans l'Inde, et j'arrive de Pondichéry.

— Vous venez de Pondichéry ! m'écriai-je avec une surprise mal contenue.

— Oui, monsieur ; *le Gustave*, qui m'y avait apportée, m'a ramenée à Nantes, et je ne suis ici que depuis deux jours.

Ces mots : « j'arrive de Pondichéry » m'avaient frappé en pleine poitrine, comme la décharge d'une pile électrique. Je me sentais les deux pieds sur le nœud de mon drame, et je me cramponnai énergiquement au bouton de la porte, cherchant une phrase qui pût servir d'ouverture à une invitation à rester.

Faute de choix et de mieux, je m'arrêtai à la suivante :

— Eh bien ! ma chère Oliva, si vous êtes allée dans l'Inde pour y prendre un chargement de beauté, je dois déclarer que vous n'êtes pas rentrée sur lest au port d'armement.

Cette galanterie de courtier maritime produisit l'effet désiré.

— Mais entrez donc, monsieur le délégué, me dit gracieusement Oliva, et causons un peu, si vous le voulez bien, des bonnes heures que nous avons passées et des bons gâteaux que nous avons mangés à Fort-Royal, chez votre ami M. de Montéran.

Je ne me le fis pas dire deux fois. Je cherchai du re-

gard dans le salon le fauteuil le plus large et le plus solide, et j'y jetai l'ancre, comme sur une rade hospitalière, bien résolu à ne pas déraper au premier coup de
vent.

Oliva était gaie et comme animée par les souvenirs
que ma présence réveillait dans son esprit et dans son
cœur; et je ne me croyais pas assez maladroit pour ne
pas l'amener à me donner d'elle-même des éclaircissements sur le mystère qui obsédait ma pensée. Elle m'en
donna en effet, qui me mirent sur la voie du secret voilé
par le pari de la veille; mais, avant de les révéler, il
me paraît convenable et nécessaire de présenter à mes
lecteurs la belle mestive.

Oliva était en effet une mestive, c'est-à-dire la fille
d'un blanc et d'une mulâtresse; lorsque je la connus,
elle avait dix-sept ans, et sa naissance se perdait dans la
nuit des hypothèses. Sa beauté, déjà merveilleuse, était
acceptée comme telle par toutes les filles de couleur de
Saint-Pierre et de Fort-Royal, qui sont pourtant pour
la plupart des types exquis d'élégance et de bonne
grâce.

J'avais reçu l'hospitalité à Fort-Royal, chez un homme
aimable, épicurien spirituel, fonctionnaire estimé,
M. de Montéran. Déjà sur la courbe descendante de
l'âge, guéri des enthousiasmes réels ou factices, et
garçon désillusionné et fatigué, il regardait passer les
joies et les tristesses du monde, sans en être ranimé ou
assombri. C'était un volcan assoupi, non éteint, et
n'ayant conservé des anciennes éruptions que les
formes capricieuses et bizarres qu'elles impriment au

cratère. Ainsi, il ne vivait comme personne, mais personne ne s'étonnait ou ne le blâmait de sa vie.

Tous les jours, après midi, les douze ou quinze plus belles filles de couleur de Fort-Royal arrivaient deux à deux, et en corps, dans son salon, rappelant, sauf la composition et le but, ces théories de vierges athéniennes qui allaient, tous les ans, à Délos, pour y consulter l'oracle. Chez M. de Montéran, la théorie bigarrée venait manger des gâteaux, boire du punch, et dépenser une heure ou deux en rieuses causeries. C'est dans ces fantasques et poétiques agapes que je vis et que je remarquai Oliva.

Elle portait le costume traditionnel des filles de couleur des colonies françaises, la jupe à grands dessins et à queue traînante, le corsage en batiste sans manches et la coiffure en madras.

Le madras d'Oliva affectait la forme pyramidale des mitres persanes, adoptée à la Martinique, et qui la distingue de la forme plus horizontale, préférée à la Guadeloupe, et du turban indien, porté à Bourbon.

Sa jupe, dont les grands et capricieux dessins imitaient les lampas de nos aïeules, traînait à deux mètres par delà ses talons, lorsque ses larges plis n'étaient pas retenus et relevés en festons sur son bras gauche.

Le corsage des filles de couleur résume toutes les coquettes séductions de la toilette créole, avec ses larges boutons niellés aux épaules, et ses broches finement ciselées, réunissant et fixant les plis de la guipure transparente, complice des regards indiscrets.

Celui d'Oliva, en fine batiste découpée et brodée à

2.

jour, et fixé sur le devant par une agrafe d'or, luttait avec une énergie désespérée contre les révoltes obstinées et chaque jour croissantes de sa poitrine virginale.

Grande, mince, flexible dans ses mouvements, avec des mains de fée et des pieds furtifs, chaussés de brodequins verts à gaufrures d'argent, elle laissait échapper un regard à la fois puissant et doux, de ses yeux voilés de longs cils, et son visage avait cette teinte mate de l'argent dépoli, signe ordinaire des volontés énergiques.

En sortant de chez M. de Montéran, les folles visiteuses emportaient ce qui restait de gâteaux, pour leurs petits convives de la Savane.

La Savane est la grande place de Fort-Royal, ayant à peu près la moitié de l'étendue du jardin des Tuileries, et aboutissant à la mer.

Elle est plantée de sabliers et de tamarins, aux branches étalées, dont les longues siliques pendantes rendent, la nuit, un son triste et doux, lorsqu'elles s'entre-choquent au souffle de la brise du large.

Autour de la tige de quelques-uns s'enroulent des lianes et des vanilles presque toujours fleuries, et dont les corolles ouvertes attirent les colibris et les *froufrous*, qui les fouillent, sans se poser, de leurs becs aussi fins que des aiguilles.

Sous l'ombrage errent quelques hoccos mélancoliques, l'oiseau le plus gros et le plus beau de la Guyane, et qui semblent regretter les grands bois du Sinnamari ou de l'Oyapock.

Les hôtes les plus bruyants des tamarins de la Savane, c'étaient des perroquets et des kakatoès, qu'y avaient lâchés des capitaines de navires. Les jeunes filles de couleur les avaient habitués aux débris de leurs agapes, et ils les attendaient régulièrement à leur sortie. Un vieux kakatoès, qui paraissait le chef de la bande, montait la garde et donnait le signal. Sur un cri perçant qu'il poussait, un nuage tournoyant de plumes blanches, bleues, noires, jaunes, roses, s'abattait de toutes parts sur les jeunes filles rieuses, qui défendaient avec peine leurs madras contre les coups d'aile, en distribuant leurs gâteaux, dont les hoccos cueillaient les miettes.

A leur tête marchait Oliva, un perroquet de l'Amazone sur chaque épaule, tous deux gazouillant à son oreille les mots de tendresse qu'elle leur avait appris, et accompagnée de deux hoccos favoris, qui picotaient les sucres de coco et les pains doux suspendus à ses mains effilées.

Telle était Oliva, lorsque je la connus à Fort-Royal; mais il convient d'ajouter à ce qui précède les événements qui l'avaient préparée à un rôle important dans le drame de la veille.

C'était l'usage des planteurs, à l'époque où se passaient les faits, objet de ce récit, d'attacher deux ou trois jeunes esclaves à la personne de leurs enfants, dès l'âge de deux ou trois années, avec la mission de jouer avec eux, quand ils étaient petits, et de les servir, quand ils étaient grands.

Cette intimité dans l'enfance créait les dévouements

inaltérables de l'âge mur ; et les jeunes maîtres atteignaient rarement leur majorité sans affranchir ces serviteurs, qui restaient volontairement attachés à la famille.

Mademoiselle de Saint-Vincent, jusqu'au moment où elle épousa l'amiral comte du Guénic, avait ainsi trois ou quatre servantes, qui formaient son escadron volant, entretenu avec coquetterie, et qui, gardes de nuit et de jour, après l'avoir invariablement suivie dans ses courses, dormaient sur des nattes, par terre, au pied et autour de son lit.

Oliva était l'une de ces fidèles compagnes, la plus intelligente et la favorite. Elle avait appris à écrire, chose rare alors parmi les filles de couleur, pour être en correspondance avec sa jeune maîtresse, pendant les trois années qu'elle passa au Sacré-Cœur de Paris ; et, au retour de mademoiselle de Saint-Vincent, l'union de ces jeunes esprits et de ces jeunes cœurs devint plus intime que jamais.

Pourquoi Oliva ne suivit-elle pas sa maîtresse à Paris, lorsque le comte du Guénic, ayant atteint le terme de son commandement, fut appelé au conseil d'amirauté ? On avait vu la jeune comtesse fort attristée de cette séparation, et l'on savait qu'Oliva avait pleuré beaucoup et longtemps, mais les explications qui circulaient à ce sujet ne s'accordaient pas.

Les uns disaient que l'amiral, très-épris de sa jeune femme, comme tous les vieillards, n'avait voulu auprès d'elle d'autre surveillant que lui-même. D'autres prétendaient, et cette version était la plus accréditée, que la mère d'Oliva, *mamzelle* Chouchoute, tenant un petit

magasin de mercerie et d'objets de toilette féminine, eni-
vrée de l'admiration que suscitait déjà la beauté de sa
fille, avait le projet, encore inavoué, de faire de cet
éclat naissant le pavillon sous lequel elle abriterait sa
boutique et ses vieux jours.

Mamzelle Chouchoute, en fille de couleur avisée,
avait récemment liquidé ses petites affaires de jeunesse,
quitté les sentiers pour la grande route, fermé son cœur,
ouvert sa boutique, et fait sa première communion à
trente-cinq ans. Elle était ainsi en règle avec la société
et avec elle-même, et on la citait comme un modèle dans
son quartier.

Oliva était donc restée à Fort-Royal, fort remarquée,
fort entourée, fort recherchée des filles de couleur dont
elle était la reine par la grâce, et l'honneur par la
dignité.

Indépendamment des jeunes créoles, qui ne dédai-
gnaient pas de fréquenter le magasin de *mamzelle* Chouchoute, et qui faisaient prospérer son commerce, trois
jeunes gens, particulièrement distingués, s'y donnaient
fréquemment rendez-vous. C'étaient Philippe de Grandfay
et Albert de Moraines, sous-lieutenants au 1er régiment
d'infanterie de marine, en garnison à Fort-Royal, et
Raymond de Nolivos, substitut du procureur du roi à
Saint-Pierre.

Oliva se trouvait naturellement le centre d'attraction
qui attirait ces jeunes gens ; mais chacun d'eux tendait
vers elle par l'effet d'une gravitation spéciale. De
Grandfay l'admirait, de Moraines l'aimait, de Nolivos la
convoitait.

Elle vécut longtemps en contact avec ces sentiments divers, sans les comprendre, comme les yeux des petits enfants voient vaguement les choses, sans les distinguer.

Lorsque les révélations de la seizième année lui eurent appris ce qui vibrait dans le cœur des autres, en lui expliquant ce qui vibrait dans le sien, elle inclina doucement sa vie vers Philippe de Grandfay, comme les fleurs inclinent leur calice vers le soleil, et elle l'aima avec toutes les naïvetés, toutes les exubérances, toutes les compromissions d'une jeune âme, donnée pour toujours, car les témérités inconscientes de l'innocence peuvent ressembler quelquefois aux audaces calculées du vice.

De Grandfay était un esprit délicat et un cœur élevé; il était défendu contre les séductions vulgaires par la gravité naturelle de son caractère, et plus encore peut-être par une vision, souvenir ou espoir, dont alors il avait seul le secret, qui absorbait et qui préservait sa vie.

Les lueurs qui s'élevaient en feux follets du cœur d'Oliva l'amusèrent d'abord, l'intéressèrent ensuite, puis, comme il arrive toujours à ceux qui se chauffent de trop près à ces foyers, il s'y brûla. Et comme, avec les sentiments dont la jeune fille ne lui ménageait pas l'expression, vouloir c'était pouvoir, il voulut.

Mais alors et tout à coup se révéla dans Oliva une résistance mystérieuse, que de Grandfay n'avait ni prévue ni redoutée, et qui se manifesta par de timides réticences et d'affectueuses dilations. Il s'en étonna d'abord, s'e irrita ensuite ; et le sentiment de la jalousie, toujours prompt à naître, lui fit soupçonner dans de Moraines ou de Nolivos les causes secrètes d'une sorte de rivalité réelle, sans rivaux apparents.

Comme il se débattait, soucieux et chagrin, au milieu de ces incertitudes, il reçut un matin le billet suivant, qui lui apprenait la vérité :

« Mon cher Philippe,

« Ne soyez plus fâché contre moi ; je vais vous dire ce que j'avais hier au soir sur les lèvres, au moment où vous m'avez quittée sans me dire adieu.

« Ce sera dans quinze jours Pâques, et je vais faire ma première communion. Je l'ai promis à ma marraine.

« Depuis que je vais à l'église, j'y entends des choses qui me remplissent d'épouvante et de chagrin. Je ne voudrais ni cesser d'être honnête, ni cesser de vous aimer.

« Est-ce possible ?

« En attendant que j'éclaircisse ce mystère, je prie Dieu de me défendre contre vous, et je sens bien qu'il est seul assez puissant pour le faire.

« Ne m'aiderez-vous pas dans ma tâche, mon cher Philippe ? Au lieu de la parure que vous me destiniez, donnez-moi ma robe blanche. Alors, je serai forte, car je me sentirai revêtue de votre affection et de votre honneur.

« OLIVA. »

M. de Grandfay fut bouleversé par cette lettre. L'idée de disputer à Dieu sa plus belle fiancée du jour de Pâques lui parut un sacrilége, et il la repoussa avec horreur. Sans même se demander comment il guérirait cette nouvelle plaie de son âme, il fit venir de Saint-Pierre la plus belle robe de communiante, et il l'envoya à Oliva, en s'abstenant de la visiter.

Il assista simplement, avec la plupart des officiers, à la cérémonie du jour de Pâques ; Oliva passa devant lui, son cierge à la main, belle de calme et de modestie, et il fut heureux, pour elle et pour lui, du courage qu'elle eut de ne pas s'apercevoir de sa présence.

Quelques jours plus tard, Oliva et M. de Grandfay se revirent, portant l'un et l'autre dans le regard, en s'abordant, le témoignage de leur mutuelle et noble affection.

Le 1ᵉʳ régiment d'infanterie de marine ayant été relevé, M. de Grandfay et M. de Moraines revinrent à Cherbourg, puis à Paris. M. de Grandfay s'y fixa, et M. de Moraines, parti le premier, alla voyager en Italie. Ils avaient l'un et l'autre quitté le service.

Ils furent suivis de près par M. de Nolivos, qui allait occuper à Pondichéry le poste de procureur du roi, auquel il venait d'être nommé ; et il s'arrêta naturellement, en passant, chez l'amirale du Guénic, dont il avait l'honneur d'être cousin germain.

Oliva, cédant à l'affection et aux instances de sa marraine, quitta aussi la Martinique, et, en l'absence momentanée de l'amirale, qui était dans ses terres de Bretagne, au moment où elle arriva à Paris, elle s'installa chez la douairière de Grandfay, créole également, mais originaire de Saint-Domingue.

C'est là qu'était venue la surprendre l'aventure que je brûlais de connaître, et que nos causeries de Fort-Royal et mes relations avec M. de Grandfay comme avec l'amirale, l'avaient disposée à me raconter. Son habitude de la langue créole ne l'avait pas empêchée de contracter, auprès de l'amirale, l'usage du français qu'elle parlait très-purement; et je ne rendrais que très-imparfaitement les faits, les idées et les sentiments qu'elle m'exposa, si je ne m'astreignais à conserver aussi fidèlement que possible l'ordre, les détails et les termes du récit qu'elle voulut bien me faire.

— Il y a dix mois environ, dit-elle, peu de temps après mon arrivée de la Martinique, M. de Grandfay m'appela dans son cabinet ; il était soucieux et sombre. Après quelques moments de silence, il m'interrogea brusquement.

— Oliva, me dit-il, aimez-vous toujours votre marraine ?

— Si je l'aime ? oh ! oui, et toute journée qui retarde son retour à Paris est un siècle pour mon impatience.

— Sentez-vous pour elle dans votre cœur toute la tendresse, et, sur toute chose, y sentez-vous bien entier le dévouement d'autrefois ?

— Vous m'effrayez, monsieur, m'écriai-je ; qu'y a-t-il donc ? court-elle un danger ? parlez, je vous en supplie.

— Oliva, me dit-il, en me regardant fixement, madame du Guénic est perdue, car elle ne survivra pas à la perte de son honneur.

3

— Perdue, ma marraine? son honneur compromis?
c'est une calomnie, monsieur, une calomnie infâme.
Louise est pure comme les anges; mais de quoi s'agit-il,
mon Dieu! que se passe-t-il? qui donc l'accuse? que
lui reproche-t-on? que faut-il faire pour la sauver?

— Je ne sais encore qu'une chose, Oliva, c'est que
l'honneur de votre marraine est en jeu. Est-ce une
calomnie? J'en suis persuadé sincèrement; mais la
calomnie tue, aussi bien que la vérité. Il faut courir au
plus pressé et détruire la machination qui la menace.

Je vous ai appelée pour m'aider à percer le mystère
dans lequel je marche à tâtons. Causons à cœur ouvert.
Je n'ai pas l'honneur de connaître l'amirale, mais elle
est ma compatriote; je la sais digne de tous les respects;
elle a le mien, et je ne puis pas assister impassible à
l'écroulement d'une situation aussi honorable que la
sienne.

Voyons, parlez-moi sincèrement; vous avez eu les
confidences de votre marraine; dites-moi toute la vérité,
— il s'agit de vie ou de mort!

J'étais muette, pétrifiée, en larmes. Je ne pus répondre
qu'une chose:

— Oui, je vous dirai tout!

— Eh bien! continua-t-il, mademoiselle de Saint-
Vincent a-t-elle eu, quelle qu'elle soit, une intrigue avant
son mariage?

— Oui!

— A-t-elle écrit des lettres?

— Oui!

— Combien?

— Cinq.

— A qui ? Soyez franche jusqu'au bout, il le faut.

— A un officier de vos amis, à M. de Moraines.

M. de Grandfay prit sa tête dans ses mains, et marcha dans son cabinet en s'écriant :

— C'est bien cela ! c'est bien cela ! pauvre femme ! J'avais deviné cette infamie.

Puis, se rapprochant, il ajouta :

— Connaissez-vous ces lettres ?

— Oui, je les ai toutes lues, et c'est moi qui les ai remises.

— Vous souvenez-vous du contenu ?

— Parfaitement. Louise rentrait de Paris ; elle avait eu pour amie, au Sacré-Cœur, une jeune Italienne, belle, intelligente, la tête un peu exaltée. Elles s'écrivirent longtemps. Cette jeune Italienne quitta le couvent en même temps que Louise, et pour se marier. Elle lui avait dit qu'à Rome, et surtout à Florence, c'était l'usage des jeunes femmes nouvellement mariées de prendre un cavalier servant, qui devenait intime dans la maison, et les accompagnait au spectacle, au bal, à l'église, dans le monde, où les mœurs admettaient qu'il prît publiquement la place du mari. Elle annonça son mariage à Louise, et lui écrivit qu'en souvenir de leur liaison, elle ajournait le choix de son cavalier servant jusqu'à ce qu'elle eût rencontré un Français jeune, beau et aimable.

Ces idées avaient paru d'abord fort étranges à Louise ; mais l'honnêteté de sa compagne était si certaine, et l'usage des grandes familles italiennes emportait avec lui une telle autorité, que, son inexpérience aidant, elle finit par les admettre.

Vous savez que Louise était orpheline de mère; ce fut donc sous les auspices de son père, vieillard un peu frivole, qu'elle fit son entrée dans le monde. Elle y rencontra M. de Moraines, qui lui fit la cour. Elle avait seize ans. M. de Moraines lui adressa des vers, que je commis la faute de remettre. Après les vers, vinrent des billets. De la part de M. de Moraines, cela pouvait être sérieux; de la part de Louise, ce n'était que légèreté inconsciente et enfantillage. Je vous l'ai dit, elle n'avait plus sa mère.

Ce qui peint fidèlement l'état du cœur de Louise, c'est que pendant les pourparlers qui précédèrent son mariage, elle ne cessa pas ses rapports ordinaires du monde avec M. de Moraines. C'est même alors que, le voyant chagrin et désespéré, elle lui écrivit le dernier billet, où elle lui disait que s'il restait, pendant trois ans, fidèle à son souvenir et à ce qu'il nommait sa passion, elle le choisirait pour son cavalier servant. Voilà tout; et, ni en paroles, ni en écrits, ni en actions, il n'y en a pas davantage.

— Hélas! s'écria M. de Grandfay, il n'y en a que trop! Après un moment de silence, il reprit :

— Ainsi, il y a cinq lettres, dont la dernière contient la promesse de prendre M. de Moraines pour cavalier servant, au bout de trois années; et ces cinq lettres sont entre ses mains?

— Non; ce n'est pas lui qui les a.

— Et qui donc?

— C'est M. de Nolivos, cousin germain de ma marraine.

— M. de Nolivos, procureur du roi à Pondichéry? s'écria-t-il, au comble de l'étonnement; mais comment en est-il devenu dépositaire?

— Voici. M. de Nolivos a reçu en dépôt de M. de Moraines un pli cacheté, scellé, dont il ignore le contenu. Il a donc les lettres, mais il n'en soupçonne même pas l'existence.

Louise, dont le cœur est droit et l'âme honnête, ne tarda pas à regretter l'engagement qu'elle avait pris. Elle me chargea de voir M. de Moraines, et de réclamer ses lettres. Toutes mes instances furent vaines. Un entretien fut demandé. C'était un soir. Nous revenions de chez le gouverneur. Louise était entre M. de Moraines et moi. Je portais le falot, et j'éclairais le chemin devant les pas de Louise, selon la précaution d'usage, afin qu'elle me marchât pas sur quelque serpent. Je vois encore la pâleur de ses traits, lorsque, s'adressant à M. de Moraines, elle fit appel à son honneur de gentilhomme et d'officier.

Voici la réponse de M. de Moraines :

— Un homme que vous avez daigné distinguer ne saurait manquer à l'honneur et il n'y manquera pas. Vous m'avez fait une promesse dont je ne puis demander l'accomplissement que dans trois années. Au bout de ce temps, je viendrai, vos lettres à la main, vous demander si je dois être le plus heureux ou le plus malheureux des hommes, également prêt et résolu à m'incliner respectueusement devant votre décision, quelle qu'elle soit. En attendant, vos lettres resteront scellées, ignorées de tous, comme un dépôt sacré, entre les mains d'un membre de votre famille, jusqu'au jour où vous prononcerez sur mon sort.

Là-dessus, M. de Moraines salua et s'éloigna.

Après avoir marché un instant, pensif et absorbé, M. de Grandfay reprit de nouveau :

— Ma pauvre Oliva, tu ne peux pas mesurer, comme moi, l'étendue du danger que court ta marraine. Il y va de l'opinion du monde sur elle, c'est-à-dire de sa considération et de son honneur ; et, pour une femme comme madame du Guénic, l'honneur, c'est la vie. Les choses étant ce qu'elles sont, j'ai beau réfléchir, je ne vois qu'une seule personne au monde qui puisse la sauver ; et cette personne, c'est toi. Veux-tu te dévouer ?

— Si je veux me dévouer pour ma marraine, pour ma bienfaitrice, pour l'ange et l'idole de ma vie ? Oh ! Philippe, vous n'en doutez pas, je l'espère !

— Alors, écoute. Les cinq lettres, dis-tu, sont entre les mains de Nolivos. Eh bien ! ces lettres, il les faut, et il les faut à tout prix !

— Oh ! monsieur, le prix d'un tel dépôt à prendre par moi, dans les mains de M. de Nolivos, je le sais d'avance, et vous aussi !

— Sans doute, ma pauvre Oliva ; mais la vie a ses fatalités. Tu ne doutes pas qu'en te parlant ainsi, je n'aie l'âme navrée. C'est pour les grands périls que sont faits les grands dévouements, et celui que court ta marraine est effroyable. La question se pose ainsi : seule tu peux

la sauver; le veux-tu? oh! je sais bien ce que je te propose; le cœur m'en saigne, tu le sais; mais la destinée
se dresse inexorable; ton sacrifice ou le sien! Eh bien!
ma pauvre enfant, sonde ton âme; mesure ta répugnance; lutte avec cette fatalité; marchande avec le vice
et tâche d'obtenir du rabais!

— Philippe, m'écriai-je avec exaltation, devant une
question ainsi posée, ma raison se révolte, mais mon
cœur ne délibère pas.

Là où un homme de votre droiture et de votre courage
trouve un grand danger pour ma marraine, il doit y en
avoir un; je ne le discute ni ne le mesure, je le brave!
Vous êtes ma caution et mon guide : on ne s'écarte pas
du chemin de l'honneur en vous suivant. Arrêtez mon
passage pour Pondichéry; donnez-moi mes instructions;
je pars demain.

Après une pause émue, Oliva me raconta rapidement
son voyage à bord du *Gustave*, sa relâche à Bourbon,
où deux familles auxquelles M. de Grandfay l'avait
confiée descendirent, et lui donnèrent des lettres pour
leurs parents de Pondichéry.

A mesure qu'elle abordait les parties délicates et dou-
loureuses de son récit, sa voix s'altérait. Elle n'eut plus
que des paroles heurtées et entrecoupées, lorsqu'elle
parla des ruses, des mensonges, des faiblesses auxquels elle dut s'abaisser, pour gagner la confiance absolue de M. de Nolivos, imiter son écriture, dérober son
cachet, substituer du papier blanc aux lettres fatales.

Enfin, lorsqu'elle arriva à la réussite, suivie d'un
prompt départ pour l'Europe, elle avait la gorge serrée,

la tête baissée, le visage caché dans ses mains, et des sanglots mal contenus soulevaient sa poitrine.

Après un moment de silence, elle leva sur moi ses yeux inondés de larmes, saisit mon bras d'une main crispée, et me dit avec exaltation :

— Monsieur, ma mère, qui est née à Saint-Domingue, m'a raconté qu'un jour sa jeune maîtresse, mademoiselle d'Esparbès, apprit que le chevalier de Sérignac, son fiancé, venait d'être blessé et fait prisonnier au terrible et sanglant combat de la ravine à Couleuvres.

Elle n'hésita pas ; elle alla trouver Dessalines, et lui demanda la vie de son fiancé. Elle l'obtint... au prix qu'il convint au nègre vainqueur d'exiger. Le soir, deux fidèles serviteurs recevaient M. de Sérignac dans une embarcation, et allaient le déposer le lendemain à Kingstown, sur la côte la plus rapprochée de la Jamaïque.

Plus tard, après la soumission de Toussaint Louverture, beaucoup de blancs purent quitter librement Saint-Domingue. Mademoiselle d'Esparbès et les siens se hâtèrent de partir, se dirigeant sur la Jamaïque, où se trouvait le chevalier.

Au moment où la goëlette qui les portait manœuvrait pour jeter l'ancre devant Kingstown, mademoiselle d'Esparbès se plaça debout sur le gaillard d'avant, espérant que M. de Sérignac serait sur le rivage. Elle ne s'était pas trompée ; son fiancé était là, qui l'attendait. Dès qu'il la reconnut, il la salua du chapeau et lui tendit les bras. Mademoiselle d'Esparbès, immobile, l'enveloppa d'un long regard de tendresse, et lui envoya deux baisers du bout de ses mains amaigries ; puis, comme elle se sentait ou se croyait indigne de lui, elle fit semblant de glisser, tomba dans la mer, et se noya.

Eh bien ! monsieur, lorsque le *Gustave* est entré dans la Loire, je me suis souvenue de mademoiselle d'Esparbès, et j'ai eu la pensée de finir comme elle.

Mais je me suis souvenue aussi de mon devoir. J'avais à remettre à M. de Grandfay un dépôt sacré, et je suis arrivée jusqu'à lui.

En me revoyant si triste et si pâle, il a eu pitié de moi, il m'a prise dans ses bras, ce qu'il n'avait jamais fait, et il m'a embrassée en pleurant.

— Ma pauvre et chère Oliva, m'a-t-il dit, je n'avais jamais douté de ton dévouement et de ton courage ; désormais, ma maison est la tienne, et, s'il plaît à Dieu et à toi, nous y vivrons comme deux inséparables amis.

Vivre sous son toit avait toujours été mon rêve ; mais y vivre séparés par un abîme que ma volonté même se refuserait à franchir... Oh ! tenez, monsieur, je crois que ma première pensée était la bonne, et qu'il valait encore mieux, n'ayant plus d'espoir et ne voulant plus avoir de souvenir, reposer dans la paix de la mort, au fond de la Loire !

Et vous, ma marraine, à qui je dois tout, je crois que j'ai acquitté ma dette ; et, puisqu'il fallait une victime pour les imprudences communes de notre jeunesse, Dieu a été juste en permettant que ce fût moi.

— Ma chère Oliva, lui dis-je, vous êtes un brave et noble cœur, et l'affection de madame du Guénic pour vous sera grande, si elle s'élève, comme il n'en faut pas douter, au niveau de votre dévouement.

3.

— Elle ne le connaîtra jamais, monsieur, Dieu m'en préserve! elle voudrait savoir à quelle impulsion j'ai obéi, et le respect de M. de Grandfay pour ma marraine est trop grand pour vouloir lui laisser soupçonner qu'un étranger a pénétré dans les secrets de sa vie, même pour en préserver le repos et la pureté.

D'ailleurs, quels dangers réels a pu courir son honneur? je l'ignore. Tout ce que je sais, c'est que les anges ne sont pas plus irréprochables : M. de Grandfay m'a parlé de péril imminent à conjurer, je l'ai cru. Il est trop maître de lui pour avoir tremblé devant des fictions. J'aurais pris dans un brasier les lettres qu'il m'a demandées, je les ai prises dans ma honte. A lui donc, à lui seul, outre sa conscience et Dieu, le secret de ses desseins, et le sentiment d'honneur qui les lui a inspirés.

Quant à moi, mes pensées, mon désespoir m'appartiennent, et j'ai pu vous les confier. Vos relations avec l'amiral, votre liaison avec M. de Grandfay, nos bons souvenirs de Fort-Royal vous ont mis comme de moitié dans mes joies et dans mes peines; et vous resterez mon témoin dans ma lutte contre des haines mystérieuses et redoutables, d'où je sors heureuse, quoique toute meurtrie.

Après ce long entretien, Oliva était brisée d'émotion, et je me sentais moi-même profondément troublé. Je pris congé de cette noble fille, dont je n'avais jusqu'alors admiré que la beauté, et en qui je venais de découvrir, d'une manière si imprévue, les plus hautes et les plus exquises qualités de l'âme.

III

TOUTES POUR UNE

Le récit d'Oliva avait jeté une vive lumière sur e drame mystérieux que contenait le pari jugé chez la comtesse Merlin. La femme dont l'honneur avait servi d'enjeu, c'était la jeune comtesse du Guénic. L'homme qui n'avait pas reculé devant l'idée de la perdre m'était également connu, c'était M. de Moraines ; et le libérateur discret, caché dans l'ombre, qui avait tout conjuré, c'était M. de Grandfay, secondé par le dévouement héroïque de la belle mestive.

Toute cette partie du drame était donc désormais complétement éclairée ; mais une autre, la plus intime, et par conséquent la plus importante, restait dans les ténèbres. Je connaissais les acteurs qui agissaient, mais j'ignorais les mobiles qui les faisaient agir.

Par quels événements M. Albert de Moraines, si vivement épris de mademoiselle de Saint-Vincent, et qui

avait reçu d'elle l'engagement écrit de devenir son cavalier servant, après son mariage, avait-il pu être conduit
à changer son attachement en une haine tellement violente, qu'elle lui avait ôté même le vulgaire respect
qu'un homme de son éducation et de son rang conserve,
dans tous les cas, à une femme digne d'avoir été sincèrement aimée?

D'un autre côté, quel motif avait donc pu inspirer la
conduite de M. Philippe de Grandfay qui, sans même
connaître personnellement, nous le savons par son propre
aveu, madame du Guénic, s'était fait le gardien secret
et vigilant de son honneur, avait surveillé son ami de
Moraines, avait pénétré ses desseins, deviné l'objet de
son pari, et n'avait pas hésité, pour le faire échouer,
à sacrifier, un peu brutalement peut-être, l'honneur et
probablement la paix intérieure d'Oliva, si jeune, si belle,
si honnête, et, il ne l'ignorait pas, éprise pour lui d'un
amour sans limites, sinon sans espoir?

C'étaient là deux mystères, constituant la portée morale de l'action intime dont je ne saisissais encore que
les aspects superficiels et les ressorts extérieurs. D'un
autre côté, autour du drame principal, se tenaient deux
personnages encore muets, la contessine Accaiolo, amie
intime de madame du Guénic, et le chevalier de Médrane, ami intime de la contessine. Etaient-ils aussi
étrangers à la lutte que les apparences pouvaient porter
à le croire, ou bien y jouaient-ils un rôle par suite de
quelque active participation, encore dissimulée?

Je me demandais donc si je réussirais à pénétrer ces
secrets, ignorés d'Oliva elle-même, trop délicats pour

être indiscrètement poursuivis, trop importants pour être légèrement révélés ; et je n'osais me répondre.

Au milieu de ces perplexités naturelles, nées d'une curiosité fortement éveillée par les confidences d'Oliva, j'étais dans mon cabinet, le lendemain matin, vers onze heures, corrigeant les épreuves d'une nouvelle édition de *Danaé*, lorsqu'on me remit une carte de visite, sur laquelle je lus :

LE CHEVALIER DE MÉDRANE.

— Priez d'entrer, dis-je aussitôt ; et je posai ma plume.

Mes lecteurs ont déjà une idée générale de la personne et du caractère du chevalier, qui avait rendu, avec tant d'autorité, la décision soumise à sa probité et à son honneur ; mais je n'ai encore parlé de lui que sur ouï-dire. Son nom avait fait naître en moi le vif désir de le connaître plus intimement, et de pénétrer, s'il se pouvait, le mystère de sa personnalité et de sa vie.

Je reçus debout le petit vieillard, non sans chercher avidement sur son visage des traits restés dans mon souvenir, pour avoir frappé vivement mon enfance ; et, après lui avoir indiqué de la main un fauteuil, où il s'assit lentement, je lui demandai avec déférence s'il voulait bien me faire connaître le motif qui me valait l'honneur de sa visite.

— Monsieur, me dit-il, c'est un amateur de choses littéraires qui vient faire appel à l'expérience d'un lettré.

J'ai lu de vous, dans la *Revue de Paris* et dans la *Presse*, des études sur le style en général et sur certains styles en particulier, qui m'ont frappé et intéressé.

Vous avez dit du style en général qu'il variait, non-seulement de siècle à siècle, mais encore d'écrivain à écrivain, dans le même siècle ; vous avez été encore beaucoup plus loin, vous avez soutenu qu'il y avait un style des nobles et un style des bourgeois ; et vous avez ajouté qu'un critique exercé était en état de discerner, à la simple lecture, une page écrite par un gentilhomme, d'une page écrite par un roturier.

Me permettez-vous de vous demander d'abord, monsieur, si j'analyse exactement votre doctrine au sujet du style et des styles ?

— Parfaitement, monsieur le chevalier.

— Monsieur, reprit-il, j'admets, sans difficulté, votre doctrine sur la variation du style de siècle à siècle. Cette variation se retrouve dans l'architecture et dans les vêtements ; et il est aisé de comprendre que la maison, l'habit et la phrase, qui sont comme trois enveloppes concentriques et superposées de la personnalité et de la fantaisie humaines, se modifient en même temps.

Mais j'ai de la peine à admettre que l'esprit d'un noble et celui d'un bourgeois, que nous supposons lettrés l'un et l'autre, aient des moules différents dans lesquels ils jettent leurs idées ; et je me demande si, ayant étudié les mêmes modèles, dans les mêmes écoles, sous les mêmes maîtres, il est logique de supposer qu'ils écriront néanmoins d'une manière différente.

Soit dit sans vous blesser, vous le pensez bien, monsieur, voudriez-vous bien m'expliquer si ces doctrines sont le résultat d'une conviction réfléchie, ou de simples jeux de votre esprit?

— Monsieur le chevalier, il y a, vous le savez, des personnes qui, sur la vue d'une estampe ou d'un tableau, reconnaissent sans hésiter le burin du graveur ou la brosse du peintre. Je n'ai pas étudié assez longtemps et d'assez près les toiles ou les estampes, pour distinguer les uns des autres les styles gravés ou les styles peints ; mais j'étudie depuis bien des années les styles écrits ; et j'ai remarqué qu'ils sont toujours, et beaucoup plus que Buffon ne l'a supposé, l'expression la plus fidèle de la personnalité physique et morale de l'écrivain.

On n'écrit pas seulement comme on pense; on écrit encore comme on parle, comme on marche, comme on s'habille. L'homme correctement vêtu a un style net, et l'homme qui bredouille a une phrase confuse et une écriture illisible.

Les rapports entre la personnalité et le style vont même encore plus loin. Les styles ont leur sexe et leur tempérament. Il y a le style de l'homme et le style de la femme. Monsieur le chevalier sait bien, non-seulement qu'entre l'écriture masculine et l'écriture féminine toute confusion est impossible ; mais, s'il veut bien ouvrir ses tiroirs et consulter ses souvenirs, il avouera qu'entre la lettre d'une blonde et la lettre d'une brune, il y a la différence de la couleur des cheveux et de l'énergie des caractères.

En hasardant cette dernière phrase, j'avais l'œil sur la figure du chevalier ; car c'était comme une sonde que je venais de jeter dans l'inconnu de ses habitudes morales.

Un imperceptible sourire plissa à peine la commissure de ses lèvres, et je vis clairement, à l'immobilité de sa physionomie, d'abord que ses pèlerinages au pays de Tendre n'avaient dû être ni longs, ni fréquents ; ensuite, qu'il serait inutile d'attendre de lui des confidences à ce sujet.

Ce vieillard à l'aspect calme, noble, résolu, se révélait à moi comme fait d'une pièce. Je ne démêlais dans son attitude, dans son regard, dans sa parole, ni oscillations, ni doutes. Tout en lui semblait ramené à une stricte unité ; et, tel qu'il se présentait à moi, il n'avait dû avoir dans sa vie qu'un principe et qu'un but : une affection, à moins que ce ne fût une haine.

— Monsieur, reprit-il après un moment de silence, les explications que vous venez de me donner rendent vos doctrines plausibles ; cependant, j'avouerai que, pour les rendre certaines à mes yeux, il faudrait peut-être la sanction de l'expérience. Me permettriez-vous de vous soumettre deux petits papiers manuscrits, et de vous demander votre appréciation sur leur date et sur leur contenu ?

— Très-volontiers, monsieur le chevalier ; et je tendis la main pour prendre les deux petits papiers qu'il m'annonçait.

Il y eut alors de la part du chevalier un nouveau silence, qui me parut être une hésitation et presque un regret. Cependant, il ouvrit lentement l'habit bleu à boutons de métal qu'il portait, et il retira de sa poche de côté un petit portefeuille en chagrin, à fermoirs d'or.

Après en avoir fait jouer le ressort, il y prit un pli soigneusement fermé, dans lequel se trouvait une nouvelle enveloppe en satin blanc. Le chevalier en releva les bords avec délicatesse, et mit à nu deux morceaux d'un papier fort, jauni, plié en quatre et usé aux jointures ; il me les présenta, et je les dépliai avec le ménagement et le respect dus à des reliques, car je sentis bien que c'étaient des reliques pour ce croyant mystique et passionné, dont le regard suivait avec inquiétude le trésor qu'il venait de mettre en mes mains.

Après un examen attentif, minutieux et prolongé, je levai les yeux sur le chevalier, dont le regard anxieux me dévorait.

— Monsieur le chevalier, lui dis-je, ces deux papiers, sans date, sans adresse, sans signature, et dans lesquels la pensée de l'auteur reste volontairement vague, sont, à n'en pouvoir douter un instant, deux lettres d'amour ; elles ont été adressées, vers la fin du dernier siècle, par une très-grande dame, à un homme inférieur à elle par son rang et par sa situation.

La figure du chevalier s'épanouit, à ces mots, par l'effet d'un premier mouvement de surprise et de satisfaction intérieures ; mais il le réprima bientôt, comme s'il avait craint de trahir un secret confié à son honneur.

— Monsieur, me dit-il, je crois que vous n'êtes pas très-loin de la vérité ; mais auriez-vous la bonté de me faire connaître les motifs sur lesquels se fonde votre opinion ?

— Monsieur le chevalier, les voici :

Pour l'écriture, il n'y a pas de difficulté. La main d'une femme y est clairement accusée.

Pour la date, c'est plus délicat, mais ce n'est pas moins certain. La forme des caractères, l'orthographe de quelques verbes, le choix de certaines expressions rappellent des usages de l'ancienne cour, dont les autographes de madame de Pompadour, de madame du Barry et de la reine Marie-Antoinette portent les traces nombreuses et reconnaissables.

Quant à la personne, auteur de ces deux lettres, son rang est révélé par la réserve affectée qu'elle met dans ses paroles. A un égal, la femme qui a écrit ces deux billets eût avoué son amour; à un inférieur, il suffisait de le laisser supposer. Venant d'une telle bouche et tombant d'une telle hauteur, les assurances qu'elle permet de deviner, plus qu'elle ne les donne, suffisaient à éblouir et à combler celui à qui elle les adressait. Je le répète, monsieur le chevalier, l'auteur des deux lettres était une très-grande dame.

En rendant au chevalier les deux billets repliés avec soin, j'aperçus dans les yeux du vieillard deux larmes furtives. Il ne les dissimula pas, me tendit la main en silence et pressa la mienne cordialement.

Après avoir remis son trésor dans le portefeuille de chagrin, il se leva pour prendre congé; et voyant qu'en accueillant de nouveau sa main tendue, je paraissais considérer attentivement une belle bague chevalière passée à l'annulaire, et dont le chaton offrait les caractères d'une pierre antique, il l'ôta de son doigt, et me la donna à considérer.

Elle était d'un ovale un peu allongé, enveloppée d'un cordonnet de perles fines, très-délicatement serties. Au centre, était dessiné, en creux, un pied de réglisse, avec cette devise circulaire :

DULCE MEUM TERRA TEGIT.

C'est-à-dire « la terre couvre ma douceur; » et plus bas, sur une seule ligne droite, je lus ces mots :

TOUTES POUR UNE.

— Vous connaissez ces devises, me dit-il?

— Oui, monsieur le chevalier, au moins la première. C'est la devise de Marie Stuart, qu'elle composa elle-même après la mort de François II, son mari. Elle peint bien les sentiments naturels d'une veuve de dix-sept ans, pour un mari mort à seize. C'était de la *douceur*, en attendant de l'*amour*.

Quant à la seconde devise, je crois, si ma mémoire est fidèle, que c'est celle que le premier duc de Guise fit graver sur les murs de son château de Joinville, en l'honneur de sa femme, Antoinette de Bourbon. Il me semble même avoir lu quelque part qu'avant de renoncer à *toutes* les femmes pour *une*, qui était la sienne, il avait eu quelques petits mémoires à régler avec ses vassales.

— C'est bien cela, répondit le chevalier en souriant.

Je remis le bijou, qui était un cachet, au vieillard ému et charmé. Je l'accompagnai jusqu'à la porte de mon

appartement, sans avoir essayé, crainte d'indiscrétion,
d'éclaircir les doutes de mon esprit sur sa mystérieuse
identité.

Voilà donc encore un secret qui venait s'imposer à mes
recherches ; et ce secret, c'était le mot de l'éternelle énigme du cœur de l'homme : l'amour d'une femme !

Ce vieillard, déjà si avancé vers la mort, avait aussi le
sien. Il venait de le laisser comprendre, en me montrant
deux devises où se peignait l'état de son âme. Celle du
duc de Guise disait qu'il avait laissé toutes les femmes
pour *une ;* et celle de Marie Stuart ajoutait que cette
femme aimée uniquement était morte.

Il était d'ailleurs visible qu'il puisait dans cette flamme
intérieure, brûlante en lui, invisible aux autres, l'énergie de ses longues et vertes années. Il avait fait son existence comme les anciens Romains faisaient leurs maisons,
sans jours sur la rue. Tout autour régnait l'obscurité ; au
dedans étaient la lumière et la vie.

En me donnant à lire ses deux lettres, visiblement
usées par ses lèvres, il m'avait permis de comprendre
qu'elles étaient le souvenir impérissable d'une femme aimée ; mais lorsqu'il me laissait deviner son rang, il était
bien sûr que je ne devinerais pas son nom. Il m'avait
montré le temple et caché l'idole ; et il m'eût certainement laissé ignorer jusqu'à son bonheur, s'il lui avait
fallu me le dire.

C'est au milieu de ces révélations que Philippe de
Grandfay entra chez moi.

— Ah çà ! me dit-il en me tendant la main, vous avez
donc repassé hier, avec Oliva, la folle légende des filles

de couleur de Fort-Royal, et des excentriques agapes de Montéran; mais, comme vous ne pouviez pas vous attendre à trouver Oliva chez moi, puisqu'elle ne fait que d'arriver, j'ai supposé que vous aviez peut-être besoin de me voir, et je viens vous dire : Me voilà; qu'y a-t-il?

— Il est vrai, mon cher de Grandfay, que j'avais hier l'indiscret désir de savoir ce qui peut être su de l'étrange pari dont j'ai été témoin, comme vous, chez madame Merlin; et j'y joins aujourd'hui la prière de m'expliquer ce sphinx de bonne façon, qui a nom le chevalier de Médrane, lequel du reste m'a fait une visite ce matin, sous prétexte de littérature et de style.

— Ah! vous voudriez pénétrer ce mystère froid, poli, réservé, correctement tenu et ganté, qui avait été choisi par le Tlub pour juge du pari de l'autre soir? Eh bien! mon cher, sachez que deux ou trois générations ont eu la même envie que vous, et n'ont pu la satisfaire.

Quel est l'âge du chevalier? nul ne le sait; il peut avoir quatre-vingts ans, cent ans; il peut être un Rose-Croix, et remonter à 1378, comme Rosenkreutz, le fondateur de l'ordre; ceux qui le connaissent assurent qu'il a toujours eu le même âge.

Son nom, qui est porté par une grande famille de la Navarre espagnole, appartient aussi, vous le savez, à une branche française du Midi.

Sa vie est irréprochable; ses relations du monde sont limitées, mais choisies; il sait beaucoup et bien; il affecte un grand respect pour l'honneur des femmes, et il le défend comme un homme qui aurait eu des raisons sérieuses d'y croire.

Le chevalier de Médrane vit six mois à Paris et six mois on ne sait où ; à l'entrée de l'hiver, il disparaît. C'est le pari engagé qui l'a retenu. Ses malles doivent être bouclées, et, si vous voulez lui rendre sa visite, hâtez-vous.

L'Italie paraît l'attirer ; on l'y a rencontré souvent, visitant toutes les contrées, ne se fixant dans aucune.

On l'a vu à Palerme, à Sorrente, à Misène, à Capoue, à Pise, à Viterbe, à Sienne. Il fuit ce qui attire les autres, les grandes villes, les musées, les galeries privées ; médiocrement préoccupé des artistes, quoiqu'il aime les arts, et des meilleurs salons, quoiqu'il soit sociable et gentilhomme. Ce qu'il a, dit-on, fouillé de cloîtres, visité de cryptes, ne se compte pas. Qu'y cherche-t-il ? on l'ignore. C'est un inconnu, attiré par quelque autre.

Son attraction du moment, en Italie, paraît être un mamelon de la Toscane, sur la rive droite du Tibre, en face de Corrèse, et en vue du Monte Tresto, qui est, comme vous savez, le Soracte des classiques. Les indiscrétions enfantines d'une petite bergère, qui gardait des moutons aux environs du Cimino, et qu'il en a ramenée, ont révélé l'acquisition qu'il y aurait faite d'un tombeau étrusque. La contessine Accaiolo, qui lui a cédé le tombeau et confié la petite *pecoraia*, pourrait peut-être vous en dire plus long à son sujet.

Au demeurant, le chevalier est respecté de tous, et il est, comme on dit, homme d'honneur jusqu'au bout des ongles. Sa parole est sûre, et sa discrétion sans bornes. Il y a présomption de vérité dans ce qu'il pense, certitude dans ce qu'il dit. Ces qualités lui ont donné, au Club, une autorité absolue en toute matière d'honneur. Il y est juge nés des paris délicats.

Quant au pari de l'autre soir, il rentre, par la forme, dans la catégorie de tous ceux qui s'y font, et cette forme n'est un mystère pour personne.

On les inscrit sur un registre spécial, et ils sont à peu près tous proposés et tenus conformément à la formule que vous avez entendu lire l'autre soir :

— *Parié tant... que telle chose arrivera ou n'arrivera pas.*

Au-dessous, le partner écrit : *Tenu.*

On est libre de signer ou de ne pas signer ; mais celui qui ne signe pas se fait connaître, s'il le faut, au juge du pari, nommé d'avance.

Depuis que je fais partie du Club, je n'y ai vu que deux paris particulièrement délicats : celui de l'autre soir, et un autre, jugé l'année dernière.

Il avait été parié deux cents louis qu'une femme, récemment mariée, donnerait un coup de canif au contrat, dans les six mois qui suivraient la noce. Le piquant de l'aventure, c'est que le pari était tenu, disait-on, par le mari, et qu'il le perdit.

Comme toujours, en ces sortes de cas, le chevalier de Médrane était juge. A l'époque marquée, il remit au mari une quittance ainsi conçue :

« Reçu de M. le comte de ..... la somme de quatre mille francs, pour un pari qu'il a perdu en cautionnant, pendant six mois, la fidélité conjugale de madame X... »

On dit que le comte montra le reçu à sa femme, en riant aux éclats ; mais sa gaieté opéra d'une façon si contraire sur les nerfs de la comtesse, qu'il en devint rêveur et soucieux.

En somme, le chevalier est, quant aux choses de sa vie qu'il cache, une énigme dont lui seul est en état de dire le mot. Pour toutes celles que l'on peut voir, c'est un gentilhomme accompli. Cependant, je ne lui savais pas des goûts et des préoccupations littéraires ; et vous m'étonnez en m'apprenant qu'il est venu vous consulter sur le style, à moins qu'il ne songe à écrire ses mémoires.

— Je ne le pense pas, dis-je à de Grandfay. Notre entretien à ce sujet a été tout à fait spécial, et s'est borné à la question de savoir si un écrit porte en lui-même et dans son style des indications de nature à révéler sa date et la personnalité de son auteur.

Là-dessus, de Grandfay prit congé de moi, en m'annonçant l'envoi prochain d'un manuscrit dont il m'avait déjà parlé, et sur lequel il désirait avoir mes conseils.

— Soyez-moi sévère, ajouta-t-il : c'est mon début à la *Revue des Deux-Mondes*. Je sais qu'Eugène Sue a reçu de vous le même bon office, et je tiens de lui qu'il s'en est bien trouvé ; encore, pour lui, ne s'agissait-il que de correction dans le style ; pour moi, c'est bien différent. J'ai tenté une esquisse de souffrance et de joie intimes, et une étude du cœur, à un point de vue qui m'est personnel. Je désire votre sentiment sur le tout.

On peut être tenté de voir dans mon étude une autobiographie, et je ne veux pas être un sujet de railleries pour le Club, où l'on professe sur les engagements du cœur des théories fort différentes des miennes. J'accepte le reproche d'étrangeté pour les sentiments que j'exprime, parce qu'en effet ils ne sont pas communs ; mais je voudrais avoir l'esprit en repos sur la langue et sur le style qui m'ont servi à les exprimer. Or, ce repos, c'est à vos bons conseils que je le demande.

De Grandfay me quitta sur ces mots.

C'était un esprit d'élite, réfléchi, original, orné. Je le croyais en état de réussir dans tout ce qu'il tenterait ; et je me promettais un véritable régal de la lecture d'une étude sur le cœur, tracée par une telle main.

Mérimée avait fait rire de l'amour ; Balzac en avait fait rougir ; tel que je connaissais de Grandfay, j'avais la confiance qu'il en pourrait faire pleurer.

Il était quatre heures ; je m'habillai avec le projet d'aller faire une courte visite à l'amirale du Guénic, une plus longue à la contessine ; et s'il me restait du temps disponible, j'avais la pensée d'aller enfin éclaircir mes doutes sur l'identité du chevalier de Médrane.

L'amirale, qui demeurait rue de la Ville-l'Evêque, en face de la modeste maison de M. Guizot, ne recevait pas. On me la dit même très-souffrante. La contessine Accaiolo occupait, assez près de là, rue de Duras, un petit hôtel égayé par un jardin.

La contessine Laura Accaiolo avait cette beauté puissante et correcte dont la force race des Toscanes et des Romaines offre de si splendides modèles. Suivant l'usage de son pays, elle portait dans le monde le titre de *contessina*, ou de petite comtesse, ce qui voulait dire que la comtesse douairière, mère de son mari, vivait encore.

Comme beaucoup d'Italiennes appartenant aux gran
des familles, la contessine était lettrée, écrivait bien s
langue et faisait des vers italiens qui avaient de l'agré
ment. Les trois années qu'elle avait passées au Sacré
Cœur, à Paris, l'avaient mise en état de parler le fran
çais sans trop d'accent; mais elle n'était pas encor
parvenue, à son grand regret, à l'écrire avec la correction, la tenue et la netteté qu'exige notre langue.

Elle paraissait en proie à une sorte de fièvre du tra
vail, et s'occupait avec ardeur d'une traduction de l
Divine Comédie.

C'est un fait curieux, quoique naturel, que les Italien
et les Espagnols apprennent assez vite et assez bien
écrire en français. Fiorentino et Donoso Cortès en sont l
preuve. L'Allemand Henri Heine, un homme de tan
d'esprit, ne put y parvenir, et il eut toujours besoi
d'un traducteur pour les articles qu'il livra à nos revues
Hamilton, l'auteur des *Mémoires* du chevalier de Gra
mont, est, à ma connaissance, le seul Anglais qui se soi
bien rendu maître de notre langue, parce qu'il avait e
le temps de l'apprendre aux cours de Versailles et d
Saint-Germain, pendant l'exil des Stuarts.

La contessine, qui avait passé son enfance à Florenc
et dans le val d'Arno, avait sur Fiorentino, qui venai
de publier une traduction de Dante, mais qui était Napo
litain, l'avantage d'être familière avec les anciens e
divers patois de la Toscane, auxquels Dante a beaucou
emprunté.

Sûre de son texte, elle n'avait besoin d'être guidé
que pour en faire passer les beautés dans notre langue

et elle voulait bien me demander le concours que, deux années auparavant, j'avais donné à Fiorentino.

Cette collaboration m'avait naturellement créé des rapports à demi familiers et charmants avec ma belle écolière, expansive et démonstrative comme la plupart des Italiennes. J'espérais que ce caractère et ces relations m'ouvriraient peut-être un jour nouveau sur les parties encore obscures du roman qui me préoccupait, et dans lequel je la supposais intéressée.

Lui ayant dit que je venais de déposer ma carte chez l'amirale, son amie, qu'on m'avait assuré être souffrante :

— « C'est vrai, répondit-elle avec vivacité, et très-souffrante. »

— Cette folle de Louise, continua-t-elle, n'a-t-elle pas eu la bonté de s'émouvoir jusqu'à la fièvre, de ce pari de l'autre soir? Que pouvaient lui faire, je vous le demande, des lettres venues de Pondichéry, eussent-elles été aussi remplies qu'elles étaient vides?

Mais j'ai eu beau lui dire de réserver sa sympathie pour les douleurs réelles, que la vie ne nous ménage guère; elle a donné des pleurs à l'héroïne inconnue et persécutée, objet du pari de l'autre soir, comme elle en eût donné à une victime de théâtre. Je vais aller la voir, et tâcher de lui faire entendre raison.

J'avais bien compris, dès les premiers mots de la contessine, que son amie lui avait laissé ignorer son engagement avec M. de Moraines; et je pâlis à l'idée de l'angoisse que la pauvre femme avait dû éprouver, durant la terrible épreuve du pari, supportée par elle avec tant de calme extérieur.

En ce moment, la porte s'ouvrit; et Oliva, qui avait repris son service auprès de l'amirale, vint de sa part apporter de ses nouvelles. Un mieux soudain, dont le docteur faisait honneur à des globules d'éther, venait de se déclarer depuis une heure, et elle faisait prier la contessine de venir dîner et passer la soirée avec elle.

J'avais deviné, sans hésiter, le véritable remède qui avait guéri l'amirale; — c'était la sécurité.

M'étant approché d'Oliva, pendant que la contessine passait, pour un instant, dans son cabinet, nous échangeâmes rapidement ces mots, à voix basse :

— Lui a-t-on restitué ses cinq lettres?

— Oui, monsieur; elle les a reçues par la poste, en paquet cacheté, sans savoir d'où elles lui viennent.

— C'est égal, dit la contessine en rentrant, je vais la sermonner de la bonne manière. Si vous saviez, monsieur, la peur qu'elle m'a faite avec son évanouissement et sa fièvre, aussitôt après sa rentrée à l'hôtel du Guénic! Le pauvre amiral en perdait la tête, et je n'étais pas beaucoup plus rassurée que lui.

Eh bien! c'est une raison de plus de réaliser un vieux projet et de nous en aller loin de Paris. Nous avons choisi le Roussillon, où, à l'aide de la température printanière de la côte, l'amiral va essayer l'influence de la brise de mer, et même tenter quelques bains à Canet ou à Port-Vendres.

Nous avions, ajouta-t-elle, l'espoir d'y respirer en liberté, et absolument seules, l'air embaumé des Albères; mais ne voilà-t-il pas que nous sommes menacées d'une invasion de jeunes désœuvrés, qui veulent tâter de l'ennui de province, après avoir succombé sous l'ennui de Paris !

Tenez, dit-elle, en me tendant le *Figaro*, voyez ce que raconte le journal de ce matin. Je le pris de sa main, et je lus ce qui suit :

« On s'occupe déjà de villégiature, pour réparer l'effet désastreux des bals. Les provisions de beauté et de fraîcheur vont s'épuisant chaque semaine, et les maris sont déjà invités à préparer un budget, pour en opérer le renouvellement, en quelque pays que ce puisse être ; mais la Suisse, Dieppe et Trouville auront cette année un rival redoutable : c'est le Roussillon.

« Le succès extraordinaire et mérité obtenu, dans les soirées du faubourg Saint-Honoré et de la Chaussée-d'Antin, par une étrangère splendidement belle, lui a attiré tous les regards et tous les hommages. On s'est naturellement demandé en quel pays on avait d'aussi beaux yeux et un teint aussi pur, sans parler de la distinction ; on a su que cette reine de la saison appartient à une ancienne famille catalane, et qu'elle habite, en Roussillon, quelque ancienne commanderie de Templiers, nommée le Mas-Deu.

« Depuis huit jours, toutes les jeunes femmes raffolent du Roussillon ; on a enlevé la dernière édition du *Guide-Joanne* sur ce pays, et loué ce qu'il y a d'habitable à Castel-Roussillon, à Canet, à Elne, à Argelès, à Collioure et à Port-Vendres.

« Et comme partout où l'on porte du miel il y vient des mouches, une colonie de jeunes gens, parmi lesquels figurent plusieurs lionceaux du foyer de l'Opéra et du

4.

Jockey, vient d'expédier, dit-on, des courriers, pour retenir même les cabanes des pêcheurs. »

— N'est-ce pas insupportable? s'écria la contessine avec humeur, et dire que nous ne pourrons pas éviter cette cohue ! Les médecins ont ordonné l'air et les bains de cette côte à l'amiral, et nous avons déjà loué une maison à Canet; qu'on nous y laissât au moins deux mois tranquilles ! Louise en a besoin autant que son mari, et j'en ai besoin moi-même pour revoir mon cinquième chant.

Vous verrez cela, ajouta-t-elle, en me tendant la main.

Elle sortit, et j'allai rendre visite au chevalier de Médrane.

Il habitait rue Laffitte, numéro 13, le petit appartement qu'avait occupé Cerutti, en 1791, lorsque, à l'apogée de sa réputation, il prononça l'oraison funèbre de Mirabeau. La rue, qui portait le nom du comte d'Artois, prit alors le nom de Cerutti, qu'elle conserva jusqu'en 1814. La Restauration le lui ôta, pour lui rendre celui du comte d'Artois; mais elle le perdit de nouveau en 1830, pour prendre celui du banquier Laffitte.

L'appartement du chevalier, correctement tenu, avait une propreté extrême, mais une élégance un peu fanée. Meubles, tentures, guéridon, bureau, tout y rappelait le goût du temps de Louis XV. La pendule et les flambeaux garnissant la cheminée du salon, qui était aussi son cabinet, étaient en belle porcelaine de Saxe, complétés par des vide-poches en vieux Sèvres, élégamment montés.

M. de Médrane m'accueillit avec une courtoisie à demi familière, et me parla de mes travaux en homme qui a lu et retenu. Je le trouvai plus ouvert et plus communicatif que je ne l'avais espéré. En me voyant considérer attentivement les pièces les plus remarquables de son mobilier, il me dit avec un sourire :

— Ce sont les témoins et les discrets confidents de ma jeunesse. Ces vieux Saxe et ces vieux Sèvres me servent depuis que je servais moi-même le roi Louis XV, dans les mousquetaires gris du marquis de Lachèze.

Je ne fus pas maître d'un mouvement de surprise, et je lui dis :

— Monsieur le chevalier, j'ai l'esprit et la mémoire obsédés par un doute que je vous demande la permission de dissiper : n'ai-je pas eu l'honneur de vous voir, chez mon père, vers 1811 ?

— Oh! non, me répondit-il en souriant; vous me confondez avec le chevalier de Médrane de Mauhic, mon cousin, avec lequel je vécus, en effet, déguisé dans les bois, et chez les bons paysans de votre pays, lorsque le frère aîné du chevalier, chef de la famille, périt à Auch, sur l'échafaud, avec la meilleure noblesse du département.

J'eus l'occasion de connaître alors M. votre père, gentilhomme verrier, spirituel et instruit, mis en réquisition par le comité de salut public, sous prétexte de chimie, pour fabriquer du salpêtre. On lui avait donné, pour chauffer ses fournaux, les saints, les vierges et les anges dorés des églises d'Auch; et j'estime qu'il a dû se faire, avec les plus beaux, bien des protecteurs dans le ciel; car, en fait de milice céleste, il ne mit au feu que les séraphins éclopés et les vierges hors de ser-

vice. Le lendemain du 9 thermidor, il céda au vœu de
habitants, en jetant ses drogues dans le Gers; et l
poisson y fut empoisonné, depuis la Treille jusqu'
Layrac.

Mais tout cela remonte, comme vous voyez, à un
époque bien antérieure à la vôtre. J'étais accouru dan
l'Armagnac pour essayer de venger la mort de M. de Mé
drane, mon oncle; je voulais tuer le misérable Dartigoyte
notaire de Mugron et député des Landes, qui fut le bour
reau de ces contrées; mais l'occasion ne se présenta pas
et je rejoignis l'armée, où j'étais déjà un vétéran.

Et, comme je me récriais, il reprit :

— Ah! c'est que nous nous battions jeunes, de mo
temps! Une mousquetade reçue, en Corse, à seize ans
dans le dernier combat de Paoli contre les troupes françaises du comte de Vaux, me fit admettre à la compagnie
grise, en 1770, à dix-huit ans, grâce à l'appui du comte
de Flamarens, grand louvetier, mon compatriote et le
vôtre.

Puis, emporté par ses souvenirs, il ajouta :

— Nous n'étions pas plus braves qu'aujourd'hui; oh!
non, mais nous étions, je crois, mieux élevés pour notre
destination. A l'Académie royale, on ne demandait pas à
un gentilhomme s'il était maître ès arts, ou, comme
vous dites, bachelier : être bien fait, alerte, brave, en-
treprenant, c'était le premier titre à l'admission. On apprenait à monter à cheval, à danser, à dessiner, à parer
et à donner un coup d'épée; et lorsque, à ce point de vue,
on sortait des mains de Teillagory et de ses prévôts, on
pouvait hardiment se risquer sur le pré. Cette éducation

jeune et militaire, une fois acquise, on la complétait par la conquête d'une ou de deux jolies femmes, et la cour faisait le reste pour ceux qui n'étaient pas tués.

Le jour où j'entrais à l'Académie, la comtesse du Barry entrait à Versailles. Elle avait vingt-sept ans, et elle était, foi de mousquetaire, une très-belle fille, avec des façons fort distinguées, quoi qu'on en ait dit.

En 1775, les mousquetaires ayant été licenciés, les bontés du vicomte de Vergennes me firent entrer dans sa compagnie des gardes de la porte.

Quand vint la grande débâcle, j'accompagnai Mesdames de France à Rome et à Naples, et, en attendant une éclaircie, je passai près d'une année dans un village de l'Apennin, près des sources de la rivière de Corrèse : mais j'étais soldat ; d'augustes volontés me commandèrent de garder mon épée, et je servis mon pays, comme j'avais servi mon roi.

Néanmoins l'Italie m'attirait ; j'y avais la pensée unique de ma vie. J'y errai longtemps, de province en province. Je m'arrêtai enfin dans un village de la Sabine. J'avais fixé près de là mon dernier gîte, et j'y reviens tous les ans, jusqu'à ce que j'y reste.

Merci de votre visite d'aujourd'hui ; vous ne m'auriez pas trouvé demain.

Comme il disait ces paroles, une belle fillette de quinze à seize ans, costumée en contadine du val d'Arno, entra familièrement chez le chevalier. Elle était grande, élancée, grêle des membres, avec le regard fin et vif, la figure un peu émaciée, comme si elle était pâlie par une pensée ardente et précoce.

— De quelle province êtes-vous, *ragazzina mia ?* lui demandai-je.

— *Io so di Siena, signore*, me répondit-elle, avec un petit air de fierté provocante.

— Et pourquoi dites-vous *so*, au lieu de *sono*, comme tous les Italiens qui parlent correctement ?

— Oh ! prenez garde, dit le chevalier de Médrane, en riant. Vous ne serez pas le plus fort sur ce terrain, qui est le sien. Elle préfère la langue de Sienne à celle de Florence.

— *Noi, Sanesi, parlamo come la santa*, dit l'enfant.

— Vous le voyez, ajouta le chevalier, c'est une puriste. Beppa prétend que sainte Catherine de Sienne parlait un italien bien plus pur que celui de la Crusca.

— *E di certo, Excellenza*, dit Beppa avec fermeté.

— C'est une réformatrice de la langue italienne, continua le chevalier en souriant, et elle joint, quand il le faut, l'exemple au précepte. Beppa fait des vers fort gracieux, et même en improvise, comme le plus habile poëte qu'il y ait de Sienne à Pistoie.

Flattée du témoignage de son maître, la jeune *pecoraia* voulut lui lire un *stornello* qu'elle venait de composer.

— Demain, ma chère Beppa, lui dit le chevalier avec douceur.

— *Ma, poichè andate via dimane, Excellenza !*

— C'est vrai, Beppa, je pars demain ; mais tu me diras ton *stornello* avant que je parte, et tu le répéteras à la contessine Laura, quand je serai parti.

Je laisse Beppa à ces dames, ajouta le chevalier. Elles

se rendent aux bains de Canet, où elles espèrent trouver un peu d'isolement et de repos, dont madame du Guénic parait avoir besoin.

Viendrez-vous en Italie? me demanda-t-il, en me tendant la main en signe d'adieu.

— Peut-être.

— Eh bien! alors, nous nous rencontrerons, où? je n'en sais rien; mais, en Italie, on se rencontre toujours.

Là-dessus, je pris congé du chevalier, qui était devenu une connaissance, sans cesser d'être une énigme.

IV

DE L'A-PROPOS DANS UN COUP D'ÉPÉE

L'esprit naturellement préoccupé de l'aventure dans laquelle j'avançais chaque jour un peu plus, quoique à pas lents, je réfléchis pendant quelques jours sur l'emploi d'un mois ou deux, que je voyais libres devant moi, et que je voulais faire servir à la fois à mon plaisir et à mes études.

Deux questions diverses se partageaient ma pensée encore indécise. Je désirais aller dans le Roussillon, afin de chercher au col du Perthus les traces que pouvait y avoir laissées le monument qui porte dans l'histoire le nom de *Trophées de Pompée ;* mais je n'avais pas une moindre envie d'aller vérifier, à Capoue, à Atella et à Cannes, les rapports que le bénédictin Jacques Martin déclare exister, dans une mesure considérable et une forme frappante, entre les antiques patois osques et les dialectes du comté de Foix, où il était né.

Opter pour l'Italie me donnait la chance d'y rencontrer le chevalier de Médrane ; mais partir pour le Roussillon me permettait de saluer, en passant, la contessine et l'amirale, aux bains de Canet ou de Collioure. J'étais encore hésitant, lorsque je lus dans le *Figaro* l'article suivant :

« Après le lansquenet, c'est l'épée qui fait des siennes. Un membre distingué du Jockey-Club, M. A. de M... vient de faire l'épreuve de ses rigueurs. Heureux sur le tapis vert, il a été malheureux sur le pré. Dans un duel dont les causes restent encore inconnues, il a reçu, hier, un coup d'épée fort grave ; il s'est, dit-on, immédiatement affaissé, et il a été transporté chez lui, évanoui.

« Détail étrange ; M. A. de M... avait ses malles bouclées et allait partir pour les bains de Canet, dans le Roussillon, que la fashion paraît avoir adoptés cette année. On ajoute que son adversaire est un ancien ami, et qu'une réconciliation immédiate a eu lieu sur le terrain. »

Cet article du *Figaro*, rapproché de celui que le lecteur connaît déjà ; la mention des bains de Canet et les initiales A. de M... me laissaient peu de doutes sur la personnalité du blessé, qui devait être Albert de Moraines. Je sortis pour aller m'enquérir du fait. Nestor Roqueplan, que je rencontrai, me confirma l'exactitude de mon pressentiment.

J'allai immédiatement m'écrire à la porte du blessé. Son état était aussi satisfaisant que possible, mais la blessure était fort grave, et le médecin avait prescrit l'isolement le plus absolu.

5

Cinq jours plus tard, allant, comme tous les matins, prendre des nouvelles, je trouvai le docteur Cerise, médecin ordinaire des ferrailleurs élégants, qui quittait le chevet du blessé : « Il va bien, me dit-il ; je l'en tirerai, je l'espère fortement ; mais il est au lit pour deux mois. C'est ce qui l'exaspère. Pendant le délire de la première fièvre, il ne parlait que des bains de mer du Roussillon. Depuis que le calme est revenu, je lui ai déclaré qu'il fallait y renoncer, au moins pour cette saison, sauf, quand il sera debout, à se rattraper sur Dieppe, à quoi il ne veut pas entendre. J'espère le décider à opter pour Baréges, dans l'intérêt de la complète cicatrisation de sa blessure, qui est très-profonde. »

Et comme je demandais au docteur si je ne pouvais pas voir le malade :

— Non, me répondit-il, pas encore ; venez dans huit jours, à l'heure de ma visite, je vous introduirai.

Je me retirai très-perplexe et tout pensif.

En me rappelant les désirs que la contessine Laura m'avait exprimés, la veille de son départ, d'être autant que possible seule avec l'amirale et son mari, à Canet, au moins pendant deux mois ; et en songeant qu'Albert de Moraines avait déjà fait ses malles pour s'y rendre, la veille même de son duel, je me disais qu'il y avait là un coup d'épée venu avec un étrange à-propos pour l'empêcher de partir.

On faisait encore un secret du nom de son adversaire, pour ne pas imprimer une direction prématurée aux poursuites du parquet ; et je me rendis chez Philippe de Grandfay, pour obtenir quelques renseignements. Il ve-

ait de partir inopinément pour la Bretagne, appelé par
ne indisposition de sa mère. Ce départ, que j'eusse
rouvé naturel en tout autre moment, me le parut moins
n cette circonstance. J'ajoute que le mystère commen-
ait à devenir clair pour moi.

Au bout de huit jours, je me rendis chez M. de Mo-
aines. Le docteur Cerise y était. J'ai déjà dit qu'il était
e médecin habituel des duellistes de bonne compagnie.
l avait fini par apprendre l'escrime, à force d'assister
es bons tireurs. Les deux premières épées de ce
emps, le baron de Bazancourt et le marquis du Hallay,
'allaient pas sur le pré sans la trousse du docteur
Cerise.

Après avoir serré la main que me tendit vivement
Albert de Moraines :

— Et qui donc vous a blessé ? m'écriai-je.

— Qui ? me répondit-il, en éclatant de rire, — et
uel autre que de Grandfay pouvait m'envoyer un pareil
oup d'épée ?

— De Grandfay ?

— Lui-même. Il n'y a qu'un ami, continua-t-il en
iant, pour faire aussi bien les choses.

— Mais pourquoi donc vous êtes-vous battus ?

— Oh ! pour cela, je n'en sais rien, ni Grandfay non
lus.

— Comment, vous n'en savez rien ?

— Ma foi, non. Le motif a été si futile, il s'est produit
'une manière tellement inattendue, et nous nous sommes l'un et l'autre échauffés si bêtement, que nous n'y
vons vu clair qu'après l'affaire.

Lorsque je suis revenu de mon évanouissement, j'a
senti ma main dans celle de Grandfay. Il était aus
pâle que moi.

— M'en voulez-vous ? m'a-t-il dit.

— Non. Et vous ?

— Ni moi non plus, m'a-t-il répondu. Mais alor
pourquoi diable ne nous sommes-nous pas expliqués
matin ?

— Ah ! mon cher, lui ai-je répondu, c'est que nou
sommes créoles tous les deux. Vous savez qu'à la Marti
nique et à la Guadeloupe, les choses se passent ains
On se bat d'abord, et, si l'on n'est pas tué, on s'expl
que ensuite. Vous souvenez-vous du comte de Paviot
Vous souvenez-vous de Louis de Maynard ?

— C'est vrai. Après le duel, ils ne purent pas s'expl
quer comme nous : ils étaient morts.

— Mais alors, dis-je à M. de Moraines, cette lutte a ét
bien courte, puisque vous ne vous êtes pas donné l
temps de réfléchir ?

— Ah ! oui, elle a été courte, et pas bonne, comm
vous voyez. Je vais vous conter cela.....

— Ah ! mais non ; ah ! mais non, s'écria le docteu
Cerise. Assez parlé comme cela, pour aujourd'hui.

— Mais, docteur, dit le malade, vous savez que ce n
sera pas long ; deux ou trois phrases au plus.

— Non, non ! je vous défends de parler plus long
temps. J'aime mieux raconter le duel moi-même ; je l
sais par cœur ! Je n'en ai jamais vu de plus redoutable
Bazancourt n'est pas aussi correct que Grandfay, et d
Hallay n'est pas plus prompt. Vous êtes trop rageur

mon cher malade. Quand j'ai vu de Grandfay en garde, j'ai eu froid dans tout le corps.

Monsieur, dit-il en se tournant vers moi, les fers étaient engagés, et le premier témoin, en se reculant d'un pas, dit aux adversaires : « Allez, messieurs ! »

Je ne sais si vous avez vu de Grandfay l'épée à la main ; il appartient à cette école de tireurs qui, dans leur jeu simple, sobre de feintes, tout de vitesse et d'à-propos, ont trouvé le secret de la véritable escrime de terrain.

Il avait rompu d'une semelle ; d'aplomb dans sa garde, le bras droit légèrement ployé, la pointe à l'œil de l'adversaire ; il attendait.

De Moraines, un peu plus petit, ramassé sur lui-même, le bras presque tendu, l'épée engagée en tierce, fatiguait le fer de Grandfay par de continuels batte-ments. Bientôt, l'impatience le gagna ; il rapprocha le talon gauche du droit et froissa l'épée en tierce, en por-tant du même coup le pied droit en avant.

De Grandfay rompit de nouveau. La position deve-nait difficile. De Moraines comprit le danger qu'il y au-rait à tenter une nouvelle marche pour se loger. Il se décida à jouer son va-tout !

Il s'agissait pour lui de faire une feinte assez pro-noncée pour forcer de Grandfay à parer et à riposter ; de s'emparer alors de son fer à la riposte, et de rentrer par une remise dans la ligne basse. Je le vois encore ; Il fit deux appels, jeta un cri, et poussa la botte à fond.

Alors, de Grandfay prit le contre en rompant, ne

riposta qu'à demi ; puis, laissant tomber la pointe, crois
en octave.

Notre malheureux ami s'affaissa sur les genoux
L'épée de Grandfay lui était entrée de douze centimètres dans le côté.

— C'est bien cela, docteur, au moins quant à l'entré
du fer dans mes côtes, dit de Moraines en riant ; mais
en ce qui touche les passés, du diable si je les ai analy-
sées comme vous. La moralité de la chose, c'est qu'il n
faut pas se frotter à Grandfay sans une absolue nécessité.

Mais, à propos, docteur, croyez-vous donc que je n
puisse pas me lever un peu ? Il me semble que mo
côté est beaucoup plus libre, et je m'ennuie dans ce li
aussi horriblement que don Carlos dans l'armoire d'Her-
nani.

— Encore un peu de patience, répondit le docteur
Vous pouvez recevoir vos amis, à la condition de les
écouter beaucoup et de leur parler peu.

— Ah çà ! mais, vous me fermez la bouche, comme
le pape fait aux nouveaux cardinaux. Quand donc me
l'ouvrirez-vous ?

— Eh bien ! dans une quinzaine de jours, pas avant.

Comme je me levais pour prendre congé, de Moraines
me tendit la main. « Venez me voir, me dit-il, pendant
que je serai muet ; vous parlerez pour deux. Mais dès que
ma bouche sera ouverte, je vous conterai une assez longue histoire, sur laquelle un avis calme et réfléchi m'est
nécessaire. Je compte sur le vôtre. Au revoir. »

Il devenait absolument impossible de conserver dé-

sormais le moindre doute sur la situation respective de
M. de Moraines et de M. de Grandfay.

J'ignorais encore s'ils étaient deux rivaux, se dispu-
tant la même femme ; mais je savais pertinemment
qu'ils étaient deux adversaires, presque deux ennemis,
se barrant le chemin l'un l'autre, et se faisant réciproquement obstacle dans la marche vers un but que je ne
démêlais pas. Soit préméditation, soit hasard, entre ces
deux personnalités, entre ces deux passions, également
énergiques, se trouvait placée la fine et douce physionomie de madame du Guénic, évidemment aimée de l'un et
haïe de l'autre.

Il était évident, en effet, que Philippe devait l'aimer
avec violence, puisqu'il la défendait par des moyens
violents ; il ne l'était pas moins qu'Albert nourrissait
contre elle la plus âpre animosité, puisqu'il n'avait pas
reculé, pour la perdre, devant des moyens inusités parmi
les gens de bonne compagnie, surtout envers des femmes
autrefois aimées, recherchées et respectées.

L'ignorance absolue où j'étais des sentiments de l'a-
mirale à l'égard de tous les deux ne me permettait pas
d'ailleurs d'apprécier les chances qu'ils pouvaient avoir,
l'un de faire accepter sa passion, l'autre de faire réussir sa haine.

La seule clarté qui se dégageait pour moi de ces ténèbres, c'était la probabilité d'une explosion et d'un choc
prochains, amenés entre les deux adversaires par l'un
des mille hasards de la vie ; et, selon que la jeune et
malheureuse femme se trouverait engagée, peut-être à
son insu, dans cet antagonisme de deux volontés égale-

ment résolues et passionnées, elle courait le risque d'y laisser sa dignité, tout au moins son repos, ce qui, pour l'exquise délicatesse de sa nature, voulait dire la vie.

Quelque chose amortissait un peu l'intensité de l'émotion perplexe, presque douloureuse, où des confidences imprudemment désirées m'avaient jeté : je sentais près de moi, et déjà presque à la portée de ma main, des révélations nouvelles, et probablement décisives.

Philippe de Grandfay m'avait annoncé un manuscrit d'un caractère intime, contenant une analyse nouvelle, faite au point de vue de ses idées personnelles, des joies et des souffrances du cœur.

Albert de Moraines venait de m'assigner un jour prochain pour me conter une longue histoire, probablement aussi d'une nature intime et délicate, sur les suites de laquelle il avait besoin de mes conseils.

Et de quoi pouvait-il être question dans l'écrit de l'un ou dans le récit de l'autre, si ce n'est de leur affaire capitale à tous les deux, c'est-à-dire de leur passion ou de leurs griefs, à l'égard de la femme qui se trouvait l'objet caché et peut-être inconscient de la lutte ?

J'allais donc entrer dans le sanctuaire, encore voilé, où bouillonnaient deux passions ardentes, se soupçonnant une rivalité mystérieuse, sans en connaître avec certitude la cause, et se combattant sans se l'avouer l'un à l'autre, comme des athlètes masqués.

Je les savais diversement doués et armés, mais également redoutables ; et j'ai besoin de crayonner une esquisse de l'un et de l'autre, pour que le lecteur puisse apprécier la gravité de la lutte et juger la puissance des coups.

Albert de Moraines avait vingt-cinq ans, et passait pour avoir vingt-cinq mille livres de rentes. En ce temps-là, de tels revenus constituaient à un jeune homme une fortune considérable, même dans le monde bruyant, viveur et doré où il avait pris sa place.

Les énormes fortunes actuelles, nées du développement qu'un crédit, alors inconnu, a donné de nos jours à l'industrie et au commerce, n'existaient pas. Le vieux marquis de las Marismas, la seconde caisse du Paris d'alors, ne put pas réunir le capital nécessaire à l'exécution du chemin de fer de Paris à Rouen, tandis qu'on en trouverait de reste aujourd'hui pour sillonner de voies rapides les Landes, la Gascogne et l'Auvergne.

La vie élégante et oisive avait alors pour théâtre la partie du boulevard comprise entre les Variétés et les Bains Chinois, situés, depuis l'époque où Babœuf leur donna de la célébrité, au coin de la rue de la Michodière.

Entre les deux frontières de ce pays de l'or, de la soie et des petits pieds, s'échelonnaient, en descendant, le Jockey-Club, l'Opéra, les Italiens, le café de Paris, le café Anglais et le perron de Tortoni. Riche n'était encore qu'au second plan, et la Maison-d'Or, fraîchement bâtie, n'avait pas complétement séché ses plâtres.

Tel était, pour la jeunesse, le royaume de la Fantaisie, ne possédant, hors de ces limites, que deux colonies régulièrement visitées : le Théâtre-Français, les jours de Rachel, et le Rocher de Cancale, au coin des rues Mandar et du Petit-Carreau, les soirs de chère galante. On invitait au café de Paris ou au café Anglais les amitiés bruyantes, dont on était fier. On réservait pour le Rocher de Cancale les amitiés voilées, dont on était heureux.

Mais tout était enfermé et contenu là, pour les satisfactions du cœur et de l'esprit.

Les grandes exhibitions de chevaux, de voitures, de toilettes et de beaux yeux, qui réalisent aux Champs-Elysées les pouvoirs attribués aux fées de nos grand'-mères, n'existaient même pas en germe dans les imaginations les plus téméraires.

Le bois de Boulogne, dans lequel le crayon de Napoléon III n'avait pas encore dessiné des chemins sinueux, des pelouses, des lacs et des cascades, représentait les sites poudreux et embroussaillés du Vésinet actuel; et ses arbres les plus favorisés par la vogue ombrageaient, le dimanche, un bourgeois de la rue Saint-Denis, assis dans un carré formé par une épouse, une bonne, un marmot et un melon.

C'était donc dans ce milieu, avec ces éléments communs à tous, et les vingt-cinq mille livres de rente inscrits à son crédit chez le banquier, qu'Albert de Moraines, nature ardente, expansive, poussant de vigoureux rameaux au dehors, avait dû composer sa vie.

Son premier acte avait été d'entrer au Jockey-Club; le second, d'honorer de son patronage un rat de l'Opéra.

Le Jockey, composé, comme toujours, d'hommes riches, bien nés, élégants, raffinés dans le plaisir comme dans la tenue, occupait alors une plus grande place qu'aujourd'hui dans les distractions des Parisiens. Le comte de Chateauvillard, auteur d'un Code du duel, lui avait donné le goût de l'épée; et lord Seymour, un cadet de la maison d'Herford, devenu Français par les habitudes, lui avait infusé le goût des plaisirs.

Les mascarades du mardi gras et de la mi-carême avaient encore une vogue immense. On s'étouffait sur les boulevards pour voir passer les calèches à quatre chevaux, conduites par des postillons poudrés à frimas, vestonnés de soie rose, et conduisant des carrossées d'actrices en renom, ou même encore de femmes du monde; et dans l'imagination des Parisiens, le Jockey, et surtout lord Seymour, étaient l'âme de ces féeries.

Il occupait le premier étage de l'hôtel du café de Paris, qui était sa propriété, formant l'un des coins de la rue Taitbout, dont Tortoni formait l'autre; et pas une mascarade ne passait sous ses fenêtres, sans leur jeter ou sans en recevoir, comme dans le Corso de Rome, les dragées et les hourras d'usage.

S'amuser, amuser les autres, montrer de la bravoure, pratiquer les bonnes façons, protéger beaucoup l'Opéra, le diriger un peu, tel était le rôle des jeunes membres du Jockey-Club. Albert de Moraines l'adopta et le pratiqua.

Le choix du rat offrait toujours quelque difficulté et quelque délicatesse.

Admis sans délai dans les coulisses, et bien connu de l'ouvreuse chargée de la petite porte du couloir de gauche, au rez-de-chaussée, il put visiter et entretenir à son aise, dans un temple ou dans un bocage, toute la gent trotte-menu; offrir des pralines à l'une; relâcher le

cothurne de l'autre; raviver d'un carmin nouveau la
pudeur fanée de celle-ci; refaire d'un léger coup de
patte de lièvre, trempée dans la céruse, la pâleur dispa-
rue de celle-là ; écouter enfin les désirs, les secrets, les
espérances de ces nymphes de troisième classe. Mais
lorsque, après avoir recommencé trois fois par semaine
les mêmes épreuves, reçu les mêmes confidences, bravé
les mêmes tentations, il devait battre en retraite devant
le redoutable cri du régisseur : *place au théâtre!* le
choix du rat était encore ajourné, sous l'influence de
perplexités nouvelles .

Il fallait d'abord trouver un rat qui ne fût pas encore
occupé, ce qui était rare ; il fallait ensuite en trouver un
digne de l'être, ce qui ne l'était pas moins. En effet, il
ne pouvait, en cette recherche, être question d'un premier sujet, qu'il eût fallu dorer de pied en cap, ou même
conduire à l'autel, comme s'y résolut, ainsi qu'un riche
capitaliste, l'héritier d'un grand nom du parlement de
Paris. Le second sujet lui-même était scabreux à conquérir, difficile à conserver. La belle Duvernay, la jolie
petite Saulnier, *Os-sur-Patte* elle-même, n'avaient eu qu'à
se produire, pour choisir un vainqueur.

Dans ce voyage cent fois recommencé au pays des rats,
Albert de Moraines finit par fixer ses irrésolutions sur
une jolie petite souris, mignonne, blondine, trottinant,
avec grâce, et qui, vouée aux morceaux d'ensemble, ne
devait lever le pied, la main, les yeux ou le nez qu'au
commandement et avec tout le monde. La souris reçut
un sort conforme aux traditions de l'endroit ; et, pour
prendre une attitude digne de son protecteur, elle eut

hâte de louer une mère, tout comme la belle Délie, im-
mortalisée par Tibulle. Une autre, fort célèbre à l'Opéra,
avait loué un oncle, nommé Bélisaire. Albert approuva
la mère ; c'était plus convenable, et, par surcroît, c'était
moins cher que l'oncle.

Comme on le pense bien, le choix d'un rat était, pour
Albert de Moraines, comme pour ses amis du Jockey,
une sorte de formalité accomplie et de mode acceptée.
Le rat était alors pour les dandys ce qu'avait été autrefois le carlin pour les marquises. Il donnait une conte-
nance de générosité, et constituait un patronage de bon
goût. Le rat se savait un passe-temps, non une chaîne,
et il n'affichait jamais les droits d'une passion.

La passion allait ailleurs ; elle errait de loge en loge,
cherchant, comme le lion de l'Écriture, quelque proie
nouvelle à dévorer.

En fait de passion, Albert de Moraines avait fait un
choix. Il guettait, avec la patience des félins, la dernière
baignoire du pourtour, formant le coin du couloir gauche
de l'orchestre. Je dois ajouter qu'il ne la guettait pas seul.
Son œil jaloux n'avait pas tardé à soupçonner un rival
probable dans un jeune habitué, signalé à son observation par une préférence inexplicable et obstinée pour ce
coin du théâtre. Ses soupçons étaient au moins logiques,
sinon fondés. Il se disait que, pour ce rival, comme pour
lui, une secrète harmonie des deux cœurs pouvait, seule,
faire supporter le voisinage immédiat et les ronflements
de la contre-basse.

Ce rival supposé, c'était moi. J'esquissais alors mon
premier et petit roman, *Danaé*, et j'étais en quête d'une

physionomie à la fois fine et ferme, délicate et résolue, qui pût réaliser, tel que je l'avais conçu, le type idéal de ma bergère gauloise des Pyrénées.

Or, ce type, encore plus parfait que je ne l'avais rêvé, m'était apparu un soir au fond de cette baignoire, auprès de laquelle, attiré par un autre aimant que le mien, de Moraines venait régulièrement monter sa garde.

Qui était cette femme, toujours seule ? Je l'ignorais, et chercher à le savoir n'eût été pour moi qu'une stérile curiosité. Il me suffisait de la voir, d'étudier ses traits, sa taille, ses mains, sa pose; de lui supposer un caractère, des sentiments, des passions conciliables avec les détails et l'ensemble de sa beauté; de placer dans sa tête charmante l'intelligence révélée par l'éclat de ses yeux, et d'attribuer à son cœur le dédain des choses vulgaires, attesté par la fierté de son sourire.

Soit curiosité, soit coquetterie, soit abandon, elle semblait se prêter assez volontiers à cet examen, dans lequel elle avait su reconnaître une discrète et respectueuse sympathie, et nos regards avaient fini par se rencontrer sans se fuir. De Moraines était visiblement exaspéré de cette apparence de concert, qu'il interprétait avec ses sentiments et sa jalousie.

Il eut naturellement, mais vainement, la pensée de pénétrer le secret de cette inconnue, qui n'était, pour l'ouvreuse, qu'*une étrangère*, et dont la loge était louée sous un nom manifestement travesti. Dix fois, il prit la résolution de sortir avec elle et de la suivre; mais elle avait le soin de se dérober au milieu d'un morceau qui tenait les spectateurs attentifs. Averti par le bruit étouffé

de la porte de la loge, de Moraines se dressait d'un bond
pour s'échapper ; mais avant d'avoir fait lever, en mau-
gréant et avec lenteur, les cinq ou six spectateurs qui le
séparaient du couloir, la fée avait disparu ; et lorsque,
essoufflé, il arrivait au bas du grand escalier, le roule-
ment d'un coupé, vivement enlevé par deux chevaux de
sang, le clouait immobile sur place.

Cette poursuite passionnée et ce manége fiévreux du-
raient depuis six mois, lorsque, un soir de *Guillaume
Tell*, au moment où madame Dorus attaquait l'air, si
noble et si beau, *Sombres forêts*, la grille de la baignoire
s'abaissa doucement, et l'inconnue, qui d'ordinaire s'as-
seyait à mi-loge, dans la pénombre, vint prendre place
sur le devant, en pleine lumière.

Elle était dans la splendeur de sa beauté, plus délicate
et gracieuse qu'imposante, et de magnifiques diamants
illuminaient de leurs feux son cou et ses épaules. De Moraines, fasciné, la dévorait déjà du regard, lorsque s'a-
vança et vint prendre place à côté d'elle un cavalier de
l'air le plus noble et de la plus haute mine. Il pouvait
avoir quarante ans ; et le naturel et l'aisance de sa pose
disaient clairement : « Je suis chez moi ! »

A cette apparition, je regardai de Moraines : il était
foudroyé. Des mouvements convulsifs l'agitèrent tout à
coup ; les premiers étaient de l'accablement, les seconds
de la révolte. Il jeta alternativement sur le cavalier et
sur l'inconnue un regard effaré, le poing crispé, à moitié
soulevé sur son fauteuil d'orchestre ; mais ce qui l'arrêta, ce fut moins la crainte de provoquer l'homme, que
la formidable impassibilité de la femme ; il eût sans sour-

ciller accepté la mort : il recula devant le ridicule. Après quelques minutes de lutte intérieure, il se leva, sortit, et ne reparut plus au théâtre de l'hiver. Le bruit courut parmi ses amis qu'il avait rejoint son régiment à la Martinique.

Quant à moi, qui étais beaucoup plus désintéressé dans l'aventure, l'apparition du beau cavalier me laissa mon calme et m'apprit tout : c'était lord Howden, connu alors sous le nom de colonel Caradoc, et ayant un rôle important dans la diplomatie britannique. Sa belle compagne était évidemment le fruit de quelque traité séparé, conclu en dehors des instructions du *Foreign-Office*.

Les hasards de la vie me firent rencontrer quelques mois plus tard madame de la P... Elle voulut savoir pourquoi je l'avais si longtemps et si attentivement contemplée. Quand elle eut appris qu'elle m'avait servi de type pour mon idéal de *Danaé*, elle me dit : « Envoyez-moi le portrait que vous avez fait de moi; je veux savoir si, comme je le suppose, vous m'avez flattée. » J'obéis à son désir et j'allai lui porter *Danaé*, chez elle. Depuis ce jour, je ne l'ai plus revue qu'à Rome, et elle assistera à la révélation du secret du chevalier de Médrane. Elle était Espagnole et la plus belle perle de Séville. Quand elle me parlait son beau dialecte andalou, il me semblait entendre les rossignols conversant, la nuit, avec les lilas et les roses.

En esquissant le caractère d'Albert de Moraines, sa vie toute de surface, prête à verser à droite ou à gauche, faute d'un lest qui la tînt en équilibre, sa ténacité véhémente à suivre une pensée, lorsqu'une femme en était le but, j'ai voulu mettre le lecteur en situation d'apprécier l'ardeur qu'il devra porter à soutenir la lutte souterraine, engagée avec un adversaire mystérieux, soupçonné peut-être, mais encore inconnu, et dont, au point où nous sommes de notre récit, l'amirale du Guénic était l'objet inavoué, mais certain.

Par l'âge, la fortune et le rang, Philippe de Grandfay était l'égal d'Albert de Moraines; mais son caractère avait une autre nature et son esprit une autre direction. Il visait aux sommets; être le premier ou l'un des premiers, en quoi que ce fût, lui semblait l'ambition nécessaire de tout homme qui se sent des ailes, même avant de les avoir déployées. Cette ambition, il l'avait, calme, mais résolue.

Quelle tâche spéciale, quel but marquerait-il à cette ambition ? Il l'ignorait encore. La littérature, l'histoire, le théâtre, la politique, lui souriaient et l'attiraient; mais il avait la coquetterie de l'esprit, comme les femmes ont celle de la beauté; et de même qu'elles aiment à se montrer parées, sans avoir laissé paraître ou deviner les secrets ou les détails de leur parure, de même il se proposait de paraître grand, sans que le monde l'eût vu grandir.

Vivre pour vivre, lui paraissait bestial; s'amuser pour s'amuser, lui paraissait puéril. La chance d'être venu au monde lui semblait inséparable de la tentation de s'y perpétuer par la vertu ou par la gloire. Le cri de joie d'Horace, *non omnis moriar*, était sa devise; et il admirait, sans oser la souhaiter ou pouvoir l'atteindre, l'ardente foi des saints, qui se dérobent aux hommes pour vivre uniquement en Dieu.

Cette pente de son esprit l'avait conduit au travail, qu'il s'était fait incessant et varié. Ne sachant encore de quel côté il jetterait son principal effort, il sondait l'un après l'autre tous les horizons de la pensée ; et comme, sans la dédaigner, il ne se contentait jamais de l'opinion des autres, il s'en faisait une à lui, par un examen nouveau et personnel des questions.

En histoire, il n'admettait ni tout M. Guizot, ni tout Montesquieu. En littérature, il choisissait dans Victor Hugo et dans Racine. En général, il était pour les qualités viriles de l'esprit et pour les qualités gauloises du langage. Il ne méprisait pas la grâce, mais il préférait l'énergie ; et il ne se sentait choqué ni par les écrivains un peu crus, ni par les fruits un peu verts.

Sans se laisser distraire un seul jour de ses grandes lectures, il s'était mêlé au journalisme. La presse lui avait paru comme un gymnase et une palestre antiques, où l'esprit acquérait de la souplesse, la pensée de l'ordre, la phrase de l'aisance et de la netteté. Il s'y exerçait à formuler l'idée et à aiguiser le mot, comme dans une salle d'armes, où l'on acquiert la vitesse et où l'on étudie les coups, en tirant au mur.

On comprend que le journalisme prenait dans ses mains une fermeté et une allure magistrales. Après avoir manié Platon, le matin, il jouait, le soir, avec M. Thiers.

La presse était alors ce qu'elle est restée depuis, une arène. Ferme, sans être provoquant, et résolu sans être matamore, il était de sa personne derrière ses opinions. Brave et calme, il avait pour maxime de ne pas chercher les affaires, mais de ne pas les fuir. Il avait accepté froidement les conditions de sa vie ; Grisier n'avait pas de meilleure lame, et Gastine Renette de meilleur tireur. On le savait, et cette notoriété complétait le repos que lui assurait déjà la dignité de sa vie.

L'atmosphère intellectuelle de Paris, de 1836 à 1842, était merveilleusement favorable à l'éclosion des jeunes talents. Il y avait alors une floraison de romanciers et de poëtes, arrivés à tout l'éclat de leur verve, et entrés dans l'auréole de leur renommée.

Balzac parcourait, par *le Père Goriot* et *le Lys dans la vallée*, le cycle de ses meilleurs romans. Victor Hugo couronnait la poésie dramatique par *Ruy-Blas*, et la poésie lyrique par *les Feuilles d'automne*. Alexandre Dumas composait *Mademoiselle de Belle-Isle* et *les Trois Mousquetaires ;* Alfred de Musset publiait *les Confessions* et *Rolla ;* Lamartine redorait, par *Jocelyn*, .la popularité des *Méditations ;* Eugène Sue fondait la sienne avec *Mathilde* et *les Mystères de Paris ;* Frédéric Soulié étalait, dans les *Mémoires du diable*, la forte crudité de son talent ; Méry tirait de la *Guerre du Nizam* et d'*Eva*, comme du fond d'un narghilé, les spirales de sa fantaisie ; Théophile Gautier révélait un grand poëte dans la *Comédie de la Mort*, et un vigoureux et souple prosateur dans *Fortunio ;* madame de Girardin faisait applaudir les vers de sa *Judith* au théâtre, et la prose de ses feuilletons dans la *Presse ;* enfin, madame George Sand entrainait, à travers les théories étranges de ses romans, les lecteurs qu'elle avait attirés dans *Indiana*, séduits dans *Valentine*, inquiétés dans *Jacques*, révoltés dans *Lélia*.

Par son savoir et son goût exercé, par son esprit à la fois mondain et lettré, Philippe de Grandfay avait conquis sa place dans cette société d'élite, moins rayonnante alors qu'aujourd'hui, et que l'éloignement a placée, par rapport à nous, dans cette perspective du souvenir favorable à la vraie gloire.

C'était alors le règne de la bourgeoisie, toujours un peu jalouse des influences qui se fondent en dehors d'elle, et trop préoccupée du pouvoir que donne la fortune, pour estimer à son juste prix celui que donne le talent.

On savait Musset pauvre, Balzac endetté, Dumas dissipateur, Lamartine aux abois ; et, dans l'opinion générale du haut commerce et de la Banque, le discrédit financier voilait les reflets de la renommée littéraire.

Aujourd'hui, la mort a soumis à son niveau et fondu à son creuset cette génération tout entière, la finance comme la poésie ; et la signature de ces lettrés qui, de leur vivant, ne pouvait franchir le guichet d'un escompteur, a ouvert à leurs noms le monde sans limites et sans fin de la pensée, dans lequel les oreilles délicates trouvent au vers bien alerte et à la prose bien rhythmée une finesse de mélodie que ne dépasse pas le tintement de l'or.

Partout où il y a un romancier ou un poëte, il y a une muse, c'est-à-dire une femme. La plume du lettré, lorsqu'elle crie sur le papier, s'efforce de réveiller l'écho d'un cœur dans le présent, ou l'écho de l'histoire dans l'avenir; et si haut ou si bas que se place l'écriture, au sommet des obélisques ou dans les ténèbres des catacombes, c'est toujours avec l'espoir d'être lue.

Lorsque, il y a quelques années, ou retira des profondeurs d'un hypogée toscan, surmonté d'un gazon que les troupeaux foulaient depuis des siècles, la colonnette du musée de Florence sur laquelle se lit, en langue et en caractères étrusques, l'inscription : MI AVILES MARIANAS, — « je suis le tombeau de Marianne » — ne devinat-on pas que celui dont la main pieuse l'avait cachée sous la terre avait eu néanmoins la pensée que les générations futures connaîtraient un jour sa douleur ?

Les muses qui inspiraient les lettrés au milieu desquels de Grandfay passait sa vie n'étaient pas ces jeunes et belles hétaïres d'à présent, au galbe magistral ou gracieux, que tous les chemins de fer du monde versent, à flots pressés et rutilants, sur toutes les scènes de Paris, partout où l'art chante, danse, mime ou déclame.

L'extrême richesse, c'est-à-dire l'appât qui les attire, et la gare ouverte en tout village, c'est-à-dire le train bruyant et rapide qui les apporte, n'existaient pas encore. On ne venait à Paris que par dix ou douze à la fois, et par diligence. La belle fille de vingt ans qui, là-bas, cherche d'un regard vague l'inconnu qu'elle devine, et dont, sur sa colline ou dans sa vallée, la narine gonflée subodore les ivresses lointaines et indéfinies, conservait, sous la protection de son désert inaccessible, sa saine et forte nature. Le *gars* du hameau en profitait; et elle abandonnait, fermes et un peu rouges, aux regards baissés de Gros-Pierre, les épaules aujourd'hui blanchies à la céruse, qu'elle offre à toutes les lèvres de Paris.

En attendant l'heure des importations exotiques, Paris en était donc encore réduit à ses femmes, à ses légumes et à ses fruits ; et le goût blasé des sybarites était condamné aux fraises de Châtillon, aux cerises de Montmorency et aux grisettes du quartier Latin.

Philippe de Grandfay devait sans doute, comme les autres, donner son coup de dent à la pomme illégale ; mais il le faisait discrètement, voilant sa vie intime, et forçant les égards d'autrui par ceux qu'on le voyait avoir pour lui-même. Ne cherchant à pénétrer les secrets de personne, nul n'aurait eu la pensée de provoquer les siens.

Ceux qui, sans être ses amis intimes, avaient un peu de jour sur sa vie, n'étaient pas sans y soupçonner une préoccupation profonde. Les traces qu'on en pouvait surprendre sur son front étaient trop fugitives pour être suivies ; mais si la joie qu'on y lisait quelquefois trahissait un bonheur immense, l'anxiété qui s'y peignait à son tour donnait à penser que ce bonheur n'était pas encore atteint.

Les mystères de son cœur étaient sous une triple garde, que personne n'aurait osé forcer : sa dignité, sa réserve et son épée.

Tel était l'homme qu'une lutte, dont les causes m'étaient encore inconnues, avait mis aux prises avec Albert de Moraines. Y aura-t-il un choc au bout de cette lutte ? Quelle en sera l'occasion ? Quel en était l'enjeu ?

C'est encore un mystère, sur lequel néanmoins les confidences que m'avait annoncées Albert de Moraines me paraissaient devoir jeter quelque éclaircissement.

V

LE CAVALIER SERVANT

Lorsque le jour que m'avait assigné Albert de Moraines fut arrivé, je me donnai de garde de manquer au rendez-vous.

M. de Moraines était en pleine convalescence. Je le trouvai gai, ouvert, comme toujours, mais visiblement ému. Il fit fermer sa porte, même pour le docteur Cerise, auquel il ne confiait que les blessures de son corps.

Après avoir de nouveau fait appel à mes conseils et à ma franchise, il me raconta l'aventure que je vais résumer fidèlement.

On y trouvera les qualités et les défauts de cette nature active, exubérante, honnête, mais mal équilibrée, et dans laquelle les ardeurs du tempérament et les légèretés de l'esprit gâtaient la loyauté native de l'âme.

— Je sens, me dit-il, que j'ai besoin d'une excuse pour la confidence que je vais vous faire. Je ne veux la cher-

cher que dans votre bonté. Vous savez que le sérieux
peut se mêler à toutes les folies; il y en a un très-grand
dans celles que j'ai pu faire, et il s'agit de les clore sans
y laisser l'honneur.

J'ai d'abord eu la pensée de vous parler moins de la
faute que de la réparation qu'elle entraîne, et que je
n'entends pas marchander; mais comme j'ai toujours
entendu dire que le confesseur le plus autorisé ne peut
pas absoudre des péchés qu'on lui cache, j'ai pris le parti
de tout vous dire, si vous consentez à tout écouter.

Vous devinez qu'il s'agit d'une affaire de cœur qui
entre en liquidation, et que je suis arrivé au quart d'heure
de Rabelais.

—Je vous écoute avec intérêt, mon cher de Moraines.
Il n'est pas d'affaire si épineuse de laquelle on ne sorte
convenablement avec de la bravoure et de l'honneur.

— Lorsque, il y a trois ans, je revins de la Martinique, j'y laissai un engagement d'imagination autant au
moins que de cœur, moins accepté peut-être que subi,
par une jeune personne très-imprudente, encore plus
honnête et parfaitement respectable, et dont, en raison
même de son caractère irréfléchi, je n'entendais pas me
prévaloir, si les circonstances ne m'en faisaient pas un
devoir ou une obligation.

J'étais à peine arrivé que ma famille, redoutant l'oi-
siveté de Paris, me chercha une carrière. Je la laissai
faire; et, grâce à ses relations, M. Guizot m'envoya à
Florence comme attaché d'ambassade.

Sans refuser précisément à la diplomatie l'estime
qu'elle mérite, je dois vous confesser qu'elle ne fut pas

à ce moment, ma principale préoccupation. J'avais vingt-six ans, je quittais le service, décoré à la suite de quelque énergie déployée dans les désastres du tremblement de terre ; j'avais de la fortune, et je me sentais une immense envie de vivre. Je voulais vivre utilement, si je le pouvais ; gaiement, je le désirais ; honorablement, j'en étais sûr. La diplomatie allait me faire coudoyer les hommes d'esprit et respirer l'atmosphère des femmes distinguées. Cette pensée m'enivrait !

Voir l'Italie, pays du soleil, des poëtes et des sonnets ; l'Italie, patrie des madones de Raphaël, des courtisanes de Jules Romain, et des Vénus de Titien ; voir Florence, où naquit Dante, qui célébra Béatrix, type de l'amour pur, et où habita Boccace, qui composa le *Décaméron*, épopée de l'amour licencieux : — Tel fut mon rêve !

Je me croyais préparé à cette Odyssée nouvelle de mes sens et de mon cœur par deux années passées à comparer les belles filles de la Martinique, de l'Amérique du Nord et des colonies anglaises ; *stultus ego*, comme dit le Berger de Virgile ; je ne savais pas même l'alphabet de l'amour italien.

A la Martinique, j'avais attaché à la dragonne de mon sabre les plus belles mulâtresses de Saint-Pierre et de Fort-Royal, excepté Oliva, leur reine à toutes, vous le savez.

Aux Etats-Unis, j'ai failli cent fois être marié à mon insu, par ruse ou par force, aux bains de Saratoga ou aux bazars de Chicago. L'hystérie matrimoniale des jeunes Américaines tend partout ses panneaux, en chemin de fer, en bateau à vapeur, au temple, au théâtre ; et les

6

plus belles misses ont toujours, à portée de la main, u
ministre de l'un des deux ou trois cents cultes établis
pour mettre le sceau légal à une promesse imprudente
ou à une promenade au clair de la lune.

Don Juan, qui épousait autant que l'on voulait, à c
qu'assure Sganarelle, aurait eu, le soir, à New-York
autant de compagnes que Salomon.

A la Jamaïque, les mœurs changent. Les jeunes misse
Anglaises rusent moins que les Américaines, mais elle
raisonnent davantage. Elles discutent volontiers votr
amour et le leur, la Bible à la main. Si vous risquez u
engagement sur un texte, vous êtes perdu. On dirai
qu'elles ont des éditions spéciales, à l'usage des filles
marier.

En France, j'ai vu à Toulouse un usage intéressant
Si vous marchandez un melon sur la place du Capitole
le jardinier, armé d'un couteau, vous en découpe un
petite tranche, et vous la fait goûter. Si vous ne prene
pas le tout, la tranche se paye un sou. En pays anglais
la jeune fille à marier permet aussi que l'on goûte
pourvu que la tranche ne soit pas trop forte. Cela s'ap
pelle d'un joli nom, *flirter*, comme qui dirait *fleureter* o
conter *fleurette*.

Donc, un jour, à la Jamaïque, après que j'eus goûté d
mes lèvres frémissantes, d'abord une main à fossettes
puis un bras potelé, puis encore une épaule nue ado
rable, puis enfin une bouche souriante et mutine, on m
demanda si je prenais. Absorbé par mes essais, je n
m'attendais pas au brûle-pourpoint de la question, et j
balbutiai.

Il me fallut alors écouter plusieurs textes de l'Ancien et du Nouveau Testament, établissant que mon dernier essai dépassait la limite tolérée, d'une mesure qu'un juge de paix formaliste pourrait bien estimer à deux cents livres sterlings. Pour calmer la charmante théologienne, j'alléguai notre mariage civil, avec son interminable cortége de papiers timbrés; et comme des parents négligents auraient pu les faire attendre, je partis en diligence pour les aller chercher, non sans avoir déposé en gage, aux mêmes endroits, les mêmes témoignages de mon affection. La délicieuse enfant m'a annoncé son mariage l'année dernière.

Mais au moins, en tous ces pays, à la Martinique, aux Etats-Unis, à la Jamaïque, j'avais trouvé à courtiser des jeune filles prêtes au sacrement, nubiles, la plupart sans dot, et s'étudiant à prendre les garçons en disponibilité à la glu de leurs regards ou de leurs paroles. On est prévenu et l'on peut se défendre.

Aussi les Anglais et les Américains voyageurs, qui connaissent le danger, se tiennent-ils à distance de l'écueil, ne parlant jamais à une femme, dans la crainte qu'elle soit veuve ou fille à marier. J'ai fait neuf cents lieues avec une jeune miss, allant toute seule de Mexico à New-York, avec un nécessaire, un parapluie et un voile vert; et, sur plus de vingt que nous étions, je fus seul à lui adresser la parole. Elle me répondit en français, ayant, me dit-elle, reconnu ma nationalité à ma courtoisie; seuls en effet, dans le monde, les Français ne sauraient se trouver avec une jolie femme sans paraître épris de ses charmes; aussi en sont-ils généralement bien accueillis, surtout s'ils ont l'apparence de pouvoir faire un mari sortable.

Mais, en Italie, comme tout change, et comme mon expérience des filles de couleur, des misses anglaises ou américaines me laissa au dépourvu !

Je voulais m'arrêter quelques mois à Rome, avant de me rendre à mon poste, et j'arrivai avec les lettres d'introduction nécessaires pour reprendre ma vie de garçon sur nouveaux frais.

J'étais cuirassé par mon expérience d'outre-mer contre les séductions des vierges italiennes, et je me sentais de force à braver Clélie elle-même : mais quel fut mon étonnement, en pénétrant dans ce monde nouveau, de ne pas trouver sur mes pas une seule fille à courtiser !

Non, ni aux fêtes, ni au théâtre, ni aux réunions, pas un seul essaim de ces jeunes et belles filles qui, en Amérique et en Angleterre, s'offrent à l'admiration et au culte des jeunes gens ; mais en revanche, partout, des femmes mariées, avenantes, souriantes, avides d'hommages, prêtes aux plaisirs, et à ce point ouvertes à la fleurette, sous les yeux de leurs maris, charmés du succès de leurs épouses, qu'on dirait autant de divorcées, en quête de liens nouveaux.

Je me trouvai donc complétement dépaysé, dans ce monde inconnu pour moi, si complétement étranger à celui que je quittais.

Adieu ces réunions poétiques et charmantes, où des misses belles, élégantes et lettrées, à la fois libres et honnêtes, justement préoccupées de leur avenir, et que

l'organisation de la famille laisse sans dot, essayent de
conquérir, par le charme de leur esprit ou de leur personne, le foyer paisible, le *home* respecté, entrevu dans
leurs rêves, et que leur imagination peuple à l'avance
de lèvres roses et de cheveux blonds !

Adieu ces causeries d'un *Décaméron* enivrant et
chaste ; cette escrime des yeux, des esprits et des cœurs ;
ces nouvelles cours d'amour, où se croisaient la subtile
audace de la demande et le calme provoquant du refus ;
où le *oui* du regard corrigeait le *non* des lèvres ; où une
main émue se laissait prendre et garder, pour attirer
l'assaillant, jusqu'à ce que l'on pût fermer sur les talons
du prisonnier le pont-levis de la forteresse conjugale ;
où, quand la lutte était longue et la victoire indécise, une
bottine audacieuse, sortant comme une troupe en réserve
de l'embuscade d'une robe complice, livrait inopinément
au regard enflammé un pied furtif ou une jambe cam-
brée, opérant ensuite leur retraite avec lenteur, suivant
la savante manœuvre de Galathée, qui allait se cacher
dans les saules, après s'être assurée que le berger l'avait
vue fuir et qu'il allait l'y poursuivre !

Sans doute, dans cette lutte, frivole en apparence,
mais grave au fond, la jeune fille usait jusqu'à la dernière les ressources de la coquetterie honnête ; mais, si
l'on considère le but qu'elle se proposait, elle était bien
excusable de vouloir l'atteindre, car ce but c'était son
avenir, sa vie, l'homme de son choix, celui dont elle
convoitait l'honneur et le nom pour ses enfants, et pour
lequel elle épuise tour à tour la séduction avant, la
fidélité après.

6.

Car c'est une justice à rendre en général à la femme anglaise ou à la femme américaine : avant le mariage, on la voit partout, parce qu'elle cherche; après le mariage, on ne la voit nulle part, parce qu'elle a trouvé. Ses belles épaules nues se voilent, ses bras arrondis s'emprisonnent, ses bijoux éclatants, dorment au fond d'une cassette; qu'a-t-elle besoin de nouvelles parures? Elle a plu et aimé comme celles qui aiment véritablement, c'est-à-dire une fois!

Mais, faut-il le redire? comme tout cela m'apparaissait différent en Italie! Au moins, avec les misses américaines ou anglaises, le fond de la conversation était toujours le *bon motif;* mais avec les femmes italiennes mariées, au milieu desquelles j'allais vivre, le *bon* motif ne pouvant être allégué, on aborde naturellement le *mauvais;* et, avec leur besoin d'être servies et aimées, ce motif-là occupe promptement le tapis.

— Cependant, dis-je à de Moraines, cette esquisse des mœurs italiennes n'est, je le suppose, que générale et très-superficielle. Il y a certainement là, comme ailleurs, des mœurs de toute sorte; le monde y possède des saintes et des réprouvées, et la société d'élite y doit être, comme ailleurs, préservée par l'éducation.

— Oui, certainement, reprit de Moraines; il y a des saintes en Italie. J'ai entendu donner ce titre à des femmes qui font tout simplement leur devoir. Oui encore, l'éducation corrige, dans les classes élevées, la crudité de forme que les écarts de la vie domestique revêtent souvent ailleurs; mais il y a en Italie un fond de mœurs traditionnelles, nationales, si l'on peut ainsi dire, et qu'on ne trouverait pas ailleurs.

Supposez, en France, un ménage de bourgeois ou même d'ouvriers; supposez que le mari surprenne chez sa femme un maraudeur : huit fois sur dix, il le tuera sur place, s'il ne se sauve par la fenêtre. Eh! bien, en Italie, on poignarde aussi quelquefois le maraudeur; mais c'est rare.

— Mais que lui fait-on, alors?

— Ce qu'on lui fait? — Vous allez le voir.

Un jour, après deux ou trois lutineries dans une maison tierce, une petite bourgeoise accorte, coquette et jolie, me glissa son adresse à l'oreille, en ajoutant que je la trouverais chez elle à la huitième heure, c'est-à-dire, selon la manière de compter des Romains, à deux heures de l'après-midi.

Cette heure est d'ailleurs très-favorable, surtout quand il fait chaud, parce que tout le monde fait la sieste, et qu'il n'y a personne dans les rues.

Au moment indiqué, je me dirigeai vers la *via Carozza*, par la place d'Espagne. Il n'y avait justement personne, à l'exception d'un individu, un flâneur sans doute, marchant à petits pas, et qui ne pouvait tarder à disparaître. Il se trouvait en ce moment devant la demeure de la signora Lucrezia, chez laquelle j'allais.

Je dépassai le flâneur en sifflotant, et je poussai jusqu'au Corso. M'étant retourné alors, j'aperçus mon homme à peu près au même endroit, courant nonchalamment des bordées à gauche et à droite, mais sans dépasser jamais de plus de vingt pas la porte du jardin des Hespérides.

Je n'étais pas un galant à déconcerter pour si peu; mais dans l'intérêt de l'honneur de Lucrèce, je voulais laisser à mon importun le temps de s'en aller.

Après avoir recommencé trois ou quatre fois le même manége, l'impatience me prit; je regardai fixement mon homme, qu'à son obstination je soupçonnais être un rival; et j'étais résolu à l'aborder, lorsque je le vis se diriger vers moi.

Je portai instinctivement la main sur le manche d'un stylet, que j'avais dans ma poche de revers, et j'attendis.

— Excellence, me dit mon inconnu, avec un sourire que je trouvai railleur, auriez-vous, par hasard, quelque affaire délicate de ce côté de la rue? — Et il me montrait le côté où se trouvait le bienheureux numéro.

Choqué de cette provocation impertinente, je ne répondis pas, et je toisai mon homme.

— Excellence, reprit-il plus doucement et sans se déconcerter, pourrais-je vous demander si vous n'iriez pas chez la signora Lucrezia?

— Que vous importe, monsieur? auriez-vous par hasard, et si cela était, la prétention de m'en empêcher?

— Dieu m'en garde, Excellence; j'ai pensé bien faire en me trouvant ici pour vous montrer la porte, si vous l'aviez oubliée. C'est là. Entrez, Excellence; la signora vous attend.

Là-dessus, il me salua jusqu'à terre et disparut vers le Corso. Je demeurai tellement ébahi de cette attention, que je n'eus la force de rire qu'après être entré chez Lucrèce.

Quelques jours après, je rencontrai la belle Lucrèce au bras de cet aimable homme ; je m'informai, c'était son mari.

— Et vous me garantissez l'authenticité de l'histoire ? demandai-je à de Moraines :

— Parfaitement, répondit-il. J'en passe et de...

— De pareilles ?

— De pareilles et de meilleures.

Le mari de Lucrèce n'est pas une exception ; tant s'en faut ; et, de l'attention qui consiste à vous indiquer la porte de sa femme, à l'attention qui consiste à la conduire chez vous, il n'y a quelquefois que la peine d'un désir exprimé. Souvent, votre homme lève la difficulté de lui-même. « Il ne serait pas convenable, vous dit-il, que madame allât seule chez votre Excellence ; j'aurai l'honneur d'aller l'accompagner chez vous. »

Si ce tableau de la liberté des mœurs, après le mariage, ajouta de Moraines en interrompant son récit, n'était pas caractéristique dans quelques villes importantes de l'Italie, je ne l'aurais pas esquissé. Je ne voudrais pas vous laisser croire que j'expose à dessein des gaillardises ; j'expose des faits, d'abord parce qu'on ne les trouverait pas ailleurs, ensuite parce qu'ils sont nécessaires à l'intelligence de l'aventure spéciale qui est l'objet de ce récit.

— Et cette liberté de mœurs, qui se montre après le mariage, se montre-t-elle également avant ?

— Non, répondit de Moraines; elle ne se montre pas, mais elle se laisse deviner.

Il serait très-difficile de nouer, en Italie, avec une jeune fille, une de ces longues et piquantes intrigues qui sont, en Amérique et en Angleterre, la vie des garçons riches et inoccupés. Au premier mot de galanterie, qui n'est pas sérieux et concluant, la jeune Italienne vous arrête et vous dit : « Non, ne me parlez pas ainsi. Ou épousez-moi, ou laissez-moi. Ce n'est pas que je ne sois entièrement libre; mais celui dont je deviendrai la femme aura droit à une confession expresse et catégorique sur mon passé. Mentir en ce cas serait grave; car le mari désabusé par l'épreuve pourrait recourir à un abandon immédiat, avec ou sans coups de cravache. »

Après le mariage, c'est différent; l'usage permet que l'on stipule, pour une époque déterminée, des libertés assez grandes; elles sont ou formellement consenties, ou tacitement accordées; et il n'est ni contre l'habitude, ni contre la convenance que la femme avertisse le mari de l'époque où elle croit convenable d'en user.

Celui-ci laisse faire, quand il ne croit pas devoir donner un conseil.

Une belle fille, ajouta de Moraines, qui semblait aussi sérieuse qu'aucune autre, après m'avoir confirmé les explications qui précèdent, me dit : « Je vais me marier bientôt; si vous passez la saison à Rome, je vous présenterai à ma famille, et vous pourrez, si en effet je vous plais, comme vous me le dites, être mon servant et mon ami. »

C'est ainsi préparé et initié aux mœurs des femmes

taliennes, que j'allai prendre mon poste à la légation de
florence, où mes lettres de France et mes nouveaux
amis de Rome m'ouvrirent l'accès de la société la plus
brillante et la plus distinguée.

J'y arrivais un peu étonné de ce que j'avais vu, un
peu ému par avance de ce que je pourrais voir encore ;
mais en raisonnant froidement sur ces étrangetés, j'arrivais à me dire qu'en définitive ces mœurs étaient celles
qu'au douxième et au treizième siècles, les plus grandes
dames du royaume de France avaient fait prévaloir par
les arrêts exécutoires et exécutés, dans leurs cours
d'amour.

Éléonore, duchesse de Guyenne ; Ermengarde, comtesse de Narbonne ; Stéphanette, dame des Baux, fille
du comte de Provence ; les comtesses de Flandre et de
Champagne, tenant, au douzième siècle, les cours
d'amour, dont André le chapelain a conservé, en trente
et un articles, les lois et les arrêts, auraient approuvé
la doctrine de la jeune Romaine, qui m'ajournait après
son mariage.

A l'exception de l'envoi du mari, chargé d'aller me
recevoir à la porte, ce qui constituait, j'en conviens,
une complicité un peu exorbitante, les nobles dames
dont je viens de parler n'auraient pas blâmé, dans leurs
cours d'amour, le rendez-vous de Lucrezia, lequel était
un acte correct, conformément à l'esprit et au texte de
cet article 1er du code rédigé par André le chapelain.

Cet article établit formellement que l'amour étant, de
sa nature, un sentiment libre et volontaire, l'attachement
d'une femme pour son mari ne saurait être de l'amour,

attendu que cet attachement, ayant été juré devant l'a[u]
tel, est devenu un devoir, et, par conséquent, une ob[li]
gation. Donc, d'après la jurisprudence des cours d'amou[r]
une femme mariée qui voulait aimer devait aimer [un]
autre que son mari; jurisprudence un peu roide, comm[e]
on dit, mais fondée sur le texte, qui est formel, et q[ui]
dit :

Causa conjugii ab amore non est excusatio.

« Être mariée n'est pas une raison qui dispen[se]
d'aimer. »

Des cœurs épris tentèrent de réagir contre cette ju[-]
risprudence des cours d'amour. Une dame, qui aima[it]
un chevalier, avait eu l'imprudence de promettre s[on]
amour à un second, lorsqu'elle n'aimerait plus le pre[-]
mier. Or, loin de cesser de l'aimer, elle l'épousa. Le s[e-]
cond réclama l'exécution de la promesse faite, et soutin[t]
dans sa requête, qu'elle ne pouvait pas avoir de l'amou[r]
pour le premier, puisqu'elle venait d'en faire son mar[i]

La dame mariée se récria et résista; mais le deuxièm[e]
chevalier la cita solennellement devant la cour de [la]
comtesse de Provence ; et André le chapelain rapport[e]
l'arrêt qui la condamna à tenir sa parole, sous pein[e]
d'être bannie de la société des dames composant le res[-]
sort de la cour.

Ce qui m'avait surpris en Italie avait donc semblé au[-]
trefois naturel à nos plus illustres aïeules. Leur mémoir[e]
n'en est pas moins respectée ; et l'histoire ne dit pa[s]
que nos bons aïeux en aient été moins épris de leur[s]
femmes, moins heureux, et peut-être même moins ai[-]
més.

Parmi les plus jolies femmes de la cour du grand-duc figurait, sans rivale, une jeune comtesse de vingt-deux ans, dont je tairai le nom.

Sa famille, appartenant à la plus ancienne noblesse de Florence, avait conservé les aptitudes et les goûts des Médicis pour la banque, le commerce et l'industrie. Elle avait de nombreux comptoirs dans les îles de l'Archipel ainsi que dans le Levant, et sa fortune était considérable. Son mari, fort bon gentilhomme, grand propriétaire dans le val d'Arno, se rattachait au patriciat de Sienne par ses ancêtres; et les deux familles, déjà unies durant les anciennes guerres des deux cités, venaient encore d'accoler leurs blasons.

Nulle maison n'était plus influente et plus considérée. Leur palais, merveille élevée par Brunelleschi, et regorgeant de chefs-d'œuvre, ne le cédait à aucun autre pour l'éclat de ses fêtes, ou pour l'accueil fait aux lettrés ou aux artistes.

Être présenté à la comtesse Isoline, c'est ainsi que je la nommerai désormais pour la commodité du récit, fut, aussitôt après mon installation à Florence, ma première et ma plus vive ambition.

Mariée depuis environ trois années, elle rentrait, après un long voyage accompli avec son mari, et pendant lequel elle avait visité les principales villes de l'Europe. Fatiguée de courses, avide de repos, elle ouvrait sa maison, où elle était sûre de recevoir les hommages de plusieurs et l'empressement de tous.

Je choisis, pour lui être présenté, la première soirée où elle parut à la légation.

7

L'accueil de la comtesse fut tout d'abord gracieux e
bienveillant; mais lorsque les hasards de la conversatio
lui eurent appris que j'étais créole de la Martinique, ce
accueil devint empressé et affectueux, grâce au souveni
et à l'amitié d'une jeune compagne, ma compatriote
avec laquelle elle avait, me dit-elle, passé trois année
au Sacré-Cœur de Paris.

Je suivais depuis un moment, avec une attention e
un intérêt particulier, le récit d'Albert de Moraines. J'
voyais poindre un épisode fondamental du drame don
je travaillais à démêler les fils : car cette jeune comtesse
belle, riche et assez nouvellement mariée, et cette com
pagne de la Martinique, en considération de laquelle j
avait été déjà si affectueusement accueilli, s'annonçaien
clairement comme devant être, trait pour trait, la con
tessine Accaiolo et l'amirale du Guénic.

Mon visage devait même porter l'empreinte de l
surprise qu'amène une découverte inattendue et long
temps poursuivie; et de Moraines s'arrêtait déjà san
doute pour m'en demander la cause, lorsque je m
hâtai de l'interroger moi-même, pour donner un autr
cours à son attention.

— Je vois, lui dis-je, se lever l'aurore d'une passion ardente et d'une liaison blasonnée, à rendre tou
Florence jaloux : mais je n'ose espérer pour vous u
mari aussi prévenant que celui de la *via Carozza*, vous
attendant à la porte de la chaste Lucrèce.

— C'est vrai, reprit-il, j'arrive en effet au cœu
même de l'aventure sur laquelle j'ai besoin de vo
conseils, et où rien ne ressemblera aux péripéties de

ma vie passée; mais votre propre sagacité, livrée à elle-même, serait en défaut, comme le fut la mienne, au milieu de ces mœurs nouvelles; et c'est un cas où la réalité est plus riche que l'imagination.

Donc, à ma prière, et durant cette même soirée de la légation, où le ministre m'avait présenté à la comtesse Isoline, je fus également présenté au comte Gino, son mari.

Le comte fut charmant. Il me prit par la main et me mena droit à sa femme, à laquelle, sur ma réputation néanmoins bien récente, il me signala comme l'un des cavaliers les plus nécessaires aux divertissements de sa maison.

Il s'était déjà, lui dit-il, informé de mes mérites par les bruits de salon; il savait que je dansais, que je montais à cheval, que je tirais l'épée, que je chantais même au besoin; et, après m'avoir prié de vouloir bien prendre les ordres et les convenances de la comtesse pour sa première réunion, il sollicita pour lui l'honneur de répéter avec moi, dans sa salle d'armes, une leçon d'escrime que lui avait donnée, à son passage à Paris, le marquis du Hallay-Coëtquen.

Me voilà donc en pied dans le palais du comte Gino. Je m'étais donné un état de maison modeste, mais correct et convenable, et, à la tombée de la chaleur, je demandai mon coupé et j'allai faire une visite à la comtesse Isoline.

Le comte était au moment de sortir; il m'introduisit près de sa femme, que ses caméristes coiffaient dans sa chambre. Après quelques instants de conversation, il s'excusa de me laisser avec la comtesse, en raison d'une course à faire ; et, ayant appris qu'elle allait aux Cascines, il me pria de l'y accompagner, se promettant de venir nous y joindre, s'il en avait le temps.

Il en est de la beauté comme des autres dons de la nature : chacun a son type de prédilection. Sans être exclusif des charmes divers par lesquels peut s'imposer une femme, il y a un genre de beauté contre lequel la lutte m'a toujours été impossible : c'est la beauté noble et grandiose des formes et des traits. La comtesse la possédait.

Elle avait une taille au-dessus de la moyenne, bien dessinée, les épaules rondes, la poitrine riche, les bras fermes et potelés, les extrémités fines, le cou dégagé, les cheveux noirs, longs et soyeux, des dents d'un émail pur et brillant, et des yeux bleus dont la douceur tempérait l'énergie générale de son visage et de sa personne.

Telle était la comtesse Isoline, si l'élégance, la splendeur et la grâce réunies peuvent être fidèlement exprimées. Quand l'heure de la promenade fut venue, la comtesse demanda sa calèche, prit mon bras, et nous allâmes aux Cascines.

La foule était énorme dans cette belle promenade, la plus fréquentée de toutes, vous le savez, et les innombrables marchandes de fleurs inondaient les passants et les voitures de bouquets. Il me sembla que j'étais l'objet d'une attention générale. Ma présence dans la calèche de la comtesse Isoline, se produisant seule, en public, avec un attaché d'ambassade, ne paraissait d'ailleurs l'objet d'aucune surprise, encore moins d'aucun scandale.

Il n'y avait dans les regards et dans les saluts d'autre sentiment que celui que cause la solution d'une question qui aurait été longtemps posée, et qui paraîtrait désormais résolue. On me regardait, on me montrait d'un geste discret; et l'on avait l'air de dire, non sans une certaine nuance de bienveillance, dont le prix m'échappait encore : — c'est celui-là.

De ce jour, je me sentis envahi par des pensées et des impressions nouvelles. J'avais, sans me l'expliquer, la sensation d'une faveur extérieure, qui me venait. Je connaissais trop mon mérite pour m'en faire accroire, et il y avait trop loin des idées que mes rapports actuels avec la comtesse autorisaient, à celles que son irrésistible beauté inspirait fatalement, pour qu'un homme sensé osât se promettre d'en franchir l'intervalle.

C'était pourtant là, et malgré moi, l'obsession perpétuelle de ma pensée.

J'avais le regard sur cet horizon envié, comme le matelot sur le nuage matinal et lointain, qui se précise peu à peu, jusqu'à ce qu'il devienne la terre.

Le jour, dans son salon ; l'après-midi, aux Cascines ; le soir, à la Pergola, je buvais à longs traits, et presque toujours seul avec elle, la fascination enivrante de sa parole et de son regard. Bloc de cire, placé près d'un foyer incandescent, je fondais, je fondais; épouvanté de ce voisinage, et néanmoins plus disposé à périr qu'à m'éloigner.

Un soir, son œil m'avait paru plus bleu, son sourire

plus doux, sa parole plus émue ; et lorsqu'elle monta en voiture pour aller à la Pergola, comme lorsqu'elle en descendit pour rentrer dans son palais, il m'avait semblé que sa main était restée plus longtemps dans la mienne. La conversation avait été moins vive et moins frivole ; une sorte de préoccupation enveloppait son cœur et son visage ; et, sur le seuil de sa chambre où je la quittais d'ordinaire, elle me dit d'une voix qui paraissait trahir une émotion intérieure :

— Venez demain matin, à onze heures : nous parlerons de choses sérieuses.

Là-dessus, elle me tendit la main et entra rapidement chez elle.

Nous nous étions quittés sans rien ajouter à cet adieu muet, mais après l'échange de deux regards où j'avais cru voir son émotion, et où elle pouvait être sûre d'avoir vu mon âme.

Si je fus exact au rendez-vous, il serait superflu de le dire. J'arrivais troublé, inquiet de l'avenir, à grand'peine maître de moi. La comtesse au contraire était calme, gaie, souriante. Je lui en voulais presque de cet empire sur elle-même, en un moment qui me paraissait solennel et définitif, au moins pour moi.

— *Mio caro Alberto*, me dit-elle sans s'émouvoir, j'ai une proposition à vous faire. J'ai mis à l'épreuve, depuis six mois, votre courtoisie et votre complaisance. Vous m'avez accompagnée à la promenade, au théâtre, à l'église, et je suis pleinement satisfaite et reconnaissante de votre soumission et de votre douceur. De votre côté, vous devez être habitué à mon caractère et à mon existence.

Voulez-vous être désormais, et en titre, mon cavalier servant?

— Je serai avec empressement, avec dévouement et avec respect, madame, tout ce qu'il vous plaira que je sois près de vous; mais vous trouverez utile, je l'espère, d'expliquer à un Français, nouveau venu à Florence, la nature et l'étendue des devoirs que vous daignerez lui imposer. '

— Rien de plus juste, me répondit la comtesse Isoline. Voici donc en quoi consisteront vos fonctions de cavalier servant :

Vous avez vu aux Tuileries le baron Athalin, chevalier d'honneur de la princesse Adélaïde; vous avez vu au Théâtre-Français Chérubin, page de la comtesse Almaviva; vous avez lu les vers de Guilhem de Capestany, poëte et suivant de la comtesse de Roussillon. Eh bien ! vous serez pour moi un chevalier d'honneur, un suivant et un page.

J'aurais bien envie, pour me perfectionner dans la langue française, de faire aussi de vous mon précepteur, comme Abeilard le fut d'Héloïse; mais ressembler à la nièce pédante du chanoine Fulbert me répugne : et peut-être ne voudriez-vous plus baiser ma main, si j'avais les doigts tachés d'encre.

Dans nos mœurs, poursuivit-elle, telles que les siècles les ont faites, une jeune femme serait ridicule de ne sortir qu'avec son mari. Lorsque j'irai à l'église, à la promenade, au bal, au théâtre, mon mari sera là quelquefois, s'il le veut ou s'il le peut ; mais mon cavalier servant y sera toujours, parce que c'est sa fonction qui l'exige.

Le matin, vous viendrez après mon lever, si votre galanterie vous y pousse, car mon page a le droit d'entrer le premier chez moi. Nous réglerons alors l'emploi de la journée.

Vous régnerez sur le sacré et sur le profane ; vous serrerez mon livre d'heures, et vous commanderez mes bouquets. Si ma toilette manque d'élégance, si je parais au bal trop tôt, au théâtre trop tard, ou si je m'ennuie, vous serez responsable sur votre réputation d'homme de goût et d'homme d'esprit.

Telle est désormais votre fonction, l'acceptez-vous ?

— Oui, madame.

— Eh bien ! je vous la confère ; et, comme les devoirs en sont publics, il faut que le comte, mon mari, la sanctionne ; je vous présenterai donc à lui comme mon cavalier servant.

Et maintenant, allez, mon page ; et venez me prendre à neuf heures, pour me conduire à la Pergola.

Comme la comtesse me donnait sa main à baiser, elle ajouta : « N'oubliez pas qu'en acceptant mon service, vous me vouez vos sentiments ; encore moins que tout autre serviteur, le cavalier que je choisis ne peut avoir deux maîtres.

— Vous avez mes serments, madame ; ils seront fidèlement tenus. Hors de votre palais, votre page ne servira et... n'aimera personne ; mais, dans votre palais, ô ma dame souveraine, votre loyal serviteur aura-t-il la permission d'aimer quelqu'un ?

— Nous verrons cela, répondit en riant la comtesse Isoline. En attendant, obéissez !

Le lendemain, le comte confirma mes pouvoirs, s'applaudissant, me dit-il, d'un choix qui faisait honneur au goût de la comtesse, et qui était flatteur pour sa maison.

Et comme elle le remerciait de son consentement, il lui adressa, en ma présence, des paroles qui me frappèrent et qui sont encore présentes à mon esprit.

« En vous épousant, dit-il, j'ai eu, avant tout, en vue de vous assurer un bonheur dont vous étiez et dont vous n'avez pas cessé un instant d'être digne. Le mien, chère amie, devait se trouver, par surcroît, dans celui que je saurais vous donner.

« Composez-vous donc une existence qui, en me secondant dans ma tâche, nous conduise à notre but commun. Je m'en rapporte à la délicatesse de votre tact pour choisir les moyens les plus propres à l'atteindre.

« Marchant ainsi d'accord, je sens votre bonheur privé en sûreté dans mes mains; et je laisse avec confiance ma considération publique dans les vôtres... »

Ainsi parla le comte Gino; et comme son ardeur pour l'escrime croissait avec ses progrès, je dus aller répéter avec lui, dans la salle d'armes de son palais, un coup très-brillant, qu'il avait vu exécuter par le marquis de Langle Beaumanoir, dans la salle de Pons.

Me voilà donc beaucoup plus ancré, mais nullement plus avancé auprès de la comtesse Isoline. C'était une femme à servir et encore plus une femme à conquérir. Le bloc de cire se mit à fondre de nouveau d'une manière inquiétante. Comment cela finirait-il? Dieu le savait; le diable le savait peut-être encore mieux. Quant à moi, je l'ignorais entièrement.

Pendant le service extérieur, à la Pergola, aux Cascines, aux bals, à l'église, les choses marchaient encore assez bien. J'étais absorbé par le culte universel qui environnait mon idole, et je n'étais pas jaloux, mais heureux, de l'empressement et de l'admiration qui l'enveloppaient avec délicatesse, comme la lumière enveloppe les fleurs sans les altérer.

Je sortais donc relativement calme de ces épreuves, quoique certaines fussent bien terribles à traverser.

Ainsi, je n'oublierai jamais une visite à *Santa-Maria-del-Fiore*, pendant la semaine sainte.

Soit que la splendeur de cette cathédrale l'eût émue, soit qu'un sentiment intérieur la dominât malgré elle, elle priait de chapelle en chapelle, avec l'exaltation d'une femme troublée, et qui lutte contre son trouble, sans parvenir à le surmonter.

J'étais agenouillé comme elle, à côté d'elle, spectateur heureux de ce combat intérieur, et lisant dans son regard humide la pensée qui l'obsédait. A la fin, elle ne me regardait plus, mais nous étions très-près l'un de l'autre; sa main rencontra la mienne et elles restèrent unies pendant la station, comme des témoins de la foi qui s'échangeait mystérieusement entre nos âmes.

Heureusement, nous étions parvenus à la dernière chapelle; nous sortîmes silencieux et nous regagnâmes son palais sans nous parler. « A demain, » me dit-elle avec un sourire triste, et je rentrai chez moi brisé.

Mais ce qui était à la fois enivrant et redoutable, c'était le service intérieur, lorsque, selon l'expression de Francesca de Rimini, parlant du jour terrible où elle lisait avec Paolo Malatesta l'histoire de Lancelot et de la reine Ginèvre, elle dit : « Nous étions seuls et sans défiance. »

Très-lettrée par goût, et instruite de la poésie italienne, elle avait l'ambition plus que la force de traduire le grand poëme de Dante en français. Également versée dans les divers dialectes de la Toscane, elle les comparait avec le texte du poëte florentin.

Je l'aidais dans cette étude, et je dus, pour lui complaire, rechercher tout ce qui avait été écrit en dialecte de Pise, de Lucques, d'Arezzo, de Cortone et de Sienne, sans oublier la célèbre pastorale de Baldovini, composée en patois du val d'Arno. Nous rapprochions ces textes de celui de la *Divine Comédie*, et, comme la plupart du temps, nous n'avions qu'un exemplaire pour nous deux, il y avait d'élève à maître des frôlements inévitables et déplorablement contagieux. Je glissais d'autant plus vite vers l'abîme, que je voyais clairement la comtesse y glisser comme moi, sans réussir à se cramponner aux escarpements de la route.

Un soir, n'ayant voulu aller ni à la promenade ni au théâtre, elle prit le cinquième chant de l'*Enfer*, et nous fîmes sur l'histoire de Francesca et de Paolo une station littéraire aussi longue et encore plus dangereuse que celle de la dernière chapelle de *Santa-Maria-del-Fiore*. La discussion s'engagea sur ce passage, où Francesca parle à Dante et à Virgile :

« Nous lisions un jour, par passe-temps, comment l'amour s'empara de Lancelot; nous étions seuls et sans défiance. Plusieurs fois, cette lecture fit rencontrer nos yeux et nous fit changer de couleur ; mais ce fut un seul passage qui nous perdit. Quand nous lûmes comment cet amant si tendre avait baisé le sourire adoré, celui-ci, *qui ne sera jamais séparé de moi*, baisa ma bouche toute tremblante... Ce jour-là, nous ne lûmes pas plus avant. »

Je fis observer à la comtesse que cette phrase, où Francesca dit de Paolo Malatesta *qu'il ne sera jamais séparé d'elle*, me semblait faire exception à l'orthodoxie habituelle de Dante.

En effet, lorsque Francesca, plongée ainsi que Paolo dans la lecture du roman de Lancelot, chevalier de la Table-Ronde, et entraînée par le mauvais exemple de la reine Ginèvre, laissant *baiser le sourire adoré*, avait été frappée, avec son trop aimable complice, par le poignard de Lanciotto, son époux, elle venait en définitive d'oublier, sinon de transgresser formellement, la neuvième prescription du Décalogue. Or, étant donné le venin attaché au péché mortel et les conséquences qu'il entraîne en l'autre monde, si ce n'est en celui-ci, il me paraissait difficile que Dieu n'eût pas trouvé un moyen plus efficace de punir Francesca que de lui donner, pendant l'éternité, la compagnie de son beau cousin et beau-frère Paolo. Une pareille société me paraissait beaucoup plus faite pour lui faire aimer que pour lui faire regretter sa faute.

Mon argument frappa la comtesse Isoline, qui n'aimait pas à trouver son grand poëte en défaut. Je tenais le livre ; elle avança sa tête contre la mienne, pour vérifier le passage cité, et me dit :

— Le texte est-il aussi formel que vous le prétendez ?

— Oui, madame — le voici.

— Y a-t-il réellement cela ?

— Oui, madame.

— Il me semble que non !

En parlant ainsi, les beaux yeux d'Isoline ne regardaient plus le livre, ni les miens non plus.

Les *oui* restaient obstinés sur mes lèvres, les *non* sur les siennes. Ils s'y opiniâtrèrent si longtemps, et de si près, qu'à la fin, et sans doute pour se mieux combattre, ces *oui* et ces *non* se rencontrèrent.

Comme Francesca et Paolo, la comtesse et moi, ce jour-là, *nous ne lûmes pas plus avant.*

Que se passa-t-il autour de moi, pendant une année, à partir de cette époque ? Quels furent les événements ? Y eut-il des événements ? Je l'ignore. Les ailes du temps se replièrent alanguies, et le vieillard à la large fauxs'endormit dans le meilleur fauteuil du palais du comte Gino. Je crois que ma montre et mes pendules s'arrêtèrent ; et ma vie devint l'immobilité dans l'extase !

J'avais trouve près d'Isoline le haschich enivrant que les fakirs vont cueillir sur les montagnes de l'Inde.

Ce sommeil, les yeux ouverts et les artères enfiévrées, avait néanmoins des réveils courts et réguliers. Deux fois par semaine, je tirais avec le comte, dont les progrès à l'épée étaient énormes. Il avait acquis la netteté de jeu du marquis de Langle et la rapidité de main du baron de Bazancourt.

Au pistolet, il devenait aussi de première force. A vingt-cinq pas, avec huit balles, et au commandement, il dépeçait le plus proprement du monde un lapin de plâtre gros comme le poing; enlevant l'une après l'autre, avec les sept premières, les quatre pattes, les deux oreilles et la queue, et perforant, avec la huitième, le corps resté intact.

— Ah! çà mais, dis-je à de Moraines, est-ce que le comte vous avait abandonné sa maison, comme le mari de Lucrèce; ou bien ne vivait-il plus chez lui comme autrefois?

— Rien, répondit-il, n'était changé dans la vie du comte Gino. Habitué à accepter sans contrôle les actes et l'emploi du temps de sa femme, il la voyait comme par le passé, aux heures où il lui convenait d'être chez elle. Ses façons, son humeur, sa gaieté, étaient les mêmes, et sa courtoisie envers moi était peut-être plus prévenante encore, depuis que j'étais devenu l'hôte assidu de sa maison et le serviteur attitré de la comtesse.

De mon côté, je pouvais manquer au devoir, mais je ne manquais pas au respect; et quant à lui, je ne sais pas s'il voyait, mais j'affirme qu'il ne regardait pas.

Il y avait même dans son calme nonchaloir comme une hauteur de désintéressement et une nuance de dédain, qui m'imposaient et m'humiliaient, à certaines heures; et il me fallut, je le déclare, tout mon bonheur secret, pour ne pas envier sa publique dignité..

Je vous l'ai dit, cela dura ainsi pendant une année, après laquelle sonna le réveil. Il vint alors à Florence un vieillard, ami de sa famille, qui avait vu le comte et la comtesse enfants. Après un séjour d'environ deux mois, il inspira à la comtesse le désir d'aller passer quelque temps à Paris, où une amie de pension l'appelait. Son mari consentit à son départ.

Après une longue et vive résistance, je dus consentir aussi. La Fontaine avait certainement été abandonné par une femme, à la suite de quelque voyage, lorsqu'il écrivit ce vers touchant dans sa fable des *Deux Pigeons* :

L'absence est le plus grand des maux !

L'absence d'Isoline commença et consomma les miens.

La rupture débuta comme d'ordinaire ; d'abord, lettres rares ; ensuite, lettres tièdes ; puis, lettres froides ; enfin, plus de lettres du tout.

Exaspéré, je demandai un congé au ministre, sous prétexte d'affaires, et je fis mes malles pour Paris. J'allai ensuite prendre congé du comte Gino, qui me chargea de lui ramener la comtesse ; et, n'osant pas naturellement lui révéler mes secrètes angoisses, j'eus le crève-cœur et l'humiliation de lui demander une lettre, pour être bien sûr d'entrer chez sa femme, où j'étais entré si souvent sans avoir besoin de son autorisation.

Jusque-là, il me restait un peu d'espoir. Il ne fut pas long. Arrivé à Paris, je me heurtai à la suite ordinaire des ruptures bien résolues. Accueil froidement poli, refus absolu d'explications, et, finalement, visites éludées sous divers prétextes.

Mon immense douleur devint une froide et implacable colère.

Ma première pensée fut d'attribuer le changement subit et irrévocable des sentiments de la comtesse Isoline à

mon égard, aux conseils et à l'influence de l'amie de
pension à laquelle elle venait de se réunir. J'avais, je
croyais avoir des moyens certains d'agir sur cette amie,
de la ramener, de la désarmer, de la perdre, au besoin,
si elle persistait à m'enlever le cœur de la comtesse. Je
tentai d'employer ces moyens; mais j'échouai dans ma
machination, qui était néanmoins diaboliquement ourdie.
Une influence mystérieuse, souterraine, impénétrable
sauva la femme, au moment même où, par l'influence
de la terreur, je la croyais soumise à ma domination,
et forcée de me rouvrir les bras d'Isoline.

Depuis lors, éclairé peut-être par mon échec, j'ai réfléchi; j'ai pris et suivi une autre piste, et j'entrevois un
rival. Le cœur de la comtesse ne me serait pas si complétement fermé, s'il ne s'ouvrait à un autre. Cet autre,
quel est-il? Je n'aperçois encore que son ombre; mais
quand on est près de l'ombre, on n'est pas loin du corps.

Encore quelques heures à réfléchir, encore quelques
confidences à recevoir et à débrouiller, et je tenais mon
homme, lorsque ce ridicule et malencontreux duel avec
Philippe de Grandfay me cloue deux mois au lit, et m'em-
pêche de continuer mon enquête.

Enfin, je me levais, je faisais recommencer mes informations et j'allais mettre la main sur la vérité, lorsqu'un
incident, aussi nouveau que grave, vient apporter un
autre aliment à mon activité et un autre emploi à mon
temps : — le comte Gino entre en scène.

Il m'a envoyé deux de ses amis.

— Ah! diable, m'écriai-je, en interrompant vivement
de Moraines; voilà donc enfin ce mari, que j'attendais

depuis longtemps. Je suppose qu'il vous demande des explications sur l'époque où, sans monter vos pendules, vous saviez si exactement l'heure du berger.

— Non, répondit de Moraines, toujours insouciant et railleur en face du danger ; ce n'est pas précisément ce problème d'horlogerie qui le préoccupe. C'est plus nouveau et plus original ; mais ce n'est pas moins grave.

Les deux envoyés du comte Gino sont des patriciens de la plus complète distinction. Ils se sont fort courtoisement présentés comme chargés d'une mission délicate, mais précise et circonscrite :

Le comte Gino n'entend pas revenir sur le passé.

— Ah ! et que demande-t-il alors ?

— Le voici, reprit de Moraines ; cela ne manque ni d'une certaine logique, ni d'une incontestable netteté.

« Puisque, en entrant comme cavalier servant dans mon palais, me fait-il dire par ses amis, vous avez été choisi par la comtesse et agréé par moi, votre présence près de ma femme pendant une année est couverte par mon acquiescement, que j'ai librement donné. La durée même de vos fonctions témoigne d'un service assez correctement fait pour être au-dessus de toute recherche et de tout contrôle.

« L'honneur d'une maison a pour garde la dignité de ceux qui la composent, et je n'éprouve pas le besoin de protéger un intérieur qui ne s'est jamais senti menacé.

« Donc, le passé est clos ; et puisque moi, qu'il concerne seul, je n'y regarde pas, il doit rester voilé pour tout le monde. Je ne donnerai point, par des récrimina tions qui seraient à la fois indiscrètes et inconvenantes envers la comtesse, l'exemple d'un manque de respect que je ne tolérerais chez personne.

« Mais, autant je devais de déférence aux désirs de la comtesse, lorsqu'elle vous appelait chez elle, autant je dois d'appui à sa volonté, lorsqu'elle vous en exclut.

« J'apprends qu'elle vous a poliment, mais fermement, refusé sa société, et que vous avez essayé de faire violence à sa résolution. Je dois protection à celle qui, en acceptant ma main, a dû compter sur mon bras.

« Il y a donc dans votre insistance pour reprendre votre ancienne place de confiance près d'elle, malgré elle, un manque de respect dont j'espère que vous m'exprimerez tous vos regrets; sans parler de la promesse que je sollicite de renoncer à toute tentative du même genre pour l'avenir.

« Je vous sais assez gentilhomme pour comprendre et pour accepter les conséquences pratiques du manque d'accueil qu'éprouverait ma double requête. »

— Vous voyez que c'est net, ajouta de Moraines : *primo*, des excuses pour avoir essayé de reconquérir le cœur de la comtesse ; *secundo*, engagement formel de me résigner désormais à ses refus.

— C'est-à-dire, en résumé, fis-je observer à de Moraines, que l'affaire revient à ceci : le comte Gino trouve très-correct que, pendant une année, vous ayez réussi à plaire à sa femme; mais aujourd'hui, il vous cherche querelle pour avoir tenté, sans y réussir, de lui plaire de nouveau.

— C'est un peu vrai, répondit de Moraines en riant, et je ne me plains du comte Gino que sur un point; il aurait dû me tenir compte, pour être juste, de mes intentions et de mes efforts ; car, enfin, si les choses ont mal tourné, ce n'est pas ma faute, et je suis prêt à lui déclarer à lui-même que, si sa femme me repousse, je le regrette encore plus vivement que lui.

— Et qu'avez-vous répondu aux deux envoyés ?

— J'ai répondu ce que vous eussiez répondu vous-même : Je refuse les excuses pour le passé et l'engagement pour l'avenir, et je suis entièrement aux ordres du comte Gino.

Vous voyez, continua de Moraines, que, s'il n'y avait eu que cela, je n'aurais pas eu besoin de vous déranger, pour vous conter cette longue histoire ; mais il se mêle à l'incident deux points délicats, sur lesquels je demande vos conseils, parce que je désire, en agissant, avoir l'approbation de l'opinion publique.

Que le comte ignore ou feigne d'ignorer ce qui s'est passé entre le page Chérubin et la comtesse Almaviva, je le sais, moi. Or, ce témoignage de ma conscience, lorsque j'envisage les suites de cette affaire, ne laisse pas que de me troubler un peu.

Je ne me sens pas tout à fait à mon aise, à l'idée de tenir au bout de mon épée un homme qui m'a ouvert sa maison, qui m'a en quelque sorte confié la garde de sa femme, et que je n'ai eu au demeurant ni peine, ni péril à tromper.

D'un autre côté, je vous ai dit que j'étais sur la trace d'un rival. Celui-là, je le démasquerai, je le saisirai, je le châtierai, quelque dangereux qu'il puisse être ; et il sera bien habile ou bien heureux, si mon fer ne va pas trouver dans son cœur la place où règne déjà l'image d'Isoline.

Je voudrais donc concilier mon devoir et ma conscience. Or, si je me bats d'abord avec le comte Gino, et s'il choisit le pistolet, j'ai peut-être peu de chances, brave et adroit comme je le connais, de prendre ma revanche ailleurs.

Que me conseillez-vous?

— Mon cher de Moraines, comme vous me le disiez en commençant, vous êtes arrivé au quart d'heure de Rabelais d'une aventure délicate et grave. Les hommes comme vous se préoccupent avant tout de l'honneur. Je vous parlerai donc franchement.

Lorsqu'on a eu, comme vous, le malheur de prendre à un galant homme sa femme, on a épuisé son droit de conquête, et l'on ne peut plus lui prendre encore sa vie : ce serait trop.

Le mari réclame; vous vous êtes mis à sa disposition; c'est bien, mais ce n'est pas assez. Vous devez offrir loyalement la seule expiation qui soit en votre pouvoir, le sacrifice éventuel de votre vie, sous la réserve d'un cas d'assassinat, auquel vous n'êtes pas tenu.

Si le comte Gino choisit l'épée, parez, mais ne ripostez pas. S'il choisit le pistolet, exigez une distance raisonnable et usitée; puis recevez son feu, et s'il vous manque, tirez en l'air.

Manqué, ce qui, entre les plus adroits et les plus braves, est encore une chance, vous obtenez l'estime du mari. Blessé, vous restez dans le cœur de la femme, touchée de votre respectueuse et stoïque résignation.

Enfin,... mort, eh! bien alors, mon cher de Moraines, vous auriez expié votre faute aux yeux de Dieu, et vous l'auriez honorée aux yeux des hommes.

Albert de Moraines me tendit la main, en me disant : Je suis absolument de votre avis ; puis il ajouta : Comme, sous quelque forme que se présente l'affaire, je suis absolument résolu à pratiquer vos principes, je vous demande si vous consentez à m'assister comme témoin.

— Je vous le promets.

— Et l'autre duel, le duel avec mon rival ?

— Oh ! quant à celui-là, n'en ayez cure. Nous avons le temps d'y songer. D'ailleurs, il faudra bien que tout le monde vous attende, vous n'êtes pas en état d'aller sur le terrain en ce moment.

Donc, guérissez-vous complétement et vivez en repos. J'ai vos pouvoirs et je me charge de tout.

Nous échangeâmes une énergique poignée de main, et je rentrai chez moi profondément chagrin.

J'avais d'abord l'esprit obsédé du grave et inévitable dénoûment qui se préparait ; et je méditais en outre avec tristesse sur l'allusion faite par de Moraines à un rival que je redoutais de deviner, et que je ne m'étais pas attendu à rencontrer dans cette affaire.

Ma pensée se porta tout entière vers les moyens d'atténuer l'inévitable et de conjurer l'éventuel.

VI

LA PRÊCHEUSE D'OISEAUX

Le jubilé centenaire institué en l'année 1300, par le pape Boniface VIII, Benoit Gaëtani, amena une si prodigieuse quantité de conversions, que les chemins du ciel se trouvèrent trop étroits, et qu'il y eut encombrement et retard dans le voyage des élus. Une légende contemporaine raconte que Dieu, touché de l'embarras des saints, crut devoir ajouter aux moyens de locomotion existants l'envoi d'une barque, montée par un ange, qui allait tous les jours prendre à l'embouchure du Tibre les âmes restées en arrière.

Donc, chaque matin, avant l'aurore, un esquif léger et mystérieux, sans rames, ni mât, ni voile latine, venait du large pour atterrir au port d'Ostie. Les pêcheurs, qui le voyaient flotter sans effort, doucement bercé par les embruns floconneux des vagues, cherchaient à s'expliquer les deux lueurs blanches qui le dominaient un peu, à droite et à gauche ; et ils s'agenouillaient avec respect lorsque, la barque s'étant approchée, ils avaient reconnu dans ces lueurs les ailes déployées de l'ange qui la conduisait et dans lesquelles la brise de mer soupirait avec une douceur harmonieuse. Lorsque les âmes étaient montées et s'étaient assises sur les bancs de l'esquif, l'ange, virant de bord, regagnait la haute mer, en mettant le cap sur le paradis.

Compatissant comme toutes les natures élevées, l'ange-pilote ne scrutait pas toujours avec une scrupuleuse rigueur les titres de ses passagers, et il s'en glissait quelquefois dans le nombre certains au passeport desquels il pouvait manquer un paraphe. Il en était quitte alors en débarquant ceux-là sur le rivage où l'âme se purifie. Tels étaient sans doute ceux qui, au nombre de cent, débarquèrent en présence de Dante et de Virgile, au deuxième chant du *Purgatoire*.

Depuis Boniface VIII, on ne dit pas que la barque montée par l'ange ait reparu devant le port d'Ostie ; mais Dieu, qui varie à l'infini les formes et les moyens de sa miséricorde, ne laisse pas pour cela dans l'abandon les âmes qui veulent aller à lui. L'ange qu'il leur envoie ne vient pas toujours sur les eaux. Tantôt il revêt les traits d'un martyr, pour enseigner le courage, tantôt ceux d'un mendiant, pour enseigner la résignation.

En l'année où nous ramènent les faits exposés dans le chapitre qui précède, l'ange envoyé par Dieu à quelques âmes en péril de naufrage était Beppa, l'humble bergère, la petite *pecoraia* de seize ans, qui voyait Dieu à travers la poésie pastorale, comme Jeanne d'Arc l'avait vu à

travers la poussière des batailles ; et l'esquif sur lequel
elle venait les recueillir, c'était l'amour et la culture des
sentiments élevés, délicats et purs, avec lesquels sa
nature s'était identifiée, lorsqu'elle avait appris à lire
dans les œuvres de sainte Catherine de Sienne, sa compatriote et sa patronne.

Le cœur profondément blessé d'Oliva et son âme
ébranlée par les luttes d'une affection sans espoir furent
la première cure que Beppa voulut entreprendre. Témoin d'une immense douleur qu'elle avait pénétrée sans
la comprendre, et d'un affaiblissement moral qui l'affli-
geait et la surprenait, elle que les ailes de son esprit
éthéré soutenaient au-dessus des peines de la vie, elle
appliquait aux souffrances secrètes de la belle mestive
le baume de la religion et de la poésie, comme le jeune
Tobie, revenu de chez Gabélus, appliqua le fiel de son
poisson sur les yeux éteints de son père, pour leur rendre
leur sérénité perdue.

Les deux nobles filles étaient parties pour le Roussillon, avec l'amirale et la contessine ; et l'intérêt dont
je n'avais pu me défendre pour les légitimes chagrins
d'Oliva me rendait chers les progrès lents, mais visibles,
opérés sur l'âme de sa compagne par la prédication
exaltée, mais toujours humaine et affectueuse de Beppa.

Engagé comme je l'étais dans la sérieuse querelle
d'Albert de Moraines et du comte Gino, je me décidai à
exécuter mon projet de voyage en Roussillon. Il ne me
semblait pas possible, en l'état de mes rapports avec la
contessine, de faire, sans lui manquer de respect, un
pas de plus dans une affaire aussi délicate et qui, au fond,

était la sienne; et, sans savoir encore par quel moyen ou
en quelle forme je parviendrais à lui révéler la gravité
des faits et la délicatesse de ma situation, je voulais
épier l'occasion de lui exposer mon embarras, de
solliciter ses conseils et de lui faire agréer mes services.

Le Roussillon était à cette époque la province la moins
connue et la plus poétique de France. Comme site, elle
a le double et admirable cadre de la montagne et de la
mer. Comme climat, elle a l'olivier ainsi que la Provence,
l'oranger ainsi que la Sardaigne, les champs bordés et
clos de caratas et de cactus, ainsi que les Antilles. Peu
de contrées égalent, aucune ne dépasse ses souvenirs.
C'est par son col du Perthus qu'Annibal pénétra dans la
Gaule, pour aller au Tessin, à Trasimène et à Cannes;
c'est sur les rochers de Bellegarde que Pompée éleva ses
trophées, après avoir soumis les Celtibères et les Bas-
ques; et lorsque, des côteaux de Perpignan, on contemple
vers la mer un vieux donjon qui domine les immenses
jardins de la Salenque, on voit la tour dans laquelle la
comtesse de Roussillon, trompée comme Gabrielle de
Vergy par un mari jaloux, mangea le cœur de Guilhem
de Capestany, son page et son troubadour, qu'elle avait
peut-être trop aimé.

Fermé jadis aux voyageurs du Nord par les dialectes
catalans, que les Gascons seuls peuvent comprendre, le
Roussillon s'est ouvert à tous par la renommée de ses
eaux du Boulou, d'Amélie, de la Preste et du Vernet, et
il a conquis l'estime des gourmets parisiens par les montagnes d'asperges et d'artichauts que Perpignan leur en-

8

voie, en manière d'étrennes, au milieu des neiges et du verglas des premiers jours de l'année.

Je me dirigeai sur Elne, cité antique à laquelle, en la rebâtissant, Constantin donna le nom d'Hélène, sa mère ; et puis, je tournai à gauche, vers l'embouchure du Tech.

Au point culminant d'un petit vallon, incliné vers la mer, et lui versant le tribut d'une source discrète, s'élevait, abrité par un pli de terrain contre le terrible mistral, soufflant du nord-ouest, la première maison de maître qu'on eût osé bâtir en rase campagne. C'était, comme on dit encore à Perpignan, un *Français*, ou un *homme de l'intérieur*, qui avait osé accomplir cet acte d'audace, bravant à la fois le péril de la mer et celui de la terre, les écumeurs barbaresques et les trabucayres.

Jusqu'en 1830, les côtes de la Méditerranée n'étaient pas sûres. Des maraudeurs africains suivaient comme des émouchets la côte européenne, enlevant les petits garçons ou les jeunes filles égarés sur le rivage, et ils les emportaient à tire d'aile, trompant l'attention des pêcheurs éparpillés au loin sur les flots, déguisés qu'ils étaient par le gréement de leur voile latine. La prise d'Alger mit fin à ces alertes, et c'est depuis lors que les petites villes fortifiées assises au bord de la mer de Toscane laissent rouiller leurs herses oisives, et tomber par lambeaux sous l'action des intempéries les cornes immobiles de leurs ponts-levis.

Mais les côtes du Roussillon restaient encore exposées à un deuxième danger. La guerre civile, endémique en Espagne et dans la Catalogne, servait de prétexte à des rassemblements armés, ayant plus de voleurs que de soldats, lesquels, sous le nom de *trabucayres*, infestaient et pillaient impunément les campagnes. Les *mas* ou métairies, éparpillés dans les campagnes, bravaient par destination ces dangers ; mais les habitants se tenaient concentrés dans des villages faciles à défendre ; et si l'on excepte quelques stations de bains, autour desquelles des chalets isolés émaillent la campagne, nul riche voluptueux, gourmet de villégiature, n'a encore osé se construire un nid pour l'hiver sur la pente si parfumée des Albères.

Je fus accueilli avec joie par l'amiral et les deux amies, qui m'attendaient : mais mon cœur se serra lorsque j'aperçus, étendue sur une chaise longue, faible et pâle jusqu'à la mort, madame du Guénic, relevant par degrés d'une subite et grave maladie. Ce que je savais de son histoire m'aida sans peine à deviner la cause soudaine de son mal. L'émotion éprouvée chez la comtesse Merlin l'avait terrassée, et quoique ses lettres imprudentes à M. de Moraines lui eussent été mystérieusement rendues, sans qu'elle eût réussi à pénétrer le secret de leur restitution, le coup avait été si subit, si inattendu, si poignant, qu'elle s'était alitée, après quelques jours d'une résistance morale dont l'énergie resta finalement vaincue. Elle avait cru mourir, et s'y était résignée et préparée.

Maintenant, elle revenait à la vie, fortifiée par le double courant des aromes de la mer et des aromes de la montagne. La pente des Albères est tapissée, jusqu'à la région des chênes-liéges, de plantes odoriférantes, dont les exhalaisons, rabattues par l'atmosphère plus fraîche et plus lourde de la fin du jour, embaument au loin les plaines; et le soir, lorsque les éclusiers vont ouvrir les canaux qui rafraîchissent régulièrement les terres altérées, on respire avec volupté les effluves de ces parfums enivrants, répandus dans les airs.

Louise du Guénic se rattachait énergiquement à l'existence, sous l'action fortifiante de la brise qui, le matin, lui montait de la mer, ou de celle qui, le soir, lui descendait des Albères. Elle ne cachait pas le bonheur qu'elle avait à renaître, et à retrouver l'une après l'autre les grâces évanouies de son visage ou les élégances engourdies de son esprit. Il me sembla même, en plongeant dans son regard si profond et si beau, qu'il s'y révélait de temps en temps des lueurs à la fois douces et ardentes, comme autant de signes révélateurs de quelque joie de l'âme, nouvelle, inavouée et mal contenue.

Autant la contessine, avec ses formes riches, correctes et harmonieuses, personnifiait le type des femmes toscanes, les plus impérieusement belles de l'Italie, autant Louise du Guénic, avec la sveltesse élégante de sa personne, la noble et gracieuse nonchalance de ses manières, son parler doux et lent sans monotonie, son accueil ouvert sans familiarité, résumait le charme fascinateur des créoles françaises.

Elle avait la taille un peu au-dessus de la moyenne, les épaules fermes et rondes, la poitrine finement modelée, le cou élégant et dégagé, les mains d'une aristocratique petitesse, les pieds tels que les font les hamacs des colonies, et que Rétif de la Bretonne les eût ambitionnés pour les souliers de Fanchette.

A cet empire général exercé par la personne, s'ajoutait le charme des traits. L'ovale exquis de son visage,
d'une matité ardente, des cheveux abondants et d'un
noir lustré, une bouche aux lèvres délicatement sen-
suelles, aux commissures vivement dessinées, auraient
accusé en elle une nature impétueuse, si des yeux
grands et doux, et un sourire d'enfant n'avaient adouci
l'expression de cette énergie extérieure, et témoigné
d'un esprit calme et droit, d'un cœur pur et d'une âme
ouverte aux sentiments tendres, mais honnêtes.

Telle avait été l'amirale du Guénic dans la plénitude
de la jeunesse, de la santé et de la vie, et telle on la
retrouvait encore dans ce regard languissant, ce visage
émacié, ce corps endolori et brisé, auxquels les ap-
proches mêmes de la mort n'avaient enlevé ni leur
harmonie, ni leur grâce.

Sur ces entrefaites survint le chevalier de Médrane.
Il arrivait d'Italie et venait offrir à l'amirale une villa
qu'il avait louée aux environs de Lucques, contrée la
plus saine et la plus charmante de la Toscane, et où
César passait tous les ans ses quartiers d'hiver, pendant
les campagnes des Gaules.

Ainsi augmentée, la petite société devint plus vivante
et plus gaie. On se réunissait, quelquefois le matin, le
plus souvent le soir, sous la véranda, et l'on s'épanchait
en douces causeries. C'était un spectacle toujours gracieux et toujours nouveau de voir partir au point du
jour les barques des pêcheurs, dont les voiles lointaines
semblaient autant de mouettes ou de goëlands balancés
à la cime des vagues. Puis, au crépuscule, rentraient

8.

avec elles au rivage des bandes d'oiseaux criards, qui
avaient picoré toute la journée sur les flots, et dont les
plus attardés arrivaient aux premières lueurs du phare
de Port-Vendres.

L'amirale, avec sa douceur, la contessine, avec sa
nature puissante et expansive, le chevalier de Médrane,
avec sa gravité réservée et mystérieuse, imprimaient à
la conversation des oscillations diverses et capricieuses;
et c'est au cours de l'une d'elles qu'il me fut donné de
pénétrer plus profondément que par le passé le secret de
ces âmes d'autant plus calmes et immobiles au dehors,
que leur activité se consumait aux émotions et aux luttes
d'une vie intérieure.

C'était un beau matin; la mer était calme et d'un bleu
profond; le soleil dorait la cime des Albères; les parfums des menthes, des sauges et des serpolets emplis-
saient l'air à peine agité. L'amirale, à demi couchée sur
sa chaise longue, semblait à la fois plus vivante et plus
émue. La contessine brodait. Le chevalier de Médrane
distribuait les lettres et les journaux qui venaient d'arriver. L'amiral, assis près du chevet de sa femme,
s'applaudissait, en termes affectueux, des progrès rapides de sa convalescence, lorsque Oliva, placée sur
un tabouret aux pieds de sa maîtresse, poussa comme
une légère exclamation, qui nous fit tous nous retourner.

A l'interrogation muette qu'elle vit peinte sur nos
visages, Oliva répondit en nous tendant un journal, où
l'amiral lut ce qui suit :

« La *Gazette de Chambéry* raconte une aventure tra-

gique, qui a ému profondément et qui passionne encore
les esprits dans la ville d'Aix-les-Bains.

« Parmi les personnages distingués arrivés à Aix les
premiers, et qui, par leur fortune et leurs relations,
semblaient devoir prendre la part la plus large aux plaisirs de la saison étaient, au premier rang, le comte et la
comtesse de B.... Le comte, homme encore jeune, ayant
la plus noble figure et les plus hautes façons, se montrait fort épris de la comtesse, femme digne de tous les
hommages par sa tenue correcte et par son exquise
beauté.

« Hier, le couple aristocratique organisa une promenade sur le lac du Bourget, avec une visite à l'antique
abbaye de Haute-Combe, le Westminster ou le Saint-
Denis des comtes et des ducs de la maison de Savoie.

« Au retour, et comme le lac était uni et le temps
superbe, les rameurs eurent ordre de longer la côte de
droite, dressée à pic, en se dirigeant vers le château de
Bordeaux. La comtesse était sur le banc d'arrière, avec
deux amies, et le comte, voulant essayer de tirer des
canards eider, qui se montraient dans les eaux depuis la
veille, s'était placé seul sur le banc d'avant. Tout d'un
coup, une secousse violente imprimée à la barque fit
pousser aux dames une exclamation de terreur, en même
temps qu'elle faisait retourner les rameurs. Le comte
venait de disparaître dans les eaux.

« Au cri déchirant de la comtesse, l'un des rameurs
sauta dans le lac ; on sait que sa profondeur est d'au
moins deux cents pieds le long de la côte. Deux autres
barques, revenant aussi de Haute-Combe, furent hélées :

mais tous les efforts furent inutiles. Le comte de B.
avait coulé à pic ; circonstance d'autant plus surprenant
qu'il passait pour un très-habile nageur.

« La comtesse fut rapportée chez elle évanouie. A
première prostration succéda un délire violent ; des p;
roles entrecoupées, sans aucune suite ou aucun sen;
sortaient de sa bouche avec véhémence ; on a seuleme;
observé qu'elle répétait à plusieurs reprises : malheu
reuse ! malheureuse ! en tordant ses bras de désespoir.

« Toute la ville d'Aix a été consternée de cette mo;
tragique. Autant la comtesse de B... était admirée, au
tant le comte était aimé.

« Quelques-uns s'obstinent à voir un mystère dans]
disparition subite d'un homme jeune, robuste, nageu
excellent, et qui a coulé comme un plomb, sans mêm
appeler du secours.

« D'autres admettent que le comte, préoccupé de
canards eider qu'il voulait tirer, se sera penché im
prudemment, sera tombé en avant, la tête la première
et aura été entraîné par le poids du fusil et des muni
tions.

« Quelle que soit la version véritable, il n'y a dans l;
ville qu'une pensée pour compatir au désespoir de l;
comtesse de B..., et pour déplorer la mort tragique d;
son noble époux. »

Cette lecture nous laissa tous pénétrés d'émotion e
muets.

Au bout d'un instant, je regardai fixement le che·
valier de Médrane, qui dit à demi-voix : C'est un suii
cide !

L'amiral ajouta : C'est aussi mon avis !

— Oui, le comte de B... s'est tué, reprit l'amiral ; tout concourt à établir le suicide, et principalement les précautions qu'il a prises pour le dissimuler.

Il pouvait aller seul à Haute-Combe, et se jeter dans le lac au retour ; mais alors la volonté de mourir devenait manifeste, et le suicide produisait un éclat. Il s'est fait accompagner de la comtesse et de ses amies, pour détourner les soupçons, et pour couvrir d'une apparence de partie de plaisir la froide résolution de son désespoir.

Le prétexte de tirer les eider devait paraître parfaitement naturel, et il justifiait la position isolée prise par le comte à l'avant de la barque ; mais personne ne croira qu'un homme vigoureux, agile, et qui, fût-il nageur médiocre, ne veut pas mourir, puisse se noyer en tombant dans le lac du Bourget, et coule à pic, sans pousser un cri, lorsqu'il a, par un temps calme, la ressource d'une bonne embarcation et de deux bateliers.

Je le maintiens, sa mort a été volontaire, froidement préméditée, en vue de disparaître sans laisser une tache publique à son nom.

— Mais comment admettez-vous, s'écrièrent presque à la fois l'amirale et la contessine, qu'un homme distingué, honoré, environné de considération, comblé des dons de la fortune, se soit volontairement donné la mort, ayant près de lui, pour lui faire chérir la vie, une belle femme, bien plus que cela, une femme aimée, et qui l'aimait ?

— Ah ! voilà précisément la cause du suicide, répondit l'amiral ; vous l'avez trouvée du premier coup ; c'est à la femme belle et aimée que remonte le désespoir sous le poids duquel le comte a succombé. Si, au lieu d'être belle et aimée, la comtesse avait été ridicule et dédaignée, le comte donnerait encore des fêtes à la société d'Aix-les-Bains.

— Oh ! pour le coup, reprirent vivement les deux amies, à une telle affirmation il faut des preuves, où sont-elles ?

— Les preuves ? répondit l'amiral ; mais, je vous l'ai dit, vous venez de les trouver vous-mêmes.

Il ne s'est tué, ni pour des revers de fortune, puisqu'il était fort riche ; ni pour des mésaventures dans le monde, puisqu'il était universellement considéré ; ni pour aucun scandale domestique, puisque la comtesse est encore environnée d'un respect auquel il s'est associé lui-même, par une courtoisie publiquement poussée jusqu'à sa dernière heure, et couronnée par un effort suprême pour donner le change au public sur le secret de sa mort.

Or, comme il s'est incontestablement noyé avec préméditation, et qu'avec tant de raisons apparentes d'aimer la vie, il en est sorti par un coup de désespoir, la détermination fatale d'un homme tel que lui ne peut être logiquement cherchée que dans la partie la plus intime de son existence intérieure, dans un chagrin profond, longtemps combattu et dissimulé, et qui l'a emporté à la fin.

Le comte de B... devait être également épris et jaloux de sa femme. Il a reculé devant l'aveu de sa jalousie, craignant de paraître fâcheux ou ridicule. Amoureux comme un fou, il a eu peur de l'être comme un sot ; et, finalement vaincu par un désespoir plus fort que sa raison, il a cherché dans la mort un repos que lui refusait désormais une vie empoisonnée.

— Alors, dit l'amirale un peu émue, vous accusez au moins la comtesse de B... de légèreté, vous supposez qu'elle a sciemment, sinon volontairement, été la cause de la mort de son mari. Que pensez-vous de la justice de cette accusation, messieurs ? ajouta-t-elle, en se tournant vers le chevalier de Médrane et vers moi.

— Madame, dis-je aussitôt en me jetant entre le mari et la femme, dont le visage me semblait légèrement pâli, tout mal qui se fait n'est pas nécessairement prémédité. Caton l'Ancien avait épousé une femme aussi honnête que belle, et dont un de ses familiers s'avisa de lui faire compliment. Sans s'expliquer sur la question, Caton étendit son pied, et montrant à son ami une chaussure neuve, il lui dit : « Comment la trouvez-vous ? — De fort bon goût, répondit l'ami. — Eh bien ! reprit Caton en retirant son pied, il n'y a que moi qui sais où elle me blesse. »

— Continuez, me dit l'amiral, vous êtes dans la vérité.

Je repris, non sans observer le trouble croissant de madame du Guénic :

— J'ai lu tout ce qu'ont écrit sur les femmes ceux qui passent pour les avoir le mieux étudiées. Eh bien ! en général, cela n'est pas vrai.

La Rochefoucauld et La Bruyère, qui avaient sous les yeux les scandales d'illustres effrontées, telles que madame de Montbazon et madame de Longueville, et jugeant de toute la société par la leur, pouvaient se croire le droit de mal parler des femmes, sans penser qu'ils en médisaient.

Le premier put écrire, au nom de l'expérience puisée dans son monde, qu'il y a peu d'honnêtes femmes qui ne soient lasses de leur métier. La mode et le ton influent beaucoup, même sur les vices, lorsque les exemples des grands sont assez respectés pour être suivis. La considération qui entoura madame de Pompadour perdit plus de femmes que les romans de Crébillon fils; mais le courant des mœurs qui pousse vers la dépravation n'est ni universel, ni durable; et ceux que leur penchant naturel porte à la recherche et à la poursuite des femmes savent bien, par expérience, que la difficulté du triomphe s'accroît toujours en proportion de ce qu'il vaut.

Où est l'homme à bonnes fortunes qui n'avoue qu'il eût donné toutes les femmes conquises pour telle ou telle, dont il ne put vaincre l'honnêteté?

Mais, d'un autre côté, plaire est un instinct commun à toutes les femmes. Je n'en sais pas une pour qui il ne soit un plaisir, et j'en sais plusieurs, parmi les plus honnêtes, pour qui c'est un besoin.

De ce nombre aura été probablement la comtesse de B.... Son mari se sera trompé sur la nature du sentiment qui la portait à recueillir, peut-être à provoquer les hommages. Il aura pris cette coquetterie instinctive et générale pour quelque passion mystérieuse et dissimulée; et, affolé par une jalousie aveugle et irrésistible, il aura quitté violemment la partie, mais en homme délicat et bien né, sans récrimination, sans plainte, sans

bruit ; tirant peut-être des torts supposés de sa femme
la vengeance la plus délicate et la plus terrible, si elle est
sincèrement honnête, c'est-à-dire lui laissant le regret
éternel de l'affection et de l'estime d'un cœur comme le
sien.

— Dans votre tableau, me dit l'amiral, vous n'avez
oublié qu'un trait ; je vais l'y ajouter.

Les nouveaux époux sont toujours de deux espèces :
les uns, entrés dans la période la plus riante de la vie
avec tous les enchantements du cœur et des yeux, voient
l'avenir à travers les couleurs du présent, et ne se découvrent des défauts l'un chez l'autre que pour les pardonner ou les aimer. Cela, c'est le rêve, non la vie, et encore ce rêve, tous ne l'ont pas, car plus d'un commence
par le réveil. A la longue, les mieux partagés perdent
leurs illusions, parce qu'il n'y a si beau ciel qui n'ait son
nuage. Il leur arrive donc quelquefois de marcher à travers les déceptions jusqu'à un désespoir final, et beaucoup arrivent à trouver le mariage trop laid, pour l'a-
voir imaginé plus beau qu'il ne peut l'être. La Rochefoucauld, dont vous parliez, a dit avec raison qu'il y a
de bons mariages, mais qu'il n'y en a pas de délicieux.

Les esprits droits, réfléchis et pénétrés des conditions
réelles de la vie, n'envisagent pas ainsi le mariage : ils
n'y espèrent peut-être pas ces enchantements, mais ils
n'y trouvent pas ces angoisses ; pour eux, il n'y a noce
et bal qu'un jour, mais il y a union des cœurs, confiance assurée jusqu'à la séparation suprême. Ils se sen-
tent associés pour traverser, avec double affection et
double courage, les épreuves du monde, et leur but est

9

de donner à la famille des enfants qui la fortifient, à Dieu
des serviteurs qui l'honorent, à la société des hommes
qui la servent. Connaissant, par les soins qu'ils mettent
à les vaincre, leurs communes défaillances, ils cherchent
dans une sauvegarde mutuelle les moyens de les surmonter, toujours prêts à l'indulgence réciproque due à
leurs faiblesses, ou au pardon dû à leurs fautes.

Le comte de B... était un époux de la première catégorie. Il n'a pu supporter les chagrins du mariage,
pour s'en être exagéré les joies.

D'ailleurs, il n'a puni que lui de ses illusions perdues.
Se considérant comme seul responsable des mécomptes
d'une vie commune dont il avait la direction, il a puni
de sa propre mort les torts supposés de sa compagne,
l'absolvant de tout devant les hommes, et ne lui laissant
à subir que le jugement de sa conscience, s'il y avait
réellement quelque faute connue de lui seul et de
Dieu.

— Auriez-vous approuvé, demanda la contessine,
qu'il eût appliqué à sa femme, supposée coupable, la
terrible juridiction domestique autorisée par vos lois ?

— La peine de mort ? reprit l'amiral. — Non.

Un grand nombre d'opinions ont été émises dans les
livres, sur les théâtres, devant les tribunaux, au sujet
des droits que le mari peut légitimement exercer envers
la femme coupable. A mon avis, une seule est vraie ;
c'est celle qu'exprima Jésus, dans le temple de Jérusalem, lorsque les Juifs lui amenèrent la femme surprise
en adultère, en lui demandant si, conformément à la loi
de Moïse, il fallait la lapider. Vous savez ce qu'il répon-

dit : « Que celui d'entre vous qui est sans péché lui jette la première pierre. »

Voilà la vérité.

Oui, vous pouvez condamner; mais à la condition d'être vous-même irréprochable. Oui, votre main peut frapper; mais à la condition qu'elle soit pure. Combien le sont, parmi celles qu'un premier mouvement arme du poignard?

La responsabilité d'un mari est toujours grande. Ce n'est pas en vain qu'en épousant une jeune fille on lui promet, devant le magistrat, aide et protection. Il faut que cette protection s'étende à tous les périls de la vie, d'où qu'ils viennent : soit des hommages du monde, qui l'enivrent; soit de son imagination, qui l'exalte; soit de l'inexpérience, qui lui cache les piéges; soit de l'abandon, qui l'humilie et la révolte.

Sans doute, la femme la mieux gardée sera toujours celle qui se garde elle-même; mais les plus honnêtes et les plus fermes ont le sentiment des défaillances humaines, et elles acceptent de leur protecteur naturel une direction assez délicate pour être une sauvegarde sans paraître une surveillance.

La jalousie avouée n'est en somme que la mesure du prix attaché à la possession exclusive de leur affection. Même excessive, la jalousie est encore une marque d'attachement; trop absolue, la confiance peut être une preuve d'indifférence et de dédain.

Plus fortement pénétré de ses devoirs de sauvegarde, le comte de B... eût arrêté sa femme sur cette pente du besoin de plaire où glissent tant de natures honnêtes, et il eût prévenu ce désespoir, plus fort que sa raison, plus fort que son courage, et dont il s'emble s'être puni comme de sa propre faute.

— Que pensez-vous alors, amiral, dit la contessine, des pays où les jeunes maris, déférant aux idées et aux mœurs du meilleur monde, affectent de ne pas se montrer en public avec leurs femmes, et les placent, avec l'approbation générale, sous la protection d'un cavalier servant?

Toujours célibataire, souvent jeune, ce sigisbée, commensal du mari, guide de la femme, confident de ses pensées, agent de ses distractions et de ses plaisirs, n'a pas toujours grand'peine à conquérir une confiance qui s'offre, ou à pénétrer dans un cœur que les intimités de la promenade, du bal et du théâtre laissent entre-bâillé.

Lequel des trois blâmez-vous le plus?

— Ce n'est pas le larron, répondit l'amiral, il fait son métier; ce n'est pas non plus la jeune femme, livrée aux périls d'une familiarité régulière et autorisée; ce n'est même pas le mari, esclave de mœurs anciennes, enracinées et générales, — c'est la société.

La France eut, au siècle dernier, des mœurs pareilles et pires encore. Un courtisan se fût rendu la fable de Versailles, s'il eût vécu avec sa femme. La plus sévère bourgeoisie partageait ces idées. M. Portail, premier président du Parlement, trouva naturel que M. de Thorigny, président de Chambre, vînt élire domicile chez lui, au Palais, à son hôtel, à côté de la chambre à coucher de la première présidente, où finalement il tomba malade et où il mourut.

L'Italie, passionnée pour les arts, fut toujours particulièrement disposée à se faire une religion de la forme, et à rendre un culte à la beauté physique. Alphonse Ier, duc de Ferrare, ne put se résoudre à garder pour lui seul le secret des charmes divins de Laura Dianti, sa femme; et il la fit peindre toute nue par Titien, pour que ses sujets pussent comprendre son bonheur, et le partager dans une certaine mesure. Cette idolâtrie des belles lignes et des gracieux contours, spéciale à l'Italie, et surtout à Rome et à Florence, fait comme une vaste confrérie de tous ceux qui la partagent; et, de même que le sage et héroïque Caton d'Utique céda sa femme Marcia au grand orateur Hortensius, qui désirait, à cause de ses belles formes, en avoir quelques enfants, les apôtres fervents des élégances plastiques, possesseurs de tableaux renommés ou de femmes remarquables, se trouvent naturellement plus disposés que d'autres à permettre l'entrée de leur galerie ou de leur foyer.

Certes, au milieu de telles mœurs, les hommes mariés n'ont pas droit à plus d'intérêt qu'ils ne montrent de dignité; mais bien à plaindre y sont les femmes d'élite, faites pour être aimées et servies, et qui, à côté des banalités écœurantes des hommages du monde, ne trouvent pas un homme digne d'elles, sur qui faire reposer les calmes sécurités et les longs espoirs nécessaires aux âmes qui se donnent.

— Ce n'est pas tout encore, dit la contessine avec amertume, en se tournant vers nous, aux plus fortes natures il faut, quand elles sont tombées, une main tendue qui les relève, et des bras ouverts qui les reçoivent. Quel sera le refuge de la pauvre égarée qui veut rentrer dans sa voie? Ira-t-elle porter sa vie et offrir son dévouement au mari indifférent qui ne l'a point protégée, ou à l'amant égoïste qui l'a perdue? Valent-ils même réellement la peine que l'on choisisse entre eux, et l'un peut-il inspirer plus d'estime et plus de confiance que l'autre?

— Madame, dis-je à la contessine, qui avait paru s'adresser à moi, voilà une parole sévère pour les maris à qui elle peut être appliquée. Je n'ai pas à donner un conseil qui ne saurait trouver sa place ici; mais à défaut de conseil, je puis citer un cas, qui serait, entre plusieurs autres possibles, une solution du problème que vous venez de poser.

Une femme à laquelle ne sauraient être refusés ni la distinction instinctive, ni l'éducation, ni le cœur, a donné la solution suivante à la question que vous avez formulée.

Cette femme, l'une des plus belles et des plus honnêtes personnes qu'offrît, il y a quelques années, cette société spéciale de Paris, qui, sans en être, confine à la littérature, au journalisme, au théâtre, et se plaît aux relations ordinairement gaies, quelquefois séduisantes des lettrés et des artistes, fut recherchée en mariage par un grand nombre de jeunes gens, presque tous familiers avec ces exhibitions de bijoux, de toilettes, de beautés souveraines, qu'offrent les bals, les concerts et les premières représentations. Ils avaient ce sentiment, d'ailleurs très-avouable, qui met au-dessus même des avantages de la fortune, le plaisir et l'orgueil de donner son bras et son nom à une femme qui en éclipsera beaucoup et ne sera éclipsée par aucune autre.

Celui qu'elle accepta était homme d'esprit, bien fait de sa personne, ayant ses relations dans le journalisme et la finance, et justifiant toutes les probabilités d'accord intérieur et d'affection que la sympathie et les préférences réciproques des fiancés permettaient déjà d'espérer.

Il n'y eut d'abord déception d'aucun côté ; on s'aima comme on s'était choisi ; mais, dans le courant de cette première année, la jeune femme fit une découverte qui la consterna : son mari avait été élevé dans la doctrine de Saint-Simon ; et, au nom des principes de sa secte, il avait cru pouvoir, en tout bien pour lui, sinon en tout honneur pour sa maison, reporter sur quelques femmes de ses amis et coreligionnaires l'excès des facultés aimantes dont il ne trouvait pas l'emploi à son foyer.

La morale domestique du père Enfantin, chef de la secte, repose en effet sur cette donnée, que le temps et l'éternité étant également de Dieu, la mobilité et l'inconstance sont des modèles de la vie tout aussi divins que l'immobilité et la constance. Par conséquent, les mariages temporaires et successifs, fondés sur les affections passagères, sont aussi légitimes et aussi saints que les mariages permanents, fondés sur les affections durables.

Naturellement, cette doctrine matrimoniale révolta la jeune femme ; sa pratique à peine dissimulée l'exaspéra. Elle avait voulu devenir le charme d'un foyer honnête ; elle se trouvait l'ornement d'un harem achalandé. A la suite de cette découverte vinrent, l'un après l'autre, l'indignation, le dégoût, la colère et, avec les mauvais conseils qu'elle donne, la tentation d'user de représailles.

L'occasion du mal, toujours si fréquente, ne tarda pas à se présenter. Au moment d'un départ pour les eaux, le mari allégua inopinément des affaires imprévues qui le retenaient, et pressa sa jeune femme d'accepter, pour quelque temps au moins, la compagnie et les soins d'un ami intime. Elle refusa d'abord et céda ensuite. Quelque temps après, une lettre de son mari lui apprenait qu'il était en Italie, et l'indiscrétion calculée d'une amie lui faisait savoir qu'il n'y était pas seul.

Le reste se devine. La destinée de ce ménage s'accomplit, et la faute du mari amena la chute de la femme. Toutefois, elle tenta de se relever, du moins à ses propres yeux, par une résolution énergique ; et c'est ici que vient se placer la solution que cette jeune femme donna, pour son propre compte, au problème de conduite qui vient d'être posé.

Il fallut bien rentrer au domicile conjugal, après le retour des eaux et le retour d'Italie. Le mari se montra vif, empressé, comme un homme qui a le sentiment de ses torts et de ses dangers domestiques ; la femme fut calme, digne et réservée.

Aux premières démonstrations de son mari, elle l'arrêta du regard et du geste.

— Permettez, mon ami, lui dit-elle ; le temps des illusions est passé, et celui de la franchise est venu ; je vais vous en donner l'exemple.

Je m'étais unie à vous avec la libre et ferme volonté

d'être, à votre foyer, une bonne et honnête femme.
Vous n'avez pas voulu de mon dévouement et de mon
affection. En partant pour votre voyage d'Italie, nous
savons vous et moi avec qui, vous m'avez, malgré mes
prières, placée sous la sauvegarde d'un de vos amis
intimes. Cet ami n'a eu rien de plus pressé et de plus à
cœur que de convoiter auprès de moi la place que vous
lui aviez abandonnée, sinon offerte. Vous lui avez laissé
le temps d'y réussir.

Il m'a relevée et recueillie dans l'abandon, dans le
dédain et dans l'insulte où vous m'aviez abaissée. Avec
ses soins, avec ses respects, il m'a offert ses serments ;
je les ai reçus, et il a les miens. Je ne me suis jamais
senti de vocation pour être la maîtresse de personne. Je
suis et je resterai sa femme, devant ma conscience et
devant Dieu ; et il héritera de la fidélité que vous avez
dédaignée.

Si vous croyez que l'honorabilité de votre maison exige
que je reste sous votre toit, je le ferai par déférence
pour un nom qui est devenu le mien, et que je ne veux
pas livrer à d'indignes commentaires ; mais j'y serai
pour vous une simple amie, un peu plus qu'une
étrangère, qui répondra par l'observation des plus
sévères bienséances au don de votre hospitalité.

Le mari écouta, silencieux et morne, cette grave
déclaration ; il s'inclina, sans rien répondre, mais non
sans espérer que la situation inattendue qui lui était
faite, exagérée et assombrie par une légitime colère,
s'atténuerait par les conseils de la nuit ; et que, le
premier ressentiment passé, il retrouverait près de sa

9.

femme, moins coupable qu'elle ne le déclarait, des rapports avouables, renoués sous de plus favorables auspices. Il essaya, en effet, une nouvelle tentative le lendemain; mais l'abîme déjà creusé la veille se trouva encore plus profond et devint même absolument infranchissable.

— N'insistez pas, lui dit la jeune femme; ma résolution est à la fois irrévocable et nécessaire, et je ne vous ai même pas tout dit, par respect pour votre nom. Je vous avais offert de rester sous votre toit; mais les égards que je dois à votre personne exigent que je m'en éloigne.

— Pourquoi donc cela?

— Regardez-moi bien, répondit la jeune femme; et vous comprendrez la nécessité de mon départ.

Après un coup d'œil rapidement lancé, un éclair de honte et de colère illumina subitement les traits du mari; mais le sentiment de ses torts personnels envahit tout à coup son âme; sa tête s'affaissa, son regard s'éteignit, et sa bouche, ouverte pour maudire, ne laissa tomber que ces paroles résignées :

— Je l'ai mérité! néanmoins, ne vous éloignez pas, et laissez-moi quelques heures de réflexion.

Avant la fin de la journée, il s'approcha de sa jeune femme, triste, mais calme et résolu.

— Mon amie, puisque vous conservez encore ce nom, dites-moi si quelque autre que moi connaît votre secret?

— Personne!

— Eh bien! alors, ne partez pas : gardez, avec votre

appartement, vos anciens droits de maîtresse de maison, et laissez le monde croire à une union que j'ai brisée par ma faute. Et comme il faut que mes torts soient expiés, je ne veux pas les aggraver en faisant un orphelin. Votre enfant naîtra et vivra sous mon toit et il y trouvera, je vous le jure, le respect et les égards que je n'ai pas eus pour vous. »

— Et ces deux époux, dit l'amirale, séparés par une mésestime réciproque, trompant les autres sans jamais s'abuser eux-mêmes, ont pu porter, sans la rompre jamais, cette chaîne aux anneaux de douleur et de remords, à laquelle ils s'étaient rivés eux-mêmes ?

— Oui, madame, et je tiens de la bouche même de la jeune femme l'aventure que je viens de vous raconter.

Depuis quelques instants, le chevalier de Médrane s'agitait sur sa chaise. Mon récit avait troublé sa sérénité, et semblait devoir le faire sortir de sa réserve. Tout à coup, d'une voix haute et saccadée, il me dit brusquement :

— Votre jeune femme était grande, n'est-ce pas ; forte, brune, ce qu'on appelle une belle fille, avec des regards énergiques et une nature puissante et résolue ?

— Oui ; mais vous l'avez donc connue ?

— Jamais ; je l'ai devinée. C'était un tempérament ; ce n'était pas un caractère.

Elle n'a pas eu la force de rester six mois femme mariée, sans mari, ce qui lui eût gagné mon respect. Comme toutes celles que domine l'égoïsme de leur beauté, que conseille le désir de plaire, qu'aveugle le besoin d'être aimées, quand le premier mari lui a eu fait défaut, elle

en a pris un second, d'ailleurs également fidèle à l'un et
à l'autre. C'est une femme à l'antique, c'est la Marcie de
Caton, dont a parlé l'amiral, et qui était fière d'avoir
donné des enfants à deux maris, tous deux vivants à la
fois. Ce n'est pas la femme de mes idées et de mon culte.

A mes yeux, quand on a engagé sa foi devant le
maire, qui est le magistrat des hommes, et devant le
prêtre, qui est le magistrat de Dieu, on est marqué de
ce caractère indélébile qu'impriment aux jeunes lévites,
le jour de leur ordination, les paroles du psalmiste :
Tu es sacerdos in æternum, tu es prêtre pour toujours.

Oh ! je connais l'objection commune, depuis que j'étais
mousquetaire de Sa Majesté Louis XV : — J'ai été
sacrifiée à une indigne rivale ; je suis dédaignée dans
mon affection, outragée dans ma dignité. Mon mari ne
peut pas avoir le monopole des caprices ; la maîtresse
justifie l'amant ; et celui qui, le premier, viole sa foi,
ne saurait être surpris de voir suivre les exemples qu'il
donne.

Oui, ces sortes de représailles sont logiques entre des
cœurs légers, entre des âmes flottantes, mal défendues
par l'honneur, et qui semblent trouver une joie malsaine
à n'être pas dépassées dans les luttes de l'audace et du
désordre.

Mais entre de vrais époux, dans l'union intime et
sainte du mariage, il n'est pas intervenu seulement deux
personnes au contrat ; il y en a eu trois, et la troisième
est la plus auguste : c'est la famille, c'est la société qu'on
a prise à témoin, c'est Dieu, dont on a invoqué l'aide,
c'est le foyer domestique, où la déconsidération de la

mère ne peut pas, sans crime, venir contrister et humilier l'innocence des enfants.

Enfin, lorsque l'association est aussi étroite et la solidarité aussi complète que dans le mariage, où tout est nécessairement commun, si l'un vient malheureusement à incliner vers la honte et à glisser dans la boue, c'est le devoir impérieux de l'autre d'être honnête et propre pour deux.

Ainsi n'a pas fait la jeune femme dont vous avez conté l'histoire. En imitant son mari, elle s'est ôté le droit de le condamner. A ses torts personnels, qui l'avaient éloigné temporairement d'elle, elle a ajouté ses propres torts, beaucoup plus graves, qui la séparent irrévocablement de lui. Il avait rendu la rupture excusable, elle a rendu la réconciliation impossible.

Or, le plus lamentable, ce n'est pas d'avoir une défaillance ; c'est de n'en pouvoir pas revenir.

A l'exception de ces femmes marquées de Dieu, et qui, se défiant de leurs forces, s'arment sans cesse de celles que donne la foi religieuse, la plus noble et la plus droite peut subir un entraînement passager ; mais quand ces natures sortent du devoir, elles n'en ferment jamais la porte. Elles remontent d'un seul bond la pente qu'elles avaient descendue ; et, appropriant la réparation à la faute, au lieu d'aller se repentir dans un couvent, où elles ne s'inclineraient que devant Dieu, elles vont résolûment au foyer domestique, rasséréné par leur présence, demander la paix de l'âme et le respect du monde, que la femme mariée ne saurait trouver ailleurs.

Les paroles graves et émues du chevalier de Médran
nous avaient tenus en suspens, et nous regardions tou
les traits, d'ordinaire si impassibles, du vieux soldat
qu'une véhémence à la fois tendre et austère avait ani
més. Seule, la contessine tenait la tête baissée et l
visage caché dans ses mains. Elle pleurait. Pourquoi
Nul n'aurait voulu ou osé le rechercher. Tout à coup
une voix et des paroles solennelles se firent entendr
derrière nous.

— *La pace dell'anima*, disait la voix, *e nel iddio e nell
poesia :* la paix de l'âme est en Dieu et dans la poésie

Nous nous retournâmes tous ; c'était la jeune impro
visatrice de Sienne, qui s'était avancée sans bruit, et qui
droite, immobile, une main appuyée sur le siége d'Oliva
avait l'autre levée vers le ciel.

— Parle, parle, mon enfant, lui dit la contessine ave
émotion ; tu as l'intelligence et la sainteté. Dieu t'inspire
et nous t'écoutons.

Beppa grandissait rapidement : mais ses formes res
taient sveltes et grêles ; et ses grands yeux noirs et fixes
se détachant comme deux escarboucles de sa face un pe
mate et légèrement pâlie, donnaient à sa physionomie
toujours rêveuse, un air de concentration intérieure
de mysticité.

— Lorsque je descendis de la montagne, toute jeune
dit-elle, je fus conduite dans les pâturages de Sienne
dressée à la garde des troupeaux. Parmi mes compagne
les grandes composaient des chansons, les petites jouaien
avec les chevreaux. Mêlée aux petites, je fis comme
elles ; mais je ne cessais d'admirer ces belles filles

ingt ans, qui improvisaient des *canzoni* en cette langue
le Sienne, qui était la mienne, et que ma mère m'avait
nseignée, en m'apprenant à lire dans les écrits de
ainte Catherine, patronne de la ville.

Je brûlais de les imiter, et la gloire de bien tourner un
tornello ou un *rispetto* était la passion de mes rêves. Je
n'essayai d'abord aux *stornelli*, qui n'ont que trois vers ;
uis, je passai aux *rispetti*, qui en ont quatre, six, huit
u dix. A force de travail, je réussis à trouver prompte-
nent la mesure et l'harmonie, et mes *canzoni* arrivaient
 peine à leur refrain, qu'un pâtre de Pistoia, un petit
astorello de mon âge, y répondait du haut de la colline,
ar un *romanzetto*, qui est le *stornello* de son pays.

En grandissant, j'étudiai mieux les poésies que chan-
aient mes compagnes, et je m'aperçus qu'elles expri-
naient presque toutes les chagrins cuisants du cœur.
lles appelaient ou accusaient les jeunes garçons de la
nontagne, qui à chaque printemps quittaient le pays
our aller faucher les prairies ou couper les blés de la
laremme. Ces gémissements m'éclairèrent, et, en
ouhaitant de devenir grande comme elles pour la poésie,
e résolus de rester petite pour mes jeux. Mes *canzoni*
ne furent plus consacrés qu'aux agneaux de la plaine ou
ux chevreaux des collines, et je n'aimai, avec eux, que
mon beau pays, cette gracieuse Toscane, dont Cino de
Sinibaldi écrivait à Dante, qu'elle a une fleur pour chaque mois :

> Toscana gentille,
> Dove il bel fior si vede d'ogni mese !

Un jour, dans une église de Sienne, où je priais av
ma mère, je vis un tableau de Giotto représentant S
Francesco d'Assisi, qui était un grand saint et un gra
poëte, et qui, entouré de petits oiseaux, leur adressait
discours.

Ce spectacle me frappa, et je résolus de parler aus
de Dieu aux plus humbles de ses créatures, en le
jetant les miettes de mon pain. J'habituai ainsi les ch
vreaux à me suivre, et les petits oiseaux à voleter auto
de moi. Tous les soirs, avant l'heure où les ramiers qu
taient la plaine à tire d'aile pour aller dormir dans l
yeuses, un vol nombreux d'oiseaux venait s'abattre s
un petit groupe d'oliviers, à l'ombre desquels j'alla
m'asseoir; et là, les passereaux indiscrets, les fauvett
timides, les merles chanteurs, les palombes roucoulant
venaient attendre leur provende et écouter mes vers.

« — Petits oiseaux, leur disais-je, que vous avez rais
de bénir Dieu par votre ramage ! il a fait les fleurs de
prairies pour orner vos nids, les graines des plant
pour nourrir vos familles, les clairs ruisseaux pour vo
désaltérer, le feuillage des bois pour abriter votre som
meil; et il a attaché un écho à chaque colline, pou
répéter les *canzoni*, bien plus belles que les nôtres, da
lesquelles vous célébrez sa gloire. Tenez, petits oiseau
emportez ce que ma main vous offre, et revenez tou
jours, pour m'aider à remercier la Providence de m'avo
fait trouver le bonheur dans le respect de son nom et
contemplation de ses œuvres. »

Et comme mes compagnes qui se tenaient à distanc
pour ne pas faire envoler mon auditoire, me deman

daient ce que m'avaient dit les petits oiseaux, je leur répondais :

Ils m'ont enseigné la règle de ma vie et de la vôtre. Que les femmes qui sont engagées avec les hommes leur soient fidèles; mais que celles qui sont libres ne s'engagent qu'à Dieu.

Là-dessus, la contessine se leva et embrassa avec effusion Beppa l'improvisatrice. Un orage se dessinait sur le Canigou, et l'heure du déjeuner était venue; j'offris ma main à la contessine et nous rentrâmes diversement impressionnés, mais tous émus des doctrines morales qui avaient été successivement exprimées, au sujet de la fin tragique du comte de B...

En offrant mon bras à la contessine, je me penchai à son oreille, et lui demandai l'honneur d'un moment d'entretien.

— J'avais supposé, me répondit-elle, que nous aurions à causer ensemble. J'ai arrangé, pour demain au soir, une petite excursion, à l'occasion de la fête du Boulou. Tâchez d'y venir.

— Madame, j'y serai.

VII

L'AMANT SUPPOSÉ

L'imminence du duel engagé entre le comte Gino et Albert de Moraines m'imposait, comme témoin, l'impérieuse obligation de recueillir au plus tôt deux informations également délicates et nécessaires.

Je ne pouvais, sans manquer aux devoirs de mes relations et de mes amitiés, laisser deux hommes tels que ceux-là se rencontrer l'épée à la main, c'est-à-dire s'engager dans une situation n'ayant d'autre issue que la mort de l'un d'eux, avant de m'être assuré que la femme distinguée, cause de la rencontre, la connaissait et l'autorisait ; et je pouvais encore moins laisser dans l'esprit prévenu, malade et irrité d'Albert de Moraines l'idée préconçue qui s'y était établie, de considérer Philippe de Grandfay comme le favori nouveau et secret de la contessine, et de venger finalement sur lui, dans une lutte désespérée, le chagrin qui égarait sa raison, si, i comme j'en étais intimement persuadé, cette idée était absolument chimérique.

L'entretien pour lequel la contessine Laura venait de m'assigner une rencontre à la fête nocturne du Boulou me donnait l'espoir de parvenir à ces éclaircissements, sans me laisser d'illusion sur la difficulté qu'il y avait pour moi, n'ayant d'autre titre qu'une simple amitié du monde, à pénétrer, sans blesser sa légitime dignité, dans les secrets de cœur d'une femme d'un tel rang, et qui, au milieu de l'accueil le plus courtois et le plus cordial, ne m'avait en définitive jamais donné le droit de faire appel à ses confidences.

A la rigueur, je pouvais me promettre que, par quelque attaque subite et imprévue, je forcerais son cœur à me livrer le secret d'un premier amour ; mais, après y avoir longuement réfléchi, j'avoue que je n'apercevais pas le moyen de lui demander si, par aventure, elle n'en avait pas un second. Ce renseignement m'était pourtant nécessaire, pour empêcher Albert de Moraines, chevauchant déjà sur sa colère et sur sa fantaisie, d'arriver avec Philippe de Grandfay à une complication que rien ne dénouerait ensuite, pas même son absurdité.

Je m'en rapportais donc au hasard, ce grand guérisseur des maladies incurables ; et je me préparai à aller entendre le *mystère* en vers catalans, *la Bengudo del Mound*, annoncé pour la fête nocturne du Boulou, où je devais rencontrer la contessine.

Le Boulou est un gros bourg, sur la rive gauche du Thec, au pied des rampes qui mènent au col du Perthus et au fort de Bellegarde. Il vit, en 1285, passer Philippe le Hardi, lorsque, vaincu par la peste, plus que par les Aragonais, il descendit en litière, pour aller mourir à Perpignan.

On célèbre tous les ans au Boulou une fête qui attire un grand concours ; mais ce concours prend des proportions immenses, lorsque, comme en l'année où se passent les événements, objets de ce récit, on ajoute à la fête la célébration d'un *mystère* en vers, conformément aux goûts et à la tradition poétique de la Catalogne.

Lors du réveil et de la culture des langues vulgaires, au onzième siècle, la Catalogne fut, avec le Limousin, la Provence et le Languedoc, le pays qui vit naître le plus grand nombre de troubadours. Il suffit de nommer Guilhem de Capestany, Pierre Vidal de Bésalu et Ausias March, pour établir la célébrité de ces poëtes, et de rappeler que l'Académie de Barcelone fut fondée trois cents ans avant l'Académie française, pour témoigner de la popularité des lettres parmi les Catalans.

C'est, en effet, le peuple qui joue ces *mystères*, en cinq actes et en vers, et qui les écoute avec recueillement. Celui que je vis représenter au Boulou dura depuis neuf heures du soir jusqu'à quatre heures du matin. Il avait commencé par l'établissement d'Adam et d'Ève dans le Paradis terrestre ; et Jésus disputait avec les docteurs de la loi dans le temple de Jérusalem, lorsque le soleil lança ses premières flèches du haut des Albères. Des tailleurs, des sabotiers, des marchands, jouaient les divers personnages. Joseph, l'époux de Marie, était représenté par le facteur rural du Boulou.

L'immense théâtre occupait toute la largeur d'une grande rue, qui avait été barrée, et des flots de population avaient déjà pris place, lorsqu'une voiture amena la contessine, accompagnée par le chevalier de Médrane. Je les conduisis à des siéges réservés, aux premiers rangs, où se placèrent aussi Oliva et Beppa, auxquelles il n'eût pas été possible de refuser le plaisir d'être de la fête.

Dans des excursions antérieures, faites en vue de prendre les eaux toniques, si justement célèbres, du Boulou, Beppa et Oliva avaient rencontré à l'établissement une jeune et belle fille de l'Ariége, amenée par sa famille pour la fortifier; car, sur toute la ligne des Pyrénées, on croit plus à la vertu des eaux qu'au savoir des médecins, et la reconnaissance des populations antiques y a peuplé les vallons d'autels votifs, élevés, avec de belles inscriptions latines, aux naïades des sources rustiques. Marciole portait le costume de la vallée de Bémale, située dans le Castillonais, et renommée par la beauté de ses femmes, coquettement enveloppées dans les longs plis du mezzaro des Génoises.

Le *mystère* commença. Je m'étais placé près de la contessine, afin de profiter des premiers moments libres de son esprit, car la nouveauté du spectacle captive d'abord les curiosités fraîches et éveillées. Adam et Eve, debout devant Dieu, écoutaient ses conseils, formulés en cette belle langue catalane, plus douce et moins guindée que le castillan. Puis, pendant le sommeil d'Adam, l'ange déchu, enroulé dans un bel oranger, et avançant sa tête blonde sous des grappes de fruits d'or, faisait en vers charmants, à notre mère commune, des ouvertures illicites, lorsqu'un bruit confus et formidable éclata tout à coup derrière nous.

Les enfants pleuraient, les femmes hurlaient, les hommes montaient sur les bancs et sur les chaises. Debout au premier cri, je fouillai la rue du regard, et je n'aperçus rien au milieu du désordre, si ce n'est une ombre courte, ronde et noire, venue comme une trombe du fond de la rue, et perdue presque aussitôt dans l'entassement de spectateurs qui nous enveloppait. Je cherchais encore à pénétrer les causes du tumulte, lorsque je sentis contre mes jambes un frôlement doux et soyeux, et sur l'une de mes mains une tiède haleine. Je regardai en me reculant : c'était un ourson d'environ six mois, qui me regardait et me caressait.

— Monsieur, s'écria aussitôt la jolie Bémalaise, amie de Beppa et d'Oliva, c'est Jacquet, que vous avez couronné à Ercé, et qui vous a reconnu. Ne craignez rien ; ici, Jacquet, et couchez là.

J'avais, en effet, devant moi, l'un des brillants élèves de l'école municipale d'Ercé, canton d'Oust, où l'on élève des ours, et je lui avais décerné, quelques mois auparavant, une branche de laurier et un morceau de chocolat, représentant le premier prix de bourrée.

Jacquet, fidèle serviteur de Marciole, la suivait partout, et c'est lui qui, rompant sa chaîne, était accouru de l'établissement et avait jeté le désordre et l'épouvante dans la réunion, pour venir joindre sa maîtresse. Assis à ses pieds, il regardait d'un petit œil clignotant et malin le diable dans son oranger, ne semblant pas comprendre

n'ayant de si beaux fruits à portée de sa dent, il donnât
préférence à la fleurette et à la poésie.

Mais laissons pour le moment Jacquet aux jolis pieds
e l'amie de Beppa et d'Oliva, et revenons au *mystère*.

Un air de branle, à la fois céleste et doux, festonné
ar les caprices d'une flûte immense, propre au Rous-
llon, et les flocons odorants échappés d'un encensoir,
rêté à ma demande par M. le curé du Boulou, présent
u mystère, annonçaient l'arrivée de l'ange chez Marie,
uand la contessine, se penchant à mon oreille, me dit :

— Vous avez, je crois, quelque chose à me commu-
iquer ?

— Oui, madame; j'ai à prendre vos impressions, vos
onseils et vos ordres, au sujet du duel imminent du
omte Gino, votre mari.

— Le duel de mon mari, reprit-elle avec vivacité ;
t avec qui ?

— Avec M. Albert de Moraines.

— Avec Albert? s'écria-t-elle épouvantée ; il va se
attre avec Albert? en êtes-vous bien sûr ?

— Madame, je suis l'un des témoins, et, suivant
usage et les convenances, j'ai dû être officiellement
struit de tout.

— Chevalier, dit-elle en se penchant vers M. de Mé-
rane, on étouffe ici ; gardez ma place ; je vais prendre
n peu d'air.

— Votre bras, ajouta-t-elle, en se tournant vers moi.

Et nous sortîmes par un étroit couloir placé sous le
héâtre, que le serpent, séducteur d'Ève, nous avait fait
uvrir.

Selon le précepte d'Horace, j'avais sauté à pieds joints au milieu du drame de la contessine, *in medias res* ; et, au rôle difficile et pénible d'un importun, qui sollicite des secrets délicats, j'avais substitué celui d'un ami, discrètement survenu au moment du danger, et prêt à recevoir, pour le conjurer, les confidences nécessaires qu'attend, sans les provoquer, sa respectueuse courtoisie.

Je m'excusai d'abord, comme je le devais, de la part inattendue qu'un enchaînement de circonstances diverses m'avait donnée dans les secrets de sa vie ; et je me félicitai de l'heureux hasard qui m'en avait confié l'inviolable dépôt.

— Monsieur, me répondit-elle, il en coûte toujours beaucoup à une femme d'avouer ses faiblesses, même à l'amitié la plus délicate ; mais je bénis mon étoile de m'avoir ménagé, dans mon chagrin, un confident tel que vous. Expliquez-moi, je vous prie, les circonstances qui ont amené cette fatale collision ; et puis, éclairée par vos conseils, je chercherai avec vous les moyens de les conjurer, car ce duel est impossible !

Je fis connaître à la contessine le soin avec lequel le comte Gino avait écarté du débat engagé la dignité de sa maison, en couvrant d'un silence absolu tout ce qui se rapportait à l'époque pendant laquelle Albert de Moraines avait rempli les fonctions de cavalier servant. J'ajoutai qu'il donnait pour base unique et exclusive à la querelle l'espèce d'insistance que mettait ce dernier à reprendre une situation qui lui avait été retirée, insistance qui constituait, envers la comtesse, un manque de respect, dont le comte demandait réparation.

Sans s'abuser sur la valeur réelle du prétexte mis en avant par son mari, la contessine parut néanmoins un peu soulagée en voyant que le duel, écartant le passé, ne donnait ouverture à aucun scandale dans le présent ; car enfin, si l'insistance d'Albert de Moraines pour rentrer chez elle était assez opiniâtre pour en devenir blessante, cela prouvait au moins qu'elle n'était pas accueillie.

— Monsieur, me dit-elle, après un moment de silence, je reviens à ma première parole ; — ce duel est impossible, et il faut l'empêcher à tout prix.

Il le faut pour mon mari. Je ne veux pas abriter ma faute derrière l'excuse ordinaire du défaut de sauvegarde, quelque plausible que puissent la rendre les mœurs de mon pays. Mon mari avait autorisé près de moi un cavalier, pour en être servie, non pour en être aimée. J'ai donc méconnu sa volonté et trahi sa confiance. A ce manquement, non pas prémédité par moi, mais finalement consenti, qui est une faute grave, je ne puis pas admettre qu'il vienne s'ajouter un péril de mort, qui serait un crime abominable.

Ce n'est qu'au foyer où je suis entrée honnête que je puis aller reconquérir l'honnêteté, par une volontaire et affectueuse réparation. Mon malheur serait irrémédiable et mon repentir stérile, si, en me présentant devant le palais où je fus heureuse et fêtée, je ne trouvais sur le seuil, à mon retour, que la solitude et une tache de sang.

Vous le voyez, il faut, pour mon mari, empêcher ce duel.

Il le faut aussi, et pourquoi ne le dirais-je pas? pour

10

M. de Moraines. Si je l'ai trop écouté, c'est que je l'ai trop aimé. Je me mésestimerais, en laissant croire à un simple caprice. J'ai pu être coupable de faiblesse, je ne le serai jamais de dépravation. Si le sentiment qui m'a égarée trouvait une excuse dans ma conscience et une atténuation devant Dieu, elles seraient dans sa violence, et par conséquent dans sa sincérité.

Pour être résolue fermement, irrévocablement, à éloigner M. de Moraines, je ne me considère pas comme obligée de le haïr. Je n'ai, je le déclare, nul souci de ses regrets; mais j'en ai un très-grand de sa vie. J'accepte qu'il m'impute ses chagrins; je ne me consolerais jamais, si l'on m'imputait sa mort.

Enfin, monsieur, parmi les réparations que je dois à mon mari, se place, au premier rang, la garde de son nom. Il me l'a donné pur et respecté; je dois tout faire pour éviter que, par ma faute, il reçoive aucune atteinte. Or, dans les duels où se trouve mêlé le nom d'une femme mariée, de quelque façon qu'ils tournent, il y a toujours quelqu'un qui reste couché par terre, c'est l'honneur de la maison.

En s'exprimant ainsi, la contessine était merveilleusement belle d'abandon et de dignité; puis, me prenant les mains, elle me dit d'une voix attendrie :

— Je fais appel à votre amitié et à votre énergie. Une femme ne sait pas comment ces choses-là s'arrangent; mais je me fie à vous; vous me préserverez, j'en suis sûre, de ce qui commencerait par la honte, et finirait par le désespoir.

Vous pouvez vous ouvrir à M. le chevalier de Médrane ; il n'ignore rien de ce qu'il faut savoir pour vous seconder.

Maintenant, rentrons ; il doit être tard.

Nous repassâmes par le même corridor, sous le théâtre. Le serpent, qui nous l'ouvrit encore, s'était fait honnête homme et jouait un rôle de prophète. Le drame continuait sa course à travers les siècles, mais la moitié des spectateurs n'avaient pu le suivre, et s'étaient endormis. Jacquet n'avait plus qu'un œil ouvert pour veiller sur Marciole. Le chevalier fut d'avis de partir. On se glissa discrètement à travers la foule. C'était après le mariage de la Vierge. Saint Joseph, ayant sur l'épaule sa scie et son rabot de menuisier, partait pour aller gagner sa journée ; il échangeait en route quelques mots avec un gros personnage juif, habillé comme un seigneur de Louis XV ; et, détail certainement ajouté par le facteur rural jouant l'époux de Marie, il lui offrait une prise de tabac.

Je pris congé de la contessine et du chevalier, qui ramenaient leur monde à la villa de l'amiral, non sans que les trois jeunes filles se fussent donné rendez-vous, pour le dimanche suivant, à la fête des Albères.

Un clair de lune admirable illuminait la vallée du Thec, et je regagnai l'établissement où j'avais pris gîte, en rêvant aux moyens de réaliser les vœux ardents de la contessine Laura.

Ses confidences avaient diminué les perplexités de mon esprit, en simplifiant les complications dans lesquelles était entré et voulait me pousser Albert de Moraines. Il était désormais démontré pour moi que la contessine ne songeait, à aucun degré, à Philippe de Grandfay. Sa résolution aussi ferme que touchante d'aller chercher la paix du cœur au foyer domestique excluait d'une manière absolue toute idée d'une nouvelle liaison.

Je n'avais donc plus à me préoccuper de cette collision sanglante projetée, caressée par l'imagination aigrie d'Albert de Moraines avec un rival mystérieux, lequel n'était autre, dans son esprit, que Philippe de Grandfay. Avec le rival disparaissait le duel ; il faudrait bien qu'Albert acceptât les faits démontrés. Il était violent, mais il n'était pas fou.

Restait la provocation du comte Gino. Malheureusement, les désirs, si ardents qu'ils fussent, de la contessine, n'en atténuaient pas sensiblement la gravité. Bien évidemment le duel était inévitable, si la provocation n'était pas retirée. Le serait-elle ? pouvait-elle l'être ? Voilà la difficulté.

Le comte Gino, jeune, brave, avait pris une attitude à la fois si calme et si ferme, qu'elle donnait à la provocation tous les caractères d'une mesure adoptée avec maturité. Pour sa dignité personnelle, elle restait définitive; pour celle des deux amis qui l'avaient apportée en son nom, elle était irrévocable.

Il paraissait bien difficile, presque impossible que la contessine intervînt personnellement. Elle n'avait plus près de son mari cette situation d'intimité et de confiance mutuelles, qui rend la femme si puissante ; et il était bien délicat pour elle de conseiller, d'imposer même à son mari une retraite humiliante dans une affaire d'honneur déjà nouée, entre deux adversaires qu'elle avait également, mais diversement aimés, et où l'intérêt exprimé pour la vie de l'un pouvait être interprété comme s'appliquant aussi à la vie de l'autre.

C'est en ruminant ces difficultés dans mon esprit que je regagnai mon gîte ; ajournant toute démarche jusqu'après l'entretien que je comptais et que j'étais autorisé à avoir avec le chevalier de Médrane.

Le lendemain matin, le facteur rural du Boulou crut devoir ajouter à sa tournée réglementaire une visite personnelle. Il avait appris que j'étais mêlé à la presse parisienne ; et, en artiste jaloux de la gloire de son pays, il venait solliciter de mon goût et de ma justice une mention qui apprît au monde le zèle et le succès avec lesquels le peuple du Roussillon cultivait la poésie. Je la lui promis ; il y a bien longtemps de cela, mais j'espère qu'il vit encore ; et, si ce récit lui tombe dans les mains, il y verra que j'ai tenu ma parole, et conservé le meilleur souvenir de la majesté avec laquelle il joua le rôle, humainement ingrat, de l'époux d'une vierge.

Quand le facteur fut sorti, je m'aperçus qu'il avait déposé sur ma cheminée un paquet et des lettres.

Le paquet était le manuscrit que m'avait annoncé et que m'adressait Philippe de Grandfay.

Parmi les lettres il y en avait une d'Albert de Moraines. On devine qu'elle fut la première que je décachetai ; mais, après l'avoir lue, il ne fallut pas moins de quatre verres d'eau glacée, pris à la source, pour calmer l'agitation où elle m'avait jeté.

De Moraines venait d'enfourcher de nouveau le cour-

10.

sier de son imagination, auprès duquel le cheval de Mazeppa était poussif. Sa lettre était violente et affolée. J'en citerai uniquement les parties qui me refoulaient avec brutalité au fond des perplexités desquelles je m'efforçais de sortir.

« ... Je ne m'étais pas trompé, disait-il, les malades ont une acuité de flair qui supprime les distances. J'étais moralement sûr qu'une perfidie atroce, opérée à Pondichéry, avait dénaturé les conditions du pari jugé, en votre présence, chez la comtesse Merlin. Eh bien! l'assurance morale est devenue une certitude matérielle; les cinq lettres annoncées, lettres réelles, reçues par moi, lues par moi, conservées par moi, et sur la production desquelles j'avais, par conséquent, le droit absolu de compter, avaient été remplacées par des chiffons de papier blanc, dans les mains de celui que j'en avais fait le dépositaire, et à son insu.

« C'était de Nolivos; il vient d'arriver.

« Mon premier mot a été sévère : « Vous avez trompé ma confiance, lui ai-je dit, et il faudra des explications bien claires, pour m'empêcher de croire à une déloyauté. Je les attends. »

« Moitié riant, moitié menaçant, et hésitant entre une plaisanterie et une bravade, de Nolivos m'a sommé de m'expliquer.

« — Je vous avais confié un dépôt sacré, lui ai-je dit, avec la réserve de le réclamer à mon heure. Pourquoi 'avez-vous retenu?

« — Albert, m'a-t-il répondu, votre raison s'égare.

« Avez-vous reçu directement, personnellement, des

mains de votre facteur de quartier, un paquet à votre
adresse, accompagné d'une lettre d'envoi séparée, selon
le désir que vous m'en aviez exprimé?

« — Oui.

« — Ce paquet portait-il intacts les cachets à mes
armes et aux vôtres que j'y avais apposés, devant vous,
en le scellant, à la Martinique?

« — Oui.

« — Vous connaissez mon écriture; ma lettre d'envoi
est entièrement de ma main; l'avez-vous reconnue sur
la suscription du paquet?

« — Je crois que oui.

« — Le paquet portait-il le timbre de la poste aux lettres de Pondichéry?

« — Assurément.

« — Et aussi le timbre du sac aux lettres du navire
le Gustave?

« — Sans aucun doute.

« — Eh bien alors, de quoi vous plaignez-vous?

« J'ai, moi-même, de ma propre main, déposé le paquet
au bureau de la poste, en recommandant qu'il fût confié
au bâtiment, qui était en partance, et qui a levé l'ancre
dans la soirée. Le paquet vous est parvenu tel que je
vous l'avais expédié, et vous reconnaissez vous-même
que les cachets, non-seulement à mes armes, mais aux
vôtres, étaient intacts : — dites-moi donc ce qu'il vous
faut de plus pour établir ma loyauté?

« — Mon cher Raymond, il y a certainement là-des-
sous une perfidie, dont je vois bien, après réflexion, que
j'avais tort de vous rendre responsable; mais la perfidie

est indéniable : car je vous avais confié cinq lettres, écrites à moi par une femme ; et vous m'avez renvoyé cinq morceaux de papier blanc.

« — Vous m'aviez confié un paquet, clos et scellé, répliqua vivement M. de Nolivos. Ce dépôt, je vous l'ai restitué fidèlement, à votre heure et en sa forme. Vous seul saviez ce qu'il contenait ; et je ne vous rendrai pas injure pour injure, en traitant de fable la substitution dont vous me parlez, qui me paraît absolument impossible, parce qu'elle serait absolument inexplicable. Que diable ! il n'y a pas plus de sorciers à Pondichéry qu'ailleurs. Et qui donc aurait pu avoir intérêt à m'arracher, dans l'Inde, des secrets que vous aviez mis dans mes mains, à la Martinique, et que moi-même je ne connaissais pas ?

« — Et vous n'aviez, autour de vous, personne qui appartînt à la Martinique ?

« — Personne. Seulement, il y a, m'a-t-on dit, à Pondichéry, une petite marchande, femme de couleur, originaire de Saint-Pierre, parente d'Oliva, et chez laquelle cette mestive est venue passer quelque temps, pour affaires de famille.

« — De quelle Oliva me parlez-vous ? lui dis-je, de la fille à Chouchoute, que nous courtisions ensemble à Port-Royal ?

« — Précisément !

« Le nom d'Oliva et sa présence à Pondichéry me frappèrent vivement. Sans laisser deviner mon impression, j'essayai, mais en vain, de connaître la mesure des rapports que de Nolivos pouvait avoir eus avec elle. Il l

resta impénétrable à ce sujet, et se borna à ne pas dissimuler le désir qu'il avait de retrouver la mestive, si
elle était à Paris, ce que j'étais hors d'état de lui dire.

« Pour moi, tout était devenu clair et prouvé, quoique rationnellement inexplicable. Les lettres confiées à
de Nolivos avaient été soustraites, c'était un fait ; comment avait-on pu leur substituer des morceaux de
papier blanc ? c'était un mystère ; mais, outre que la
difficulté de comprendre le fait n'enlevait rien à son
authenticité, l'intervention d'Oliva jetait une vive lumière
sur l'obscurité du mystère.

« En effet :

« Qui avait eu intérêt à faire détourner les lettres ?
— Louise de Saint-Vincent, pour mettre son honneur à
l'abri de la malignité publique.

« Qui avait eu intérêt à seconder ce détournement ?
— Philippe de Grandfay, pour se ménager, par ce service délicat, l'influence de Louise sur le cœur de la contessine, son amie.

« Qui voyait-on à Pondichéry, au moment où ces
lettres étaient détournées ? — Oliva, incapable de rien
refuser à l'amirale, sa protectrice, par reconnaissance,
et capable de tout accorder à Philippe de Grandfay, par
amour.

« Et, enfin, qui eût osé dire que M. de Nolivos, sous
le toit et dans les mains de qui la substitution avait été
opérée, épris de la mestive jusqu'à la frénésie, et complice inconscient de la fraude, ne l'avait pas facilitée et
secondée, dans l'enivrement de sa passion ?

« Donc, c'est inconcevable, mais c'est clair ; je ne

comprends pas, mais j'affirme ; — et la révélation de
Nolivos me désigne mon rival. C'est de Grandfay. La
vengeance que je médite est donc nécessaire et légitime.
J'y suis irrévocablement résolu. »

J'étais obligé de reconnaître que le raisonnement d'Albert de Moraines était net et serré. Le nom d'Oliva lui
avait apporté une révélation qui, sa logique aidant, l'a-
vait conduit à la découverte d'un fait vrai dans sa géné-
ralité, faux dans quelques-uns de ses détails essentiels.
J'arrivais à comprendre qu'il fût convaincu ; et il me
fallait à moi-même la connaissance personnelle des vé-
ritables sentiments de la contessine, pour rester inaccessible à ses préventions à son égard, et conserver le
ferme espoir d'arracher de son esprit la haine sans fondement dont il se montrait pénétré contre Philippe de
Grandfay.

Cependant, je dois ajouter que la lettre d'Albert ne
restait pas jusqu'au bout dans un système d'accusations
générales. Elle articulait des faits, dont un très-grave,
et qui, sans m'enlever ma conviction sur l'absence absolue de connivence entre de Grandfay et la contessine,
ne laissait pas que de jeter dans mon esprit une sourde
et pénible inquiétude. Voici ce qu'il disait :

« ... Aujourd'hui, ma conviction est régulière et
complète. J'en croyais mon raisonnement ; à présent,
j'en crois mes yeux. J'AI VU !

« ... Ils s'aiment ! leur passion réciproque était certaine ; Philippe le savait bien ; mais Isoline est revenue
du Roussillon pour le lui répéter ; elle a fait deux cent
cinquante lieues pour le voir, pour lui parler, pour

mettre sa main dans la sienne. Ils se sont réunis chez elle, dans son hôtel, secrètement, et seul il avait été prévenu de son arrivée, car il est accouru immédiatement. Il était minuit; personne ne les a vus, que moi, qui épiais, la rage au cœur : il est sorti à une heure du matin. En le voyant, j'ai senti se glisser dans ma poitrine, froide comme une vipère, la tentation poignante de l'assassinat.

« Et l'on veut qu'en présence de ce rapt, dissimulé, frauduleux, je renonce volontairement à elle? — Jamais! je la disputerai à l'amant, je la disputerai au mari. Mon sang coulera jusqu'à la dernière goutte, pour cette revendication. Que m'importe la vie, si elle n'en est pas le but, la joie et l'orgueil?

« Ah! malheureux, c'est que je l'aime, et je ne le savais pas comme aujourd'hui! Je ne m'en suis aperçu qu'en voulant donner sa place à une autre.

« Qui me rendra sa beauté, son intelligence, sa grâce, et cette parole enivrante, venant de son cœur ému? Qui me rendra ces formes souveraines, que la Grèce eût divinisées et adorées, et dont le regard qui les a contemplées demeure à jamais ébloui? Qui me rendra ces yeux sous les feux desquels on défaille; cette main dont la pression enfièvre; ce charme général sous lequel on demeure muet, anéanti et heureux?

« J'ai eu toutes ces choses sous ma volonté, sous ma main, sous mes lèvres, et je n'ai pas su en exprimer jusqu'au dernier tous les enivrements qui y sont contenus. Quand mon souvenir les évoque, mes facultés vitales s'exaltent et ma raison s'égare. Je revois les bals,

les promenades, les théâtres, les épanchements intimes
où nos âmes se confondaient dans une seule pensée,
celle de vivre l'un pour l'autre. Absorbé dans cette irrésistible hallucination, je sens encore monter à mon
visage, comme un parfum d'ambroisie céleste, les effluves
de son corset, et j'entends gronder dans ma poitrine ce
que Bossuet a appelé, d'un nom violent et sauvage, le
hennissement des cœurs lascifs.

« Eh! bien, je lui donnerai ma vie, courte ou longue,
selon que le jeu sanglant des armes en décidera. L'élan
de son affection fut trop spontané et trop sincère, pour
qu'en remuant ces cendres encore si nouvelles, la pointe
de l'épée n'y réveille pas des étincelles endormies. Et si
la fortune contraire l'empêchait de m'ouvrir ses bras,
rien ne saurait m'exiler de sa pensée. Non, rien, ni les
devoirs du monde, ni le temps ne sauraient fermer le
cœur d'une femme au souvenir d'un homme jadis aimé,
et mort pour avoir trop voulu l'aimer encore; non, rien
n'empêchera mon image de peupler ses rêves, et de venir, la poitrine trouée, lui apporter les regrets et les
sourires de la tombe. »

Albert de Moraines terminait sa lettre en m'annonçant
que sa blessure était à peu près complétement guérie,
que sa respiration était libre, son point de côté à peine
sensible, et qu'il se trouvait en état de reparaître sur le
pré en très-peu de jours. A l'exemple du ragot, qui
aiguise ses défenses contre les chênes avant la bataille,
il venait de reprendre ses assauts habituels chez Grisier, et il allait tirer dix balles chez Devisme. Il comptait toujours sur moi pour l'assister et il me priait de

régler les choses au mieux, sans trop le faire attendre.

Quelque résolu que je fusse à conjurer les deux rencontres, la froide obstination d'Albert m'obsédait. A moins que le chevalier de Médrane ne trouvât le moyen d'obtenir du comte Gino le retrait de sa provocation, il y avait là une affaire fatalement engagée; et j'avais beau, appuyé sur les confidences de la contessine, repousser toute idée d'une intrigue nouée entre elle et Philippe de Grandfay; son affirmation positive, son témoignage personnel, son cri douloureux : « Ils s'aiment! je l'ai vu! » me jetaient dans des doutes contre lesquels j'avais peine à me défendre. En cet état d'esprit, j'allai demander du repos et des conseils à la solitude des Albères.

Au point où, sur la route de Perpignan à Figuières, on aborde la rampe qui mène au col du Perthus et au fort de Bellegarde, on trouve, à gauche, une voie indécise, mal tracée, sans sillons creusés par des roues, et marquée, à distances courtes et régulières, de ces dépressions que produisent à la longue les pieds des mulets. Cette voie serpente autour des mamelons qui s'étagent l'un au-dessus de l'autre, jusqu'à un plateau de peu d'étendue, qui les couronne, et où se découvrent tout à coup le très-petit village et l'église rustique de Saint-Jean, masqués par un rideau de pins et de chênes-liéges.

Saint-Jean-des-Albères a de la célébrité dans la montagne. Il y avait autrefois, un peu au-dessus de l'église, un ermitage où accouraient les populations. L'ermitage y est toujours, mais l'ermite a disparu. Le piton se nomme Saint-Christau, nom qui rappelle la première croix que

11

les Gaulois chrétiens y plantèrent, car *tau* ou *thau*
signifiait croix en langue gauloise, même du temps de
Virgile, ainsi qu'il le témoigne dans ses *Catalectes*.

Le dimanche d'après, dans deux ou trois jours, devait
avoir lieu la fête annuelle de Saint-Jean-des-Albères.
On s'y préparait déjà. Une fois établi tant bien que mal
dans une petite maison du village, mon premier souci
fut de chercher un compagnon pour les heures perdues,
et un cicerone pour les détails du paysage; il se trouvait naturellement indiqué : c'était le bon curé.

Après l'avoir visité dans son presbytère, j'allai avec
lui visiter son église. Elle était bien pauvre et bien nue.
Je remarquai, entre l'autel et la chaire, ces deux lieux
d'élection, où Dieu se montre et où il fait entendre ses
commandements, une immense roue, tournant autour
d'une sorte d'essieu planté dans le mur. Le pourtour de
cette roue portait un grand nombre de clochettes, de
divers calibres, et dont la plus grosse égalait celle qu'a-
gite à son cou le maître bélier, marchant à la tête du
troupeau, à côté du grand chien blanc, lorsque les premières neiges des sommets les ramènent dans la plaine.

Je demandai au bon curé ce qu'était cette roue, et à
quoi elle servait.

— C'est mon orchestre, pour les grandes cérémonies,
me répondit-il, avec un sourire.

Et comme l'air d'étonnement visible sur mon visage
lui donnait à penser que je ne comprenais pas, il saisit
une manivelle et fit tourner la roue. Toutes les clochettes
se mirent à donner leur note et à parler en leur langue,
ce qui produisit un bruit assourdissant, d'un effet dé-

testable pour un habitué de l'Opéra, et qui eût fait sourire de pitié l'habile sonneur qui tire des airs merveilleux des cent vingt-neuf cloches composant le clavier du carillon de Bruges. La plupart des églises des villages du Roussillon possèdent ce brillant clavecin, et le curé de Palalda me disait qu'aux jours des grandes fêtes, son sonneur s'enivrait du bruit en tournant la roue avec exaltation, et qu'il s'engageait alors, entre les clochettes et les chanteurs, une lutte qui arrivait à la surdité et au délire.

C'est sur une petite place carrée, formant la terrasse entre l'église et un ravin boisé, que devait se célébrer la fête annuelle de Saint-Jean. Les parents et les hôtes des habitants du village, accourus avec la fraîcheur du matin, assistèrent aux cérémonies religieuses. Les musiciens, arrivés pour les danses, se firent un devoir de jouer à l'église, qui laissa dormir sa roue ; et puis, tout le monde s'étant mis en règle avec Dieu, on ne songea plus qu'aux plaisirs du monde.

Vers deux heures, j'entendis des cris qui partaient de l'entrée du village, et que j'attribuai à l'arrivée de Jacquet. Je ne me trompais pas. J'aperçus bientôt Oliva, Beppa et Marciole. Elle avaient monté les rampes à pied, ayant laissé sur la route du Perthus la voiture qui les avait portées du Boulou.

Oliva était triste. Son cœur brisé ne pouvait se remettre de l'héroïque et violent effort qu'elle avait fait pour sauver l'honneur de l'amirale, au prix des espérances que sa jeunesse avait placées dans l'amour de Philippe de Grandfay. Elle avait le bon sens de comprendre la gravité de l'obstacle qui la séparait de lui; mais elle ne parvenait pas à trouver le courage de s'en consoler.

Elle me dit que le chevalier de Médrane se rendrait le lendemain au Boulou, avec le désir ou le besoin de m'y trouver.

Beppa était grave et méditative. Elle avait aperçu, en montant, un troupeau de moutons broutant le serpolet et la sauge des Albères; son instinct de bergère s'était réveillé, et avec lui le souvenir des *canzoni* de la campagne de Sienne. Elle avait entendu des clochettes, signalant la présence d'un troupeau dans un massif boisé de la montagne du Perthus, et elle s'étonnait que le *pastorello* n'envoyât point, par-dessus les chênes-liéges, des stances poétiques à la *pecoraia* des collines de Saint-Jean. Quant à elle, emportée par sa verve, elle avait composé un *stornello* qu'elle m'offrit de me dire sur-le-champ, mais qui, d'un commun accord, fut renvoyé après la fête.

Marciole, plus simple, l'esprit plus libre, formant et dépensant dans le calme inaltérable de sa vie ses pensées de chaque jour, n'était jamais, à quelque heure qu'on la surprît, autre chose que la plus jolie fille de la vallée de Bémale, grande, svelte, gracieuse, enveloppant ses traits pâles et ses formes délicates dans les larges plis blancs du costume de son pays. Son imagination, plus que son cœur, avait été traversée, à seize ans, par le profil du plus élégant colporteur de Saint-Gaudens, venant offrir les colifichets des grandes cités aux jeunes filles de la montagne; mais la vision avait disparu sans laisser de traces; et sa seule préoccupation, qui était encore plus un amusement, c'était Jacquet, mené en laisse comme un king-charles, et exempté, à raison de sa docilité, de la formidable opération de la *Ferrade*.

Certains pays eurent de tous temps la fonction propre et nationale de répandre autour d'eux certains produits spéciaux, qui en sont comme le caractère. Ainsi, des montagnes des Abruzzes, il descend des fifres et des zampognes; des Apennins de Parme, il descend des orgues de Barbarie; des montagnes de la Savoie, il descend des marmottes; et des hautes vallées de l'Ariége, il descend des ours.

En quelque lieu qu'on rencontre un homme faisant danser un ours, on peut être certain qu'ils sont tous les deux d'Ercé, dans le canton d'Oust; de même qu'en quelque ville qu'on mange des huîtres françaises, à Rome, à Madrid, à Paris ou à Berlin, on peut affirmer, sans crainte d'erreur, que la marchande qui les vend est de la Tremblade, arrondissement de Marennes.

La commune d'Ercé a élevé l'éducation des ours à la hauteur d'une institution municipale, et lui a consacré une école, que le préfet visite, en costume officiel, pendant les tournées de révision. C'est à l'occasion d'une de ces visites que je connus et que je couronnai Jacquet.

L'école comprenait deux classes, celle des petits et celle des grands. Les petits furent charmants, exécutant des cabrioles avec gentillesse, et saluant avec docilité. Les grands reçurent le préfet debout, adossés aux murs de la classe, et applaudissant, au commandement des maîtres, en frappant leurs énormes pattes l'une contre l'autre. Ces maîtres avaient à la main un solide gourdin de cornouiller, servant à marquer la cadence comme un bâton de chef d'orchestre.

Tout se passa pour le mieux, même dans la classe des grands, à la réserve d'une espièglerie d'écolier bien excusable en pareil lieu. L'un des élèves, encore plus noir et plus poilu que les autres, apercevant à la ceinture du préfet les glands de la dragonne de son épée, s'en était emparé en jouant, et semblait disposé à les croquer, comme un fruit nouveau introduit dans la vallée. Le jeune étudiant fut ramené, par le procédé scolaire d'usage, au respect dû au représentant direct du roi; et si le préfet dressa un rapport au sujet de l'école d'Ercé, M. de Montalivet dut y trouver un témoignage flatteur sur la tenue et les progrès des élèves.

Sur la place d'Ercé, plantée de grande arbres, se fait tous les ans, à un jour marqué, la terrible opération de la *Ferrade*. Si l'instruction des jeunes ours se poursuit toujours conformément à un programme bien arrêté, il en est dont, à raison de leur caractère, l'éducation résiste aux meilleures méthodes. Aussi, avant de les conduire dans le monde, a-t-on la précaution de passer à leur museau un anneau de fer, auquel vient se rattacher une chaîne. S'il n'était passé que dans la lèvre, l'anneau pourrait la déchirer; aussi le passe-t-on dans l'os même de la mâchoire supérieure.

L'opération est cruelle. Tous ces malheureux ours, les plus doux comme les plus brutaux, sont garrottés debout contre un des arbres de la place; et lorsqu'ils ne sont plus en état de faire un mouvement quelconque, on leur perce la mâchoire avec un fer rouge, à un pouce en arrière des dents; après quoi, on passe et l'on rive l'anneau. C'est la *Ferrade*, cérémonie mêlée de hurlements horribles, qui attire toujours un flot de curieux, comme tous les grands divertissements où toutes les grandes détresses.

Tel est le prix dont les élèves de l'école d'Ercé, devenus artistes d'équilibre, de danse ou de maintien, payent les applaudissements qu'ils vont recueillir plus tard dans la société civilisée.

Marciole n'avait eu garde de laisser Jacquet exposé à l'opération de la *Ferrade*. Elle l'avait retiré de l'école avant la fin de ses classes, et avait confié à un maître particulier le couronnement de son éducation. On aurait dit que la belle jeune fille lui avait communiqué l'immuable douceur de son caractère. Dans beaucoup de maisons de la vallée de Bémale ou de la Vallongue, l'ours domestique et familier a sa loge, comme le grand chien qui veille sur les troupeaux. Jacquet n'avait qu'un collier, et marchait docilement mené en laisse.

Sur la montagne déboisée des Albères, où depuis bien longtemps les ours ont disparu, Jacquet obtint un grand succès par sa gentillesse. Il exécuta, affriandé par quelques dragées, toutes les cabrioles qu'on lui demanda; et Marciole, pour faire briller ses talents, lui fit, pendant le bal, danser deux bourrées, qui obtinrent l'applaudissement général.

Au bal de Saint-Jean-des-Albères, on dansa la curieuse et célèbre ronde du Roussillon, dans laquelle, à une certaine mesure de l'orchestre, les femmes sont enlevées

par les danseurs, et tenues en l'air quelques instants, à
la force du poignet, ce qui, lorsque le mouvement est
bien exécuté, offre un spectacle plein d'énergie et de
grâce.

Dans la composition de la ronde, les danseurs et les
danseuses sont alternés et se tiennent par la main. Après
quelques tours, le mouvement se ralentit; et, sur une
note grave donnée par une flûte longue, les danseurs,
âchant, à droite et à gauche, la main des danseuses, les
prennent sous l'aisselle; puis, s'arcboutant sur leurs
jarrets et secondés par les danseurs voisins, qui ont
imité leurs mouvements, ils soulèvent, à deux, la femme
de droite et celle de gauche, lesquelles se trouvent ainsi
en l'air, portées qu'elles sont sur les mains des danseurs
entre lesquels elles se trouvent placées.

Tenir deux femmes au-dessus de sa tête et au bout de
ses poignets, ne fût-ce que pendant cinq secondes, est
un acte de masculinité fort apprécié dans les bals populaires du Roussillon, et qui le serait partout, surtout lorsque le doux fardeau se compose des belles filles de la
vallée du Tech ou de la pente des Albères.

Un bal reste toujours le même jusqu'à la fin, et la physionomie de celui de Saint-Jean n'offrit pour caractère
spécial qu'une large distribution de dragées, offertes aux
jeunes filles par les danseurs, selon l'usage du pays.
Beppa et Marciole avaient entendu Oliva leur parler des
bamboulas des colonies, et leur vanter l'énergie que
montrent les négresses dans cette danse d'Afrique, qui
n'est pas sans quelque analogie avec la gigue d'Ecosse.
Elles la pressèrent vivement de la leur montrer; mais

son invincible mélancolie ne put être surmontée par les sollicitations de ses amies. La joie des autres lui pesait.

J'essayai, pour la distraire, d'un petit goûter de gâteaux et de fruits, pris sur l'herbe, à l'ombre d'un chêne-liége. Je comptais sur la verve de Beppa, sur l'inaltérable bonne humeur de Marciole, et aussi sur les ressources chorégraphiques de Jacquet. Je rappelai à Beppa le *stornello* qu'elle m'avait promis, et je le lui demandai, pour égayer un peu son amie. Elle hocha la tête, en regardant Oliva avec tendresse, et improvisa d'une voix lente et mélodieuse le *stornello* suivant :

> *Fior di limone.*
> *Limone è agro e non si puo mangiare ;*
> *Ma son piu agre le pene d'amore.*

Je ne crus pas devoir traduire ces vers pour Oliva, qui n'entendait pas l'italien.

Alors Marciole lui prit la main, et lui dit, en l'attirant doucement : « Je ne connais pas ton beau pays, où les fleurs doivent être comme toi ; mais j'en habite un où l'on vit calme et heureuse, avec la paix de l'âme, le spectacle des vertes montagnes, et sous le regard de Dieu. Je suis seule, et j'ai, comme on dit ici, deux mas, l'un dans la vallée de Bémale, où je suis née, et l'autre dans la Vallongue, où naquit ma mère. Sois ma sœur, prends le plus beau, et viens vivre avec moi.

« Tu m'enrichiras en partageant mon patrimoine, car tu doubleras le prix de mon existence, en l'embellissant de ta grâce et en la dorant de ton amitié. Comme moi,

11.

tu es isolée ; comme moi, tu es sans famille ; comme moi, tu es honnête et pure : serrons-nous l'une contre l'autre, car tout nous convie à cette vie commune, qui nous fera trouver le monde dans nos cœurs. »

Profondément émue par ces paroles, dans lesquelles vibrait l'accent de l'affection la plus sincère, Oliva se jeta dans les bras de Marciole et l'embrassa en pleurant.

— Oh ! je sais bien, reprit Marciole, en caressant Oliva, dont la tête s'appuyait sur son épaule, que je ne saurais te rendre ta belle Martinique, dont tu nous as fait de si gracieux tableaux ; ni ta mer bleue, du sein de laquelle émergent, à droite et à gauche, comme des corbeilles de fleurs, les pitons de la Dominique et de Sainte-Lucie ; ni Saint-Pierre, à la rade peuplée de navires ; ni Fort-Royal, à la savane émaillée de perroquets ; mais quand tu auras vu Castillon unissant, comme un chaton unit deux branches d'un collier, la Bémale et la Vallongue ; quand tu auras foulé ces hautes vallées où alternent, dans une éternelle rivalité, la blancheur des pâquerettes et la blancheur des neiges ; quand tu auras suivi les troupeaux sur les vastes plateaux qui couronnent les montagnes, et respiré l'air vivifiant de ces sommets, d'où ton regard embrassera, dans un lointain azuré, les vignobles de la Gascogne et les olivettes de l'Aragon ; — toi, qui aimes instinctivement ce qui est beau, parce que tu y retrouves ta nature, tu reconnaîtras que mon pays n'est pas trop indigne du tien, et que le plaisir d'y vivre en sécurité vaut peut-être la poésie que tu trouves jusque dans la crainte des serpents.

— Ma chère Marciole, répondit Oliva avec mélancolie,

âme sœur de la mienne, Dieu t'a bénie d'une main, pendant qu'il étendait l'autre sur Beppa. Vous n'avez jamais entendu à votre oreille que la voix des anges ; et vous n'avez jamais senti à votre cœur la morsure terrible de ce serpent qu'on appelle le monde, et qui est bien autrement redoutable que ceux qui croupissent dans les ravins de mon pays. Tu crois que la poésie de la Bémale et de la Vallongue est dans leurs rochers, dans leurs fleurs ou dans leurs ombrages ; non, chère Marciole, cette poésie est en toi, dans la pureté de tes désirs et dans la sainteté de ta vie. Tu existes et tu marches environnée d'une lumière qui a son foyer dans ta pensée droite et ingénue. Je ne sais si mon sort me réserve ce repos dans le calme des aspirations, que j'ai goûté et aimé comme toi ; mais les pics les plus sereins de tes montagnes disparaissent quelquefois dans les ténèbres et les feux de l'orage ; et il faut, pour y reposer de nouveau sa vue, attendre que la foudre ait épuisé ses flammes, et que l'orage soit passé. Mon horizon est bien obscur encore.

La nuit arrivait et je pressai les jeunes filles de regagner la plaine. Beppa et Marciole prirent les devants. Jacquet, bourré de dragées, dédaignait celles que les enfants lui offraient et exécutait gratis ses plus jolies cabrioles.

Je suivais, à quelques pas en arrière, avec Oliva, et je cherchai par quelques paroles de sympathie à dissiper les tristes pensées qui assombrissaient son visage.

— Monsieur, me dit-elle, vous connaissez la cause de mon chagrin ; je n'ai donc rien à vous cacher dans ce qui m'afflige. J'ai fait la folie, vous savez où et quand, de vouer à M. de Grandfay une irrémédiable affection. C'est une folie, j'en conviens; mais elle est accomplie. Je n'en guérirai pas.

Lorsque je me résolus, pour sauver l'honneur de ma marraine, à l'action horrible qui créait désormais un abîme entre M. de Grandfay et moi, j'éprouvai un déchirement dont j'espérai que je mourrais. En effet, morte pour lui, quel pouvait être désormais le but de ma vie? Mon cœur s'était trop donné pour se reprendre.

Néanmoins, je le voyais, je jouissais de son amitié; et, à défaut d'un sentiment qu'un instant j'avais entrevu dans son âme, et auquel la mienne avait cru, je me consolais de n'être pas aimée, par la certitude où j'étais qu'il n'en aimait pas une autre.

Oui, monsieur, j'observe M. de Grandfay depuis près de quatre ans, avec l'œil scrutateur, inquiet et jaloux d'une femme qui l'adore : Eh! bien, pendant ces quatre années, je n'ai jamais surpris dans son esprit une préoccupation, dans son langage une parole, dans ses yeux un regard dont une femme pût se dire l'objet. Vous savez si le monde créole, où vous allez comme lui, offre des jeunes femmes et des jeunes filles dignes d'être recherchées et aimées : j'affirme que pas une seule, parmi elles toutes, n'est parvenue à lui arracher autre chose qu'un témoignage de courtoisie, d'empressement et de respect. C'est là, jusqu'à présent, la certitude qui me consolait et qui soutenait mon courage.

Jugez de mon désespoir, monsieur; cette certitude m'échappe!

— Vous avez donc surpris une affection de M. de Grandfay pour quelqu'un?

— Philippe ne fait rien légèrement. Lorsqu'il va voir secrètement une femme, c'est qu'il l'aime. Or, il a vu ainsi madame la comtesse Laura.

— En êtes-vous bien sûre?

— Monsieur, vous voyez mon chagrin! Madame la comtesse Laura est allée à Paris secrètement; il l'a vue, seule, la nuit, dans son hôtel. Faut-il tout vous dire? Ils s'écrivent! Vous savez s'il y a au monde une femme plus belle, plus séduisante, plus faite pour plaire que cette admirable Italienne; et vous devinez sans peine la conséquence des rendez-vous qu'on en reçoit.

Nous étions arrivés au bas des collines, où nous trouvâmes, sur la route du Perthus, la voiture qui nous attendait. Jacquet fut placé *en lapin* à côté du cocher, et nous rentrâmes silencieux au Boulou.

Oliva venait, par sa confidence, de confirmer la lettre d'Albert de Moraines. J'avais beau me raidir contre l'idée d'une intrigue nouée entre Philippe de Grandfay et la comtessine; j'avais beau puiser dans mon dernier entretien avec elle la certitude morale la plus forte de la résolution où elle était d'aller chercher au foyer domestique la paix de son âme, si profondément troublée : la coïncidence du témoignage d'Oliva et de celui d'Albert de Moraines était une autorité qui s'imposait désormais. Albert de Moraines, le rival exaspéré, pouvait se tromper; mais Oliva, la rivale jalouse, ne se trompait pas. Comme lui, elle disait : je pleure, parce que J'AI VU!

Cette découverte me bouleversait. J'aurais cru de

Grandfay, caractère posé, esprit grave, cœur mystique, capable d'un amour idéal et passionné ; je le supposais disposé à se donner violemment, avec son âme et avec sa tête ; mais le voir entrer tête baissée dans l'exaltation et la frénésie des satisfactions plastiques, telles que les formes sculpturales de la contessine pouvaient les faire rêver et les donner ; c'était un point de vue entièrement nouveau de sa nature qui venait se révéler à moi, et avec lequel je ne m'expliquais plus rien dans ce que je connaissais de sa vie. Je me l'étais figuré enthousiaste devant une Beatrix, et calme devant une Impéria. Son faible pour la contessine me prouvait que je m'étais trompé.

Malheureusement, cette découverte n'était pas seulement un trouble pour mes idées ; c'était encore une complication pour mes projets d'apaisement. Je ne me sentais plus en état d'empêcher la provocation qu'Albert de Moraines se proposait d'adresser à Philippe de Grandfay.

Ma situation se trouvait donc sérieusement compliquée, car j'avais désormais affaire à la passion d'Albert de Moraines et à celle d'Oliva, et ils étaient deux pour me faire redouter un éclat et des folies.

Le lendemain matin, le chevalier de Médrane, venant de la villa de l'amiral, arriva au Boulou de bonne heure. Il partait pour l'Italie et voulait me faire ses adieux.

Je le trouvai plus soucieux, et en même temps plus communicatif qu'à l'ordinaire. La santé de l'amiral du Guénic lui inspirait de vives inquiétudes. Le séjour des environs de Lucques, excellent pour maintenir une santé bien assise, paraissait désormais impuissant pour rétablir un organisme affaibli et languissant. L'amiral voulait

evoir Baïa, retrouver sa mer de Misène et de Sorrente,
qu'il avait jadis sillonnée, et peut-être essayer des bains
de Néron, sur la côte de Pouzzoles.

Douce, dévouée, silencieuse, observatrice de ses devoirs d'épouse, l'amirale souscrivait en souriant à tous
les désirs de son mari. Ainsi faisait de son côté la contessine, plus étroitement associée que jamais à la vie intérieure de cette famille d'adoption. Il n'y avait pas jusqu'à Oliva, la compagne d'enfance de madame du Guénic, qui ne versât et n'anéantît sa volonté dans celle des
autres, et qui n'affectât de n'estimer qu'une seule liberté, celle du dévouement et du sacrifice. Seule, Beppa
restait supérieure à tout sentiment factice et à toute dis-
simulation de sa vraie nature ; et elle n'hésitait pas à
soupirer publiquement vers un retour prochain à sa vie
de bergère toscane, à sa poésie et à ses agneaux.

— Monsieur, me dit le chevalier, en me prenant le
bras, on n'a pas vécu mes longues années, on n'a pas
étudié de près la cour et le monde, on n'a pas conservé
inviolables, pendant cinquante ans, les émotions et les
secrets de son âme, sans avoir pénétré jusqu'au dernier
ceux d'autrui. Les yeux à demi clos voient plus loin que
les autres ; et il n'y a que ceux qui se taisent qui enten-
dent tout.

Et comme le chevalier lut sur mon visage l'étonnement
que me causaient ces sortes d'ouvertures, si éloignées
de ses habitudes, il ajouta :

— Monsieur, lorsque je m'exprime comme en ce moment, avec quelque abandon, je parle aux cœurs, non
aux oreilles ; je sais le vôtre affectueusement et discrè-

tement ouvert aux joies comme aux chagrins de nos
communs amis. Eh bien! monsieur, peut-être ne le
savez-vous pas comme moi : ils ne sont pas heureux!
Ils m'ont tous parlé d'un secret qu'ils supposent dominer
ma vie; j'ai pénétré sans trop de peine celui de chacun
d'eux. Ils ont tous leur chaîne : les uns la traînent, les
autres la portent, mais ils en ont, jusqu'au dernier, la
marque et l'usure quelque part.

Oui, j'ai un secret, le secret de la vie droite et heureuse : c'est d'avoir une idée et un sentiment et de s'y
tenir, de même que le secret d'éviter la chute, c'est
d'être posé d'aplomb sur sa base et de se tenir perpendiculaire au sol. Aucun d'eux n'est libre dans ses déter-
minations et droit dans sa voie. Comme la femme de
Loth, ils marchent la tête retournée en arrière. Leur âme
n'est pas où est leur corps.

Cette existence factice ne peut durer ; une catastrophe
est imminente. Qui tombera dans le cratère du volcan,
lorsque l'éruption l'aura ouvert? — Je l'ignore, mais ne
vous éloignez pas ; vous m'aiderez à sauver les épaves.

Quant à mon secret, que vous semblez, comme eux,
désirer connaître, je vous le dirai; puisse-t-il vous préserver comme il m'a préservé moi-même!

Adieu, je pars pour la côte de Naples ; promettez-moi
de venir me joindre, si je vous le demande. Il y aura,
dans ce cas, nécessité et urgence.

Je le lui promis, et nous nous quittâmes.

VIII

LE MANUSCRIT

J'attachais un grand prix à la lecture du manuscrit de Philippe de Grandfay. Je n'en attendais pas seulement une lumière pour les parties encore mystérieuses de sa vie, et des éléments de concorde pour l'apaisement des luttes que je redoutais de voir s'engager ; il me tardait de pénétrer dans les replis de cette intelligence élevée, noble et généreuse, qui semblait se préparer aux grandes choses par le dédain, naturel en lui, de toutes les vulgarités.

Sans doute, il ne m'avait annoncé que de certaines théories sur le rôle du cœur dans les rapports du monde ; mais toutes les délicatesses sont sœurs ; et qui sait se respecter dans ses sentiments s'honore d'habitude dans ses actions.

J'hésitais sur le lieu où j'irais savourer cette lecture, qui m'apparaissait pleine de promesses. J'eus un instant la pensée d'aller me réfugier à Palalda, ce poétique nid de vautour, près d'Amélie ; puis, je songeai à remonter à Saint-Jean-des-Albères, dans la cellule de Saint-Christau ; mais l'impatience me prit, et j'optai pour un recoin ombragé et frais de prairie, aux bords du Tech.

Je descendis donc, après déjeuner, de l'établissement des bains du Boulou, vers la rivière qui le sépare de la ville ; et là, les Albères à gauche, le Canigou à droite, le torrent à mes pieds, de tous côtés les cigales babillardes posées sur le tronc des saules, je brisai le cachet qui scellait le manuscrit, et j'en commençai la lecture.

Le voici, en entier, car les caractères qu'il développe, les passions qu'il expose, les événements qu'il raconte, sont une partie nécessaire du récit général dans lequel le lecteur est entré avec moi.

JOURNAL D'UNE FANTAISIE

Mai 183...

Je l'ai revue, hier, pour la première fois depuis son mariage. Aveu humiliant à faire, j'ai senti un mouvement de trépidation dans toute ma poitrine ! Je l'aimais donc ?

Je croyais l'avoir oubliée, et je la gardais dans mon souvenir, avec le sentiment qui m'avait fait accrocher dans mon antichambre une jeune fille de Greuze, à cause de la candeur de ses traits et de l'innocence de son regard. Ce matin, j'ai décroché la gravure de Greuze, et je l'ai placée dans mon cabinet, au-dessus de ma table de travail. Je n'avais jamais autant remarqué leur frappante ressemblance.

Demain, je rirai probablement de ma préoccupation. Aujourd'hui, je dissimulerais en vain que j'en suis un peu troublé.

Elle est toujours la même, seulement elle est plus belle. La jeune fille est le fruit vert, la jeune femme est le fruit mûr. Elle justifie mon observation, si souvent vérifiée, sur le surcroît de beauté que le mariage apporte aux jeunes filles. Son premier enfant y mettra le sceau. La nature n'accorde à la femme tout son charme et tout son empire, que lorsqu'elle a rempli tous ses devoirs. Ce sont des femmes mariées, Hélène, Lucrèce, Cléopâtre, non des filles, qui ont bouleversé le monde.

Elle traversait seule les Tuileries, devenues le rendez-vous du monde élégant. Je ne la voyais pas. Le groupe d'amis où j'étais assis signala, par une légère acclamation, la marche élégante, coquette et digne à la fois d'une femme qui passait. Je la regardai et je la reconnus. Il n'y a pas, à Paris, deux femmes qui marchent comme elle. D'un bout de la rue à l'autre, lorsque les traits sont encore indécis, sa démarche la révèle tout entière ; et, comme la Vénus de Virgile,

Vera incessu patuit Dea.

Je vois encore la place où elle se trouvait, lorsque je l'aperçus aux Tuileries. Cette place est restée aussi clairement dessinée devant mes yeux que l'était encore, après quarante ans, devant les yeux de Jean-Jacques

Rousseau, la place où il avait salué, à Annecy, madame de Warens, et qu'il voulait, s'il devenait riche, faire entourer d'un balustre d'or.

*
* *

Je viens de faire une découverte intéressante pour ce journal, mais inquiétante pour l'état de mon esprit : Je loge en face d'elle. En ouvrant pour la première fois la fenêtre de mon cabinet, dans mon nouvel appartement, je l'ai aperçue à l'une des siennes. Elle a levé, par hasard, un œil fort indifférent sur son nouveau voisin. Le regard a été bien rapide et bien calme; mais enfin, c'était un regard. C'est le premier.

Je me suis interrogé ce matin sur l'état de mon âme. Il serait inexact de dire que je l'aime, ou même que je l'aimerai; mais enfin, il faut bien que je me l'avoue : j'en suis occupé. Lorsque j'ouvre ma fenêtre, il m'est désagréable de voir la sienne close. S'il me fallait expliquer la cause de cette contrariété, je serais fort en peine; mais il y a contrariété, voilà le fait.

Nouveau symptôme. Celui-là est grave : je travaille moins !

Lorsque, plus jeune, je me préparais à l'École militaire, je me fis, à l'égard des femmes, un plan de conduite dont je ne me suis jamais départi.

J'ai toujours pensé que la disparition subite des femmes produirait, dans le monde moral, des ténèbres aussi profondes que la disparition du soleil dans le monde physique. Qui ne rêve pas d'être un jour distingué et aimé

par la femme de son choix n'a pas, selon moi, dans son
âme, le ressort nécessaire pour accomplir le labeur de
la vie.

Or, trois choses principales s'imposent à l'imagination
de la femme : la beauté, la fortune ou la gloire.

La fortune, l'amasse qui peut ; la beauté, la possède
celui à qui Dieu la donne ; la gloire, au moins la gloire
relative, peut la conquérir qui veut, avec l'intelligence,
le travail et le courage.

Donc, au lieu d'aspirer à l'attention des femmes par
l'afféterie de la tenue ou des manières, je résolus de la
forcer, un jour, par l'éclat que je saurais donner à mon
nom ; et, à l'heure où mes camarades allaient, soit aux
promenades, soit dans le monde, moi j'allais au travail.

Eh bien, cela m'afflige pour la suite de mon plan,
mais le travail me captive moins depuis quelques jours.
Je cherche des excuses pour me tromper moi-même ;
j'attribue ce dégoût à l'influence de la saison ; mais ce
n'est pas vrai. Sa cause est ailleurs ; elle est à la fenêtre
d'en face.

Les choses marchent vite, trop vite ! Il devient nécessaire de s'arrêter, de réfléchir et de se rendre compte.

Où vais-je ? J'ai vingt-six ans, je suis garçon, j'ai de
la fortune ; elle a vingt-deux ans, mais elle est mariée ;
et comme il n'y a pas d'illusions à se faire sur ses principes, elle est perdue pour moi.

Faut-il, en laissant marcher les choses, m'engager

dans une voie sans issue? Non, ce serait insensé. Il est
donc temps de me dégager de l'étreinte qui m'enlace
déjà. Mon bon sens le conseille ; mon avenir l'ordonne ;
mais le pourrai-je ?

Si j'écrivais ceci pour un autre, je dirais que je crains
de l'aimer ; mais comme je l'écris pour moi-même, il
devient à la fois impossible et inutile de mentir ; et je
dis sincèrement : « Je l'aime ! »

Il y a cent espèces d'amour : quel est celui que je
ressens pour elle? question capitale pour mon repos, et
qu'il s'agit d'étudier et de résoudre. Je ne puis appro-
fondir le problème qu'en m'interrogeant moi-même, et
juger ce que j'éprouve que par ce que j'ai éprouvé. En
une matière aussi intime, les impressions des autres ne
me suffiraient pas.

Pendant mes premières vacances de l'Ecole militaire,
emporté par la pétulance et l'irréflexion de l'âge, je
manquai gravement de respect à une jeune femme.
L'ayant abordée dans une rue alors un peu déserte, je
lui déclarai, sans préambule, qu'elle était charmante, ce
qui était vrai, et que je l'adorais, ce qui me paraissait
vraisemblable. Après m'avoir sévèrement grondé, la
jeune femme m'ordonna de me retirer. « J'obéis respectueusement, madame, lui répondis-je; mais, pour me
rendre l'obéissance moins amère et plus chère, tempérez
un peu votre rigueur par votre bonne grâce, et daignez
me dire que vous me pardonnez. » La jeune femme

ourit, et, d'une voix fort douce, me dit : « Eh ! bien,
monsieur, soit, je vous pardonne. »

Je m'inclinai, le chapeau à la main, et, après l'échange
rapide de deux regards, je m'éloignai, un peu consolé de
mon humiliation par son sourire.

L'épaulette, l'éloignement, des relations nouvelles,
sans effacer complétement cette jeune femme de mon
souvenir, y affaiblirent beaucoup son image. Cinq ans
plus tard, durant les loisirs et les flâneries d'un congé,
je me trouvai inopinément en face d'elle, dans la même
rue, presque au même endroit. J'étais un homme, j'avais
la moustache fine et j'étais décoré. La vue de mon ruban,
plus, je crois, qu'aucune autre chose, la frappa vivement. Cédant à une impression soudaine, involontaire et
irrésistible, elle resta immobile, et laissa s'échapper, assez
haut, un « Ah ! » qui voulait dire : « Voilà mon ancien
amoureux. » Son attitude, son petit cri, la surprise bien-
veillante de ses traits, donnaient évidemment ouverture
à un nouveau manque de respect, qui eût été encore
plus complétement pardonné que l'autre. Je me bornai à
saluer cérémonieusement, et je passai outre, portant à
l'actif de mon petit orgueil l'émotion avérée d'un cœur
d'élite, qui ne s'offrait pas sans doute, mais qui se tenait dans des régions et dans des dispositions acces-
sibles.

C'était là, dans l'horizon de mes rêves, une échappée
de vue gracieuse et poétique où aimaient à plonger de
temps en temps le regard et le souvenir. J'ai souvent,
depuis lors, rencontré la jeune femme ; et, sans que je
veuille m'en faire accroire, j'ai toujours trouvé dans ses

yeux une expression qui voulait dire : « Je me souviens ! »

Je compare cet ancien amour avec celui d'à présent,
et je me demande s'ils se ressemblent. Je réponds : Non !

D'abord, je n'oserais jamais dire crûment à la jeune
femme d'aujourd'hui : Je vous aime, comme je le dis,
sans hésiter, à la jeune femme d'autrefois. Ensuite, si, le
lui ayant dit, elle me pardonnait en souriant, je mourrais
plutôt que de quitter la place. Non, l'amour nouveau ne
ressemble pas à l'ancien. L'ancien ornait ma vie, le
nouveau la remplit et la domine.

Le second souvenir à évoquer, de nature bien différente, est une passion née en coupé de diligence, entre
Toulouse et Paris.

Les grandes aventures de voyage, depuis celle de
Manon Lescaut avec le chevalier des Grieux, et celle de
madame de Larnage avec Jean-Jacques, jusqu'à la Révolution, se rapportent à la calme circulation des chaises
ou des *turgotines*, traînées d'un bout de la France à
l'autre par les mêmes chevaux, dételant tous les soirs et
ne marchant pas le dimanche. Les passions actuelles
sont obligées de fermenter et d'éclore beaucoup plus
vite.

Les chemins de fer, dont les imaginations sont à pré-

sent enfiévrées, et dont quelques tronçons commencent
à se souder à la ceinture de Paris, donneront aux femmes
de l'avenir des moyens de locomotion plus commodes et
surtout plus convenables ; mais aujourd'hui même, pour
les grandes distances, il y a deux ou trois ans pour toutes
les distances, la femme la plus distinguée, à moins de
courir la poste avec un grand train d'équipage, n'avait
et n'a de choix qu'entre la course échevelée en briska
de la rue Jean-Jacques-Rousseau, et le coupé des dili-
gences de la Compagnie Lafitte et Caillard.

C'est dans un de ceux-ci que je montai, à Toulouse,
en novembre 183...., avec une jeune Parisienne, sa
femme de chambre entre nous deux.

Jusqu'à Montauban, on resta muet, et l'on s'observa à
la dérobée. Là, il fallut bien accepter la main offerte
pour descendre, et remercier, à table, pour les petits
bons offices, offerts courtoisement et avec réserve. Les
« merci, monsieur », révélèrent une voix harmonieu-
sement timbrée ; et le petit banc, discrètement avancé
sous la table, permit d'apercevoir un pied mignon,
cambré et bien chaussé. Les gands étaient noisette, la
nuance la plus coquette du négligé.

Elle pouvait avoir trente ans. La taille était moyenne,
la poitrine pleine de promesses, et des yeux grands et
doux illuminaient un visage régulier, encadré de longues
et soyeuses tresses blondes.

Le lendemain matin, en ouvrant les yeux à Souillac,
au passage de la Dordogne, on se salua du regard, en
réparant un peu le désordre de la toilette ; puis, on
échangea quelques mots sur l'aridité du faîte qui sépare

12

le bassin de la Dordogne de celui de la Corrèze ; et, au déjeuner de Brives, la glace étant rompue, on commença, sans se l'avouer, l'escrime à l'aide de laquelle un homme et une femme jeunes, intelligents et seuls, cherchent invariablement à se dominer l'un l'autre.

A Limoges, la connaissance était faite ; on s'aperçut, en causant, que le coupé était un peu petit pour trois ; et je fus autorisé à négocier auprès du conducteur l'admission de Julie, la femme de chambre, dans l'intérieur, où une place devenait vacante.

De Limoges à Châteauroux, on causa romans, musique, pièces de théâtre ; on s'expliqua, des deux parts, sur ses goûts en matière d'art, de littérature et de plaisirs mondains, et l'on se trouva d'accord.

A Orléans, on s'était mutuellement pénétré, et tacitement accordé. Le temps, qui pressait, amena l'heure des serments. J'en fis beaucoup, et n'en reçus aucun.

Je jurai, ma main dans les deux petites mains gantées :

1° De respecter d'une manière absolue la personne et les volontés de la fée au coupé ;

2° De ne jamais chercher à connaître son nom ou sa demeure ;

3° De ne la saluer, aux Italiens, à l'Opéra, sur les boulevards, au bois de Boulogne, qu'après y avoir été invité par un sourire ;

4° D'attendre avec résignation qu'il lui plût de me donner de ses nouvelles et de me récompenser de mes sentiments, qu'elle autorisait et qu'elle acceptait.

Après avoir renouvelé ces serments et baisé sa main en entrant à Paris, je lui offris cérémonieusement mon

aide pour descendre dans la cour des messageries, et je
la livrai à l'empressement de son mari, qui me parut un
fort galant homme, et auquel elle dit : « Mon ami, remer-
ciez monsieur de la courtoisie des soins dont il n'a cessé
de m'entourer. »

Nous échangeâmes un salut, et j'allai à mes bagages.

La première semaine d'attente me parut douce; la
seconde me parut longue. Je commençais à réfléchir sur
l'instabilité des sentiments qui prennent naissance dans
un coupé de diligence, lorsqu'un petit billet parfumé
m'apporta ce qui suit :

« On sera aux Italiens demain. On espère vous y voir,
et l'on suppose que vous n'y serez pas appelé par assez
d'invitations, pour vous méprendre sur la main qui
vous adresse celle-ci. »

Elle était avec des amies, et l'accueil fut aisé et affectueux, sans démonstration ; seulement, le premier et
surtout le dernier serrement de main furent accentués
par une pression de bon augure.

Quelques jours plus tard s'ouvrirent les bals de l'O-
péra. Je fus invité par un nouveau petit billet à me rendre au premier. Un domino ne tarda pas à venir prendre
mon bras; et des projets furent discutés et arrêtés, de
nature à dépasser les espérances de mes rêves.

Ces projets se réalisèrent en effet. Ce fut un éblouis-
sement de quelques mois, enveloppé d'un piquant et
impénétrable mystère. Il m'en coûtait de ne pouvoir
mettre un nom à tant de joies; toutes mes prières n'en
avaient arraché qu'un : *Marie;* mais j'obtins, à force

d'instances, qu'un jour le nom tout entier me serait révélé. J'en demandai et j'en reçus le serment.

Vers la fin du mois de mai, rêveur, soucieux, inquiet d'elle, je sortais par une belle matinée, lorsque me fut remis un pli cacheté de noir. Je l'ouvris en tremblant, envahi malgré moi par un pressentiment irrésistible. J'y lus ce qui suit, à travers mes larmes :

« M. de *** a l'honneur de vous part de la perte douloureuse qu'il vient de faire en la personne de madame Marie de ***, décédée en son hôtel, à Paris, à l'âge de trente et un ans, munie des sacrements de l'Eglise.

« PRIEZ POUR ELLE ! »

Dans le pli se trouvait encore la carte de M. de ***, avec ces mots, écrits au bas :

« Envoyé sur l'expresse recommandation de la défunte. »

Je me rendis aux obsèques, dans la petite église de Saint-Louis-d'Antin, où je me tins à l'écart, au milieu d'une assistance inconnue, derrière un pilier de la nef de gauche ; et je ne me souviens pas d'un plus grand effort de courage que celui qui me fut nécessaire pour ne pas éclater, lorsque j'allai donner l'eau bénite à la pauvre morte.

Je calomnierais les sentiments naturels à mon âge, et je manquerais de respect à cette douce mémoire, si je dissimulais la vide produit dans mon âme par la disparition de ce météore de jeunesse, de grâce et d'affection, qui traversa et illumina rapidement quelques mois de ma vie; mais l'imprévu, la soudaineté et le mystère de cette liaison lui avaient imprimé un caractère d'aventure, nuisible à sa solidité comme à sa dignité.

Quand je compare la fiévreuse émotion d'impatience irritée ou de passion satisfaite qu'elle m'apportait tour à tour, à la pensée d'attachement calme, dévoué et respectueux qui remplit mon existence actuelle je suis forcé de reconnaître l'immense supériorité de séduction qu'il y a dans la passion lente, réfléchie, accumulée, qui attend et qui espère, sur l'ivresse rapide, improvisée, gorgée, qui n'a pas eu à attendre et qui n'a plus à désirer.

Je n'aime donc pas, en ce moment, comme j'aimais il y a deux années; et je sens dans mes pensées, dans mes actions, dans ma vie tout entière, les signes et les progrès d'un envahissement contre lequel je suis sans force comme sans volonté.

J'ai encore, sinon dans ma vie, au moins dans mes souvenirs, une troisième variété d'affection, qui doit me servir à étudier et à comprendre la mienne.

Parmi les habitués du salon de madame Delphine de G... se trouvait, il y a quelques années, et se trouve encore, le baron de ***, ancien préfet, homme d'esprit, lettré et poëte. Mêlé par sa naissance, ses relations et ses emplois à la société des femmes du Directoire, il en avait épousé

12.

une également digne de lui par sa distinction et sa beauté.

Préfet d'un grand département du centre, le baron de *** avait naturellement acclimaté chez lui l'institution inhérente à toute préfecture : une table de whist. Le principal notaire du chef-lieu, homme élégant, ancien procureur au Châtelet, fervent dévot au culte du mollet et de la poudre, était l'oracle de cette table, et s'y distinguait en distribuant, avec un geste magistral et rapide, les quatre cartes à la fois. Il n'avait qu'un défaut ou un tic, c'était de ne pouvoir rester maître de lui à la fin du *rob*, et d'exprimer la victoire ou la défaite par un soupir spécial et prolongé. Il en avait un troisième, *sui generis* et triomphal, auquel on avait donné le nom de soupir du *chelem*.

Un soir, le baron de *** se retira de bonne heure dans son cabinet, pour son rapport trimestriel au ministre. Le travail excita son esprit et, vers deux heures du matin, sentant sa veine échauffée, il eut l'idée d'ajouter une tirade au quatrième chant de son poème sur l'immortalité de l'âme.

Il composait surtout de nuit, et en marchant, comme Victor Hugo. Se promenant dans son appartement, et poursuivant une rime rebelle, il crut entendre du bruit dans la chambre de la baronne. Il écouta, redoutant une indisposition ; mais son incertitude fut promptement et désagréablement dissipée : c'étaient les soupirs du notaire, formant une gamme ascendante, et terminés par le mémorable soupir du *chelem*.

En homme façonné aux bienséances du Directoire, le baron de *** resta muet, comme époux ; mais il redouta, comme préfet, l'affaiblissement de son autorité; et il demanda son changement et l'obtint.

Un jour, dans une causerie intime, il expliquait ainsi à madame Delphine de G... les causes de sa réconciliation conjugale : « J'ai pardonné sa faute à la baronne, dit-il, car j'ai acquis depuis lors la conviction que ce n'était que physique. »

— « Singuliers ménages, ajoutait, en souriant madame Delphine de G... en me racontant l'histoire du baron, où le mari, borné au moral, laissait paisiblement à un voisin le soin du physique. »

Est-il nécessaire de fouiller plus avant dans ces souvenirs? Faut-il rappeler cette belle et noble femme, si spirituelle et si admirée, qu'un maître en théories conjugales jeta dans les sentiers écartés? Faut-il dire qu'ayant reçu de son mari l'injonction d'épancher en dehors du foyer les sentiments de son cœur, comme Lucain avait reçu de Néron l'ordre de répandre le sang de ses veines, elle se résolut à un choix; et le choix fait, elle tourna finalement son regard et sa vie vers la tête adorée, jusqu'au jour où, voulant la contempler encore, elle l'aperçut livide, hideuse, l'écume et le sang aux lèvres, grimaçant au bout de la corde qui la soutenait? Forcée de taire un désespoir dont il aurait fallu dévoiler les causes, elle dut subir la fatalité qui lui défendait de pleurer; car, devant le monde dont elle était, et dont il fallait respecter les règles, chacune de ses larmes serait tombée comme une tache sur son nom et sur sa dignité.

⁎
⁎ ⁎

Non ; c'est assez de ces exemples pour définir la passion qui vient s'imposer à mon àme et à ma vie. Ce n'est plus, comme ma première affection, un rêve de l'imagination qui s'entr'ouvre ; ce n'est pas, comme la seconde, une orgie des sens qui s'exaltent. L'inviolable respect dont ma pensée environne la personne aimée repousse, à l'égal d'un sacrilége, toute éventualité de partage, même à mon profit ; car, si mon cœur peut se faire à l'idée de n'avoir pas son affection, il ne se ferait jamais à l'idée de l'avoir souillée.

Je l'aime pour l'aimer !

Voilà donc bien et dûment établi que je l'aime : peut-être est-ce le moment de me demander si je suis aimé ?

Eh bien ! toute illusion à ce sujet serait inutile : elle ne m'aime pas, mais sans mesurer encore l'étendue de ma passion, elle la connaît, la voit et la souffre : c'est beaucoup !

Lorsque, avec son instinct qui ne la trompe pas, une femme se sait aimée, elle a bientôt pris son parti d'accueillir ou de dédaigner l'hommage qui monte jusqu'à elle. L'accueillir, cela ne veut pas dire y répondre, mais seulement l'écouter. Or, laisser voir qu'on l'a remarqué, c'est avouer qu'il ne déplaît pas, et permettre qu'il continue.

J'en suis là.

★
★ ★

Elle sait que je l'aime ; et son attitude envers moi, sans contenir aucune promesse, ne m'interdit aucun esoir. Il y a désormais un secret entre nous deux; et, ans une certaine mesure, elle est ma complice. Quelle era la durée de cette situation transitoire? je ne saurais e dire; mais, en matière d'amour qui commence, ne as perdre du terrain, c'est en gagner.

Cependant, quels que soient mon respect et ma ré-erve, je crois indispensable de provoquer une crise et l'amener, sous une forme quelconque, une manifesta-ion plus précise de ses sentiments. Dans mes quarts l'heure de bravoure, je me dis : « Sachons clairement quoi nous en tenir; si elle ne nous aime pas ou si elle edoute d'en convenir, eh bien! nous nous armerons de ourage, et nous secouerons le joug humiliant d'une aine illusion. »

Mais ces bouffées de révolte se dissipent vite et alors e me dis : « Si j'arrive à constater clairement qu'elle 'a pour moi aucun sentiment sérieux, je ne lui garderai as moins les miens. L'incertitude, contre laquelle ma ierté proteste, n'est pas exclusive d'espérances qui me ercent et me sourient. Que gagnerai-je à établir clai-ement qu'elle ne songe pas réellement à moi, s'il n'est as en mon pouvoir de ne plus songer à elle? Persister près un éclat, me rendrait ridicule à mes yeux, ce qui lesserait mon orgueil, mais me rendrait surtout ridi-ule aux siens, ce qui tuerait ma dignité. Qu'elle 'oublie, je puis encore m'y résigner; mais qu'elle me aille, et par ma faute, je ne m'y résignerais jamais! A uoi donc me résoudre? »

Après mûre réflexion, je me décide pour la crise. Heu-reux ou malheureux; je ne veux plus de milieu. Son

attitude me prouve qu'en elle il n'y a pas de dédain. J
n'ai donc à redouter que la colère. Or, la colère passe
et, quand elle n'a pour cause qu'une déclaration d'amour
elle passe vite.

★ ★
★ ★

En amour, il y a des modes qu'il serait périlleux d
braver. Sous Louis XV, une déclaration devait être u
peu impertinente; sous le Directoire, on la voulai
humble, passionnée, et faite à genoux. Aujourd'hui, o
aime debout, et même à la fenêtre. Pour les billets, l
règle est ancienne, et n'a pas changé. Le second peu
être en prose; mais le premier doit toujours être en vers
néanmoins, vers ou prose, encore faut-il un prétexte
J'ai le mien.

En lisant un catalogue de fleuriste, j'y ai trouvé une
rose qui porte son nom : la baronne de ***. Elle l'a sou
vent à sa ceinture; cette rose est d'une nuance purpu
rine charmante, et donne de la grâce à sa toilette du soir
J'adresse donc à la rose les trois quatrains suivants;
les faut en petit nombre, afin qu'ils puissent être re
tenus :

A LA ROSE QUI PORTE SON NOM

Rose, que sur son cœur chaque jour elle pose,
   Son confident discret,
Écoute-la penser, car peut-être elle n'ose
   Te dire son secret.

Cherche, dans le soupir qui parfois te soulève,
　　Le sentiment caché,
Et dans le doux murmure où s'épanche son rêve,
　　Quel nom reste ébauché.

Par un signe muet, dis, à travers l'espace,
　　Ce que tu dois savoir;
J'irai, sur ton rosier, t'apporter à voix basse
　　L'adieu de chaque soir.

C'est fait; cachetons et portons nous-même à la poste.
Demain sera un jour décisif.

J'ai passé une nuit pleine d'inquiétude.

Qu'elle se trompe sur l'auteur des vers, il n'y a pas à le supposer. Elle va donc délibérer en elle-même sur l'accueil à faire à mon attitude nouvelle. Jusqu'ici, elle a vu qu'elle était aimée, et elle a laissé voir, en le souffrant de bonne grâce, qu'elle ne se tenait pas pour offensée de cet hommage. Mais aujourd'hui, c'est bien différent : je lui ai écrit que je l'aime; c'est comme si je le lui avais dit à elle-même. Elle est donc obligée de prendre un parti, aussi définitif que le mien, quant au fond, sinon quant à la forme.

Pour ce qui est de m'écrire, il n'y faut pas songer. Une femme qui a écrit ne s'appartient plus; mais si, par un témoignage non équivoque, par un changement formel dans ses habitudes à mon égard, elle ne m'exprime pas un mécontentement et un blâme immédiats, cela veut dire qu'elle pardonne la hardiesse de ma démarche ; et si, par un regard échangé en la même forme, aux mêmes endroits, aux mêmes heures, elle maintient nos mystérieux et anciens rapports, cela veut dire que la passion formellement déclarée ne la choque pas plus que la passion respectueusement exprimée ; enfin, si, après les stances à sa rose, elle place encore demain la fleur à sa ceinture, c'est me dire qu'elle en fait, ainsi que je le lui ai demandé, comme le confident et le gage d'une affection réciproquement avouée.

Que fera-t-elle ? Je compte les heures qui me séparent du moment où un certain rideau s'entr'ouvre mystérieusement, pour laisser passer un regard qui affecte d'être vague pour tous, afin de lancer plus sûrement son éclair. Mon cœur bat violemment et mon agitation touche à l'angoisse.

★
★ ★

Elle est venue au rideau ; rien n'est changé dans son attitude ; même visage, même regard ; bien plus, elle a ouvert la fenêtre et s'est penchée au dehors, comme pour regarder un passant. Ce mouvement a découvert sa ceinture ; — la rose y était !

Je suis ivre de joie, et je m'assieds, brisé d'émotions, incapable de travailler et même de penser. Je nage comme un fakir d'Orient, bercé par un haschisch idéal.

Je vois désormais un but définitif à ma vie, car je me sens entré dans la pensée générale de la sienne. J'ai désormais une place dans ce qu'elle médite et dans ce qu'elle fait ; et comme si elle avait résolu de s'approprier mes sentiments, mes efforts, mon avenir, en les dirigeant, elle vient de prendre comme la surveillance de mes travaux, sous une forme qui l'y associe.

Pendant que j'écris, elle brode, ou s'occupe à quelque petit travail d'aiguille. Il y a quelques jours, après des regards échangés, elle quitta ostensiblement la place qu'elle occupait dans une pièce lointaine, et elle vint s'établir derrière le rideau de la fenêtre située en face de la mienne : elle se tient là depuis lors, aussi rapprochée de moi que possible, cachée à tous les regards, excepté aux miens, qui la dévorent, et auxquels elle répond à travers les transparences des draperies.

⁂

Le goût du travail m'est revenu ; pour rien au monde je ne quitterais mon siége et mon bureau, pendant les heures qu'elle me consacre. Je supprime par la pensée la rue qui nous sépare ; et j'ai près de moi, compagne de mon labeur, confidente de ma pensée, complice de mon affection, but suprême de mes espérances inavouées, la femme que j'ai le plus aimée, sans que je sois en état de me dire à moi-même comment et pourquoi je l'aime, ce que j'attends d'elle, et ce que je lui demanderais, si, un jour, le sourire aux lèvres et ses yeux dans les miens, elle m'autorisait à tout désirer, sinon à tout oser.

Car voilà ce qu'il faut que j'examine maintenant, pour tracer une règle à ma conduite.

13

Que dois-je attendre d'elle? que dois-je vouloir en obtenir? vers quel but final faut-il diriger l'affection mutuelle qui nous lie?

Questions étranges, je le sens, et qu'aucune autre femme n'a jamais fait naître dans mon esprit. Toutefois, l'aveu qu'elle a fait de ses sentiments en acceptant les miens m'oblige à une analyse nouvelle et approfondie de mes aspirations. Jusqu'ici, j'avais d'abord vaguement désiré, ensuite ardemment recherché son amour : maintenant que je l'ai, je suis conduit impérieusement à me demander ce que j'en puis ou ce que j'en veux faire.

Recherche délicate, mais forcée, où ma situation me pousse; si bien que désormais mon journal, changeant de sujet, doit également changer de titre. Il sera dorénavant le journal d'une passion; et il débutera par l'étude de ces deux problèmes :

« Le vrai bonheur, en amour, est-il inséparable de la possession de la femme aimée?

« L'ardent désir est-il le caractère essentiel de l'ardent amour; et la femme aimée ne doit-elle croire une passion sincère, que lorsqu'elle se montre impatiente et exigeante? »

JOURNAL D'UNE PASSION

Les nobles dames composant les cours d'amour du douzième siècle débattaient avec soin ces problèmes de la métaphysique du cœur, et elles avaient raison. Elles parvenaient ainsi à endiguer les débordements de la pas-

sion et de la jeunesse, et à donner des règles au penchant qui a toujours passé pour le moins ordonné et le
plus mobile.

La liaison où je suis engagé m'oblige de faire comme
elles.

D'abord, mon bonheur est dans celui de la femme aimée. Je serais incapable de joie, si je la voyais triste ; et
mon bonheur a charge de son âme, depuis qu'elle m'en
a laissé lire les secrets.

Ensuite, je la sais droite, je la vois honnête, quoique
cédant, il est vrai, à la joie d'être aimée. Mais je suis
certain que la ferme pensée du devoir la rassure et la garde
contre les témérités qu'elle a déjà osées, et qu'elle ne
tomberait jamais dans l'abîme, les yeux ouverts.

Néanmoins, elle est fille d'Ève, comme les autres. A
côté de la nature élevée, qui préserve, à côté de la raison, qui éclaire, elle a l'imagination qui éblouit et qui
entraîne. Pour une femme prise par le cœur, on en voit
cent prises par la tête. Il y a là un danger ; car, au moral comme au physique, le corps passe toujours par où
la tête a passé.

Chose que je sens étrange au premier aspect : si un
élan déréglé d'imagination l'entraînait vers moi, j'en
serais navré. Je la contemple dans un équilibre parfait
d'affection et de dignité. Mon respect lui a fait un trône,
où son honneur rayonne autant que sa grâce ; et depuis

qu'elle remplit ma vie, je me suis mis à aimer comme je prie, les yeux en haut.

J'ai près de moi et sous mes yeux une merveilleuse porcelaine du Japon, remontant aux premières années de la compagnie de la Chine, vers 1688, et portant au milieu de dessins d'une fantaisie charmante les armes de Seignelay, fils de Colbert. Mes amis l'admirent; mais les éloges qu'on m'en fait réveillent chaque fois un secret déplaisir : la porcelaine a une fêlure ! Je suis seul à le savoir, mais je le sais !

Eh bien ! mon adoration pour elle a tué mon égoïsme ; je la veux sans faiblesse, même pour moi ; et mon rêve s'évanouirait, si je découvrais une imperfection à mon idole et une tache à mon étoile.

⁂

Si je niais le bonheur qu'apporte la possession de la femme aimée, on se moquerait de moi; mais si quelqu'un niait que l'amour, sans la possession, puisse élever le cœur de l'homme jusqu'aux régions les plus éthérées des joies humaines, Laure et Béatrix, les plus poétiques des femmes aimées, se lèveraient, pour protester, du fond de leurs tombeaux.

Lorsqu'on traverse, dans le *Decaméron* de Boccace, dans les *Moyens de parvenir* de Béroalde de Verville, dans *Les Sérées* de Jean Bouchet, la ripaille de chair humaine où se vautrèrent les générations de trois siècles, jusqu'au moment où Honoré d'Urfé, l'hôtel de Rambouillet et ma--

demoiselle de Scudéry ramenèrent violemment les esprits lettrés vers les sentiments élevés et honnêtes, on ne trouve, pour reposer sa pensée, que les belles et suaves figures de Béatrix Portinari et de Laure de Noves.

Ce bestial abus des femmes y fait disparaître la grâce et la dignité de la femme; et, dans cet entassement des corps, foulés et souillés par une insatiable et immonde luxure, ceux mêmes où s'est conservée, jusqu'au fond de l'abaissement, la forme divine, y ont perdu l'âme avec la pudeur. Qu'étreignait-on réellement lorsqu'on pressait dans ses bras, à Rome, Impéria; à Florence, Bianca Capello; à Paris, Diane de Poitiers ? — des courtisanes.

A se griser de femmes, comme à se griser de vin, le nectar lui-même finit par se changer en piquette.

⁎⁎⁎

Horace, qui savait que le plaisir même matériel est moins dans les sens que dans l'imagination, expliquait brutalement à Caton le procédé à l'aide duquel il se procurait des déesses.

Il appelait près de lui sa jeune esclave grecque, brunie par le soleil de Tibur. Alors, dit-il, je ferme les yeux, en me persuadant que j'embrasse Egérie, ou toute autre nymphe d'origine aussi céleste :

Ilia aut Egeria est : do nomen quodlibet illi.

Le corps, aveuglé de désirs, peut commettre de ces erreurs; l'âme, jamais! Lorsque je tressaille sous un regard, je sais toujours quel cœur y a mis son rayon.

Mettre à la recherche de la possession une ardeur fiévreuse, lorsque le mariage n'en est pas l'objet, c'est dépouiller la femme convoitée de l'auréole de respect qui double son prix, en la supposant privée du sentiment du devoir; c'est remplacer l'émotion du désir ajourné, qui est infinie, par l'émotion du désir assouvi, qui est bornée; c'est passer de la sphère de l'idéal, où l'aspiration morale se nourrit elle-même, dans la sphère du réel, où l'aspiration sensuelle s'épuise, s'endort et s'éteint.

Tel est l'homme; s'il aime dans la règle, c'est-à-dire dans la famille, l'union de deux âmes, l'estime réciproque, l'avenir commun peuvent fixer son affection. S'il veut chercher hors de la règle, c'est-à-dire hors de la famille, des satisfactions indéfinies et déclassées, le désir l'excite, mais la possession l'attiédit et l'abus le déprave. Demandez à l'amant ce qu'il a trouvé dans la tentative heureuse d'avoir une belle maîtresse? Il vous répondra, s'il est sincère : « C'est l'envie d'en avoir deux. »

C'est précisément cette possession outrée, désordonnée des femmes, alimentée par l'esclavage antique, qui déprava les plus nobles esprits et abrutit les sociétés les plus cultivées.

On se dégoûta de la femme, devenue cargaison de navire et marchandise étalée dans tous les ports de l'Asie Mineure, de la Grèce et de l'Italie. Lorsque l'empereur Claude II eut détruit, dans les plaines du Danube, les innombrables tribus de Goths qui s'étaient abattus, avec leurs familles, sur l'Orient, chaque soldat romain eut pour sa part trois blanches Allemandes, aïeules profanées de la Marguerite de *Faust*.

Et comme il faut toujours au cœur une idole et à la passion un aliment, lorsque la beauté de la femme fut dégradée par l'abus, on divinisa la beauté de l'homme. Socrate, Alexandre, Marc Aurèle, Trajan, les plus grands cœurs de la philosophie et du gouvernement, professèrent publiquement ce culte infâme; et, aux yeux de la terre, complice de sa dépravation, l'empereur Hadrien put remplacer la Vénus Anadyomène par les statues de son esclave Antinoüs.

La possession immodérée de la femme détruit donc son empire, et ce n'est pas l'aimer pour elle que de vouloir la détrôner.

⁎⁎

Ainsi mon parti en est bien pris; je brave le ridicule attaché, dans le monde où je vis, à l'amour platonique, avoué par un jeune homme de vingt-six ans; et je ne m'effraye pas du vieux proverbe anglais, imprimé dans le fameux recueil de 1659, où il est dit qu'un amoureux platonique ressemble à un convive à qui le *Benedicite* tient lieu de dîner.

L'aliment dont se nourrit mon âme est fortifiant comme son affection, à elle, et inépuisable comme sa grâce. Je me repais du spectacle de sa vie calme, de son esprit délicat, du témoignage discret, mais incessamment renouvelé, de ses sentiments pour moi.

Enivré d'un bonheur qui illumine le présent et qui réserve l'avenir, pourquoi remettrais-je au jeu le gain d'une partie poursuivie dans l'angoisse et finie dans le triomphe? qui m'assure qu'une intimité plus directe ajouterait quelque chose à sa tendresse, ou ne retrancherait rien à mes illusions? La félicité humaine est surtout idéale; la possède qui la sent, et l'on peut dire d'elle ce que Martial disait des dieux païens : ce n'est ni le sculpteur, ni le fondeur qui fait les dieux; celui-là les fait, qui y croit et qui les prie !

Aussi, après en avoir cent fois délibéré avec moimême, me suis-je toujours refusé, comme dangereuse, la joie d'être quelquefois près d'elle. Mes rapports du monde avec son mari autorisaient une demande de présentation. J'ai écarté la tentation; ou, pour être complétement sincère, j'ai eu peur !

Oui, j'ai peur d'elle! Lorsque Ruy-Blas, sous le pressentiment de sa chute prochaine, repasse dans son esprit désespéré les illusions qu'il avait nourries sur l'amour de la reine, et qu'il énumère une à une, comme pour se consoler par ce souvenir, toutes les séductions auxquelles il avait cédé, et qui ne se renouvelleront plus, il appuie sur ce trait final qui est vrai et charmant :

> Son pied qui fait trembler mon âme, quand il passe!

Eh! bien, cette impression de Ruy-Blas, je l'éprouve en la frôlant, dans les rencontres de la rue, du théâtre et du monde.

Quelques aventures m'ont fait attribuer une certaine dose de résolution, et il y a bien peu de dangers devant

lesquels on me croie disposé à reculer. La vérité est, je
le répète, que j'ai peur d'elle ; peur d'être trop ému en
sa présence, peur de manquer de liberté d'esprit en
lui parlant, peur de ne pas répondre à l'opinion qu'elle
s'est faite de moi : cette préoccupation, qui m'obsède,
est comme une voix qui chante à mon oreille le couplet
du Girondin Ducos, attendant son tour de guillotine :

> J'ai passé pour une bête,
> Et c'est mon plus vif chagrin.

Sans doute, ce lointain relatif où nous sommes l'un
par rapport à l'autre me donne un peu, pour elle, un
rôle de bâton flottant ; mais le respect inviolable dont je
veux la savoir entourée exige un éloignement qui déjoue
toutes les surveillances. D'ailleurs, nos regards, incessamment échangés, réduisent singulièrement les trente
mètres qui nous séparent, et son cœur ne se trompe pas
sur le mien.

Certes, quel que soit ce respect dont je l'environne,
et quoique affectueusement résigné à ne lui laisser, s'il
le faut, dans ma vie, que la place de Laure ou de Béatrix dans la vie de Pétrarque ou de Dante, je ne m'inter-
dis pas les espérances qui miroitent dans un avenir plein
d'impénétrables secrets. Lorsque cet avenir se présente
à ma pensée, sans songer à le définir, je me dis : Elle
m'aime ; Dieu sait le reste !

Le présent suffit d'ailleurs à remplir d'émotions
douces, incessamment renaissantes, le vide que l'étude

et les relations ordinaires du monde laissent dans ma journée. Elle est là, comme par le passé, à sa broderie, lorsque je suis à mon travail.

Témoignage ingénieux et touchant de son affection ! elle a imaginé, lorsqu'une cause quelconque l'oblige à sortir aux heures qu'elle me consacre, une façon d'adieu charmant, qui me désarme. Elle vient, derrière le rideau transparent de sa fenêtre, mettre ostensiblement ses gants et son chapeau. C'est sa manière muette de me dire : « Je sors, ne m'attendez pas ! »

⁎⁎

Néanmoins la direction nouvelle de son existence me préoccupe. Jeune, spirituelle, recherchée, elle aime le monde qui l'accueille et qui la flatte. Le théâtre, par-dessus tout, lui plaît et l'attire. Elle manque rarement l'Opéra, un jour de Rossini ; l'Opéra-Comique, un jour d'Hérold ; la Comédie-Française, un jour de Molière. En la voyant devenir plus sérieuse, j'ai craint de la voir devenir triste ; et je me suis mis à regretter le son si pur de sa voix, lorsque, entourée de quelques amis, les fenêtres ouvertes, par une belle soirée, elle laissait tinter dans son salon les grelots argentins de son rire.

L'hiver approche ; les soirées deviennent longues ; je la veux gaie et heureuse ; et je rêve d'un arrangement à lui proposer, qui concilie sa santé et mon affection. Il faut qu'elle s'amuse, sans cesser de penser à moi.

J'ai essayé de formuler mon idée dans les vers suivants :

Allez, allez, madame, où votre cœur vous mène ;
Du monde et du théâtre, où vous trônez en reine,
    Je ne suis point jaloux.

J'y suis bien oublié, mais je vous le pardonne ;
Car je sens au souci que le vôtre me donne,
    Que ma vie est en vous.

Allez ! mais laissez-moi, pour nourrir ma pensée,
Ou la fleur que, le soir, votre main a placée
    Auprès de votre cœur,

Ou la lampe qui veille, et dont la douce flamme
Viendra, comme un rayon messager de votre âme,
    M'affirmer son bonheur.

La foule passera près de votre fenêtre
Sans que ni son regard, ni son esprit pénètre
    Notre chaste secret.

Sa pensée entre nous restera tout entière,
Et seul, je saurai voir l'âme dans la lumière,
    Le cœur dans le bouquet.

Je vais jeter ma missive à la poste ; acceptera-t-elle mon arrangement ?

*
* *

Quoique je n'aie certes pas de motifs pour douter de son affection, je suis néanmoins inquiet sur le résultat de ma démarche.

Qui m'assure qu'elle n'hésitera pas à s'engager plus avant dans les rapports qui nous lient ? Ce que je lui propose est une entente directe, personnelle, concertée ; elle me laisse voir très-clairement que son cœur est à moi : mais qui m'assure qu'elle consentira à me le dire formellement, en la forme très-explicite que je lui indique ?

Aurai-je sa lampe allumée, tous les soirs, en son absence ? Aurai-je son bouquet à son retour ? Si j'obtiens un tel témoignage de sentiments, c'est un triomphe ; mais si je ne l'obtiens pas, c'est le refus caractéristique, raisonné, presque blessant, de la femme aimée, laquelle déclare qu'elle ne veut pas aller plus loin. Je crois encore à un engagement de son cœur ; un échec me laissera en présence d'un jeu de son esprit et de son imagination. Ce que j'ai fait est grave, et j'attends la première soirée où elle sera absente avec une fiévreuse anxiété.

***

Je suis plus heureux que sage ; elle a deviné mon angoisse, et elle y a mis fin par le témoignage le plus gracieux et le plus formel de ses sentiments pour moi. J'ai tout, la lampe et le bouquet !

Ma joie d'enfant éclate ; on dira ce qu'on voudra ; mais je raconterai tout, sans omettre un seul battement de mon cœur. C'était il y a huit jours ; je l'avais vue, à l'ordinaire, et son regard, affectueux et fixe, semblait contenir une affirmation. Le soir vint, elle sortit ; et, depuis l'entrée de la nuit jusqu'à onze heures, sa lampe en bleu céladon brûla, solitaire, près du siége où elle s'assied. Sa pensée avait voulu être claire, car les fenêtres, restées ouvertes pendant toute la soirée, me permirent de constater que le salon était désert. J'avais donc à peine besoin de me demander : Pour qui cette lampe? Son rôle était facile à deviner pour moi : si elle n'éclaire pas, c'est qu'elle parle !

Et elle parle avec la même éloquence, toutes les fois qu'elle ne passe pas la soirée près de moi.

Mais la remise du bouquet est tout un poëme.

Les Italiens annonçaient la grande symphonie de Félicien David, le *Désert*, exécutée d'abord au Conservatoire, avec un éclat qui est l'événement du jour. Grande fermentation dans toutes les jeunes têtes ; on veut voir, en l'écoutant dans une musique idéale, la danse des almées. Les couturières sont sur les dents, et le jardin d'hiver, fondé par Bohain, met aux enchères son dernier camélia. Lautour-Mezerai, à la boutonnière perpétuellement fleurie, avait arrhé le sien depuis quinze jours.

Si ma jeune voisine a retenu sa loge, il ne faut pas le demander.

Du fond d'un fauteuil d'orchestre, je la vois entrer, avec son mari et une belle Italienne, son amie intime, au milieu du flot de soie, de dentelles et de diamants qui envahit la salle. Après avoir erré de tous côtés, avec une indifférence affectée, son regard rencontre le mien.

A sa ceinture était, seule, fixée par une agrafe, la rose qui porte son nom ; et à sa main un radieux bouquet, qu'elle semblait avancer de mon côté, comme pour me dire qu'il était à moi.

O bouquet, où elle avait mis son cœur et moi mes espérances, que je t'ai attendu avec angoisse, lorsque, vers minuit, le bruit de sa voiture m'annonça qu'elle rentrait ! Comme j'épiai, agité et fiévreux, le moment où sa main, à peine dégantée, vint le poser sur sa fenêtre, dans son plus beau vase de Sèvres, après l'avoir parfumé de son souffle et touché de ses lèvres émues !

Le temps était sombre ; mon regard, perçant les ténèbres avec peine, n'entrevoyait que vaguement les formes aimées, et j'aurais tout voulu voir distinctement, et le bouquet dans son vase, et la femme penchée, qui semblait le recommander avec sollicitude à la fraîcheur et au calme de la nuit.

J'évoquai vainement, pour percer l'ombre épaisse, toutes les lampes chères aux cœurs épris : et la lampe de Psyché, qui brûla et réveilla l'Amour ; et la lampe de Héro, qui guidait le beau Léandre du haut de la tour de Sestos ! Je fus obligé de me contenter de la lampe d'un chiffonnier qui passait, et dont un rayon égaré éclaira furtivement une main de fée, donnant une dernière caresse à ses roses

Sois bénie, lampe modeste et secourable, qui vins illuminer de ta douce et pâle lueur le moment le plus heureux de ma vie ! Puisses-tu diriger vers un Eldorado inconnu le nocturne chercheur dont tu guides les pas que son crochet, en attaquant le premier tas, en fasse jaillir des pépites d'or, et qu'il voie des perles blondes s'enrouler en collier autour de sa pointe acérée ; mai sois sûre que, même portée par le génie de la Fortune, tu ne mettrais jamais autant de trésors dans sa hotte que tu mis de joies dans mon cœur !

C'en est fait ; mon rêve est réalisé ; j'ai son cœur ! Et comme ma poitrine est trop étroite pour le bonheur qui l'inonde, je viens d'ouvrir les *Élégies* de Bertin, créole comme moi, pour mesurer le degré de ravissement que lui donna la conquête d'Éléonore ; voici ce que j'y ai lu :

> Elle est à moi ! divinités du Pinde,
> De vos lauriers couvrez mon front vainqueur.
> Elle est à moi, que les maîtres de l'Inde
> Portent envie au maître de son cœur !

Eh ! bien, non, ce n'est pas ainsi que j'aime ; ni les divinités du Pinde, ni les maîtres de l'Inde, ni d'autres n'auront jamais l'œil ouvert sur le secret de mes affections. C'est aux coqs des poulaillers, les seuls effrontés parmi les êtres qui aiment, à révéler par leurs chants les événements de leur alcôve. Le respect dû à la pudeur de la femme aimée veut qu'un voile impénétrable dérobe au monde les intimes abandons où s'épanche son âme.

Quant à moi, je croirais commettre un sacrilége, en disant seulement son nom ; et si Dieu lui-même sait que je l'aime, c'est uniquement parce qu'il sait tout.

*
* *

Je n'ai pas une grande confiance dans les révélations du magnétisme, quoique j'aie personnellement assisté, chez moi, à des manifestations inexplicables et parfaitement vraies, obtenues par Marcillet, pendant les extases cataleptiques d'Alexis. Mais qu'il y ait, entre un homme et une femme qui s'aiment, des rapports mystérieux, et comme un courant d'effluves invisibles qui les révèlent l'un à l'autre, à de certaines distances, c'est là un fait certain et vingt fois expérimenté par moi.

Lorsqu'elle sort, le soir, seule ou accompagnée de son amie, vers l'heure où les théâtres s'ouvrent, mon esprit est naturellement porté à la supposer au spectacle. Entre neuf et dix heures, je vais souvent l'y joindre.

A moins d'une pièce extraordinaire qui attire le public aux boulevards, ma recherche se borne à l'Opéra, à l'Opéra-Comique, aux Variétés, au Vaudeville et à la Comédie-Française : cinq théâtres à fouiller, l'un après l'autre. En moins d'une heure, je l'ai toujours trouvée ; et, sans que je m'approche de sa loge, elle m'a toujours aperçu.

Après vingt minutes de regards échangés, je m'incline discrètement et je me retire. C'est ma visite faite et mon bonheur savouré.

Sans une action mystérieuse, invisible, mais réelle, de l'un sur l'autre, cette influence instantanée du regard ne s'exercerait pas. J'en ai deux exemples curieux, que le magnétisme du cœur peut ajouter à celui de la science.

La première fois, c'était aux Italiens.
Je ne l'y savais pas.
Mario chantait avec son charme habituel, et Lablache

avec sa verve endiablée : malgré moi, je cédais à une émotion secrète, vague, innommée, venue d'ailleurs que de la musique ; ma pensée, au milieu de tant de femmes, diversement belles ou distinguées, cherchait celle que mes yeux ne voyaient pas.

J'étais à une première loge, et je rêvais, distrait et inattentif. A un moment donné, une impulsion indéfinissable et irrésistible me porta à me soulever de mon siége et à regarder au-dessous de moi, dans la loge correspondante de la galerie. — Elle y était !

La savoir, la voir près de moi, c'était beaucoup pour le charme de ma soirée ; mais il manquait encore à ce charme qu'elle me sût et qu'elle me vît près d'elle.

Eh bien ! un regard ferme et fixe que je dirigeai sur elle, avec l'énergique volonté d'être obéi, lui fit lever la tête vers ma loge ; et, dans ce mouvement, qui était un effort pour elle, l'éclair de ses yeux vint se perdre dans les miens.

La seconde fois, c'était aux Variétés. On jouait *la Ferme de Primerose*.

J'étais dans un fauteuil, au côté droit et sur le devant de l'orchestre, près d'un causeur aimable, le baron D..., qu'amenait au spectacle le désir d'être agréable à mademoiselle Page, l'une des plus gracieuses actrices de ce théâtre.

Tout à coup, devant nous et à notre droite, une petite main, fine et dégantée, se posa sur le velours de l'avant-scène du rez-de-chaussée ; et telle était notre situation par rapport à la loge, que notre regard ne pouvait y pénétrer.

— Oh! la jolie main, s'écria le baron. Voyez donc!
Je l'avais parfaitement vue; c'était la main gauche.

— Baron, lui dis-je, voulez-vous me gagner, ou que
je vous gagne un pari?

— Lequel? proposez-le.

— Je vous donne ma parole d'honneur que je n'ai
pas aperçu la femme qui est là, devant nous, dans cette
loge. Cependant je vous parie de vous la nommer, sur la
simple forme de sa main.

— Vraiment, répondit le baron, visiblement intrigué;
mais vous avez donc la seconde vue?

— Peut-être.

— Eh bien, voyons; nommez-la-moi. Est-ce que je
la connais?

— Je crois que oui.

Le baron, homme du monde, était en effet l'une des
relations de la famille; et je pouvais, sans lui révéler
aucun secret, faire de lui comme l'intermédiaire éventuel et inconscient d'une parole gracieuse, à l'adresse de
la femme aimée.

— Baron, lui dis-je, il n'y a pas, à Paris, deux femmes qui aient une main aussi élégante. C'est celle de
madame la comtesse...

— Comment me le prouverez-vous?

— En vous la montrant. Attendez un peu.

Pendant qu'il regardait la loge, je regardais la main.
Bientôt les doigts remuèrent, le poignet s'agita, le bras
se replia en arrière, et une tête divine parut au bord
de la loge, les yeux tournés de mon côté.

— Vous savez donc les secrets du diable? me demanda le baron.

— Pas encore, lui répondis-je en riant ; je les étudie.

J'arrête ici mon journal. Le bonheur ne se raconte pas.

★
★ ★

J'ai condensé dans les pages qui précèdent les rêves, les espérances, les doutes, les joies de plusieurs années. J'ai atteint mon but. Je possède le cœur d'une femme d'élite, à la fois éprise et honnête, et qui aime comme je l'aime, c'est-à-dire sans poursuivre dans cette affection d'autre résultat que la douceur de la goûter.

Y aura-t-il à cet état présent un avenir plus enivrant encore? Je ne le sais, ni ne cherche à le savoir. Se prendre à de tels désirs, serait se montrer ingrat envers celle qui en a comblé tant d'autres, dont la hardiesse m'effrayait, et déprécier le charme que je trouve en son affection, en donnant à penser qu'elle est impuissante à satisfaire les vœux d'une âme où elle règne.

Le temps, dont Dieu seul connaît les secrets, peut changer, non pas nos sentiments, je ne le crains pas, mais notre situation personnelle et réciproque. Nous ne saurions l'un et l'autre avoir une meilleure attitude pour nous préparer à ces changements, s'ils doivent s'opérer, et de quelque façon qu'ils s'opèrent, qu'en persévérant dans des rapports qui concilient l'attachement et le respect, et qui donnent à l'amour la force née de l'estime.

Je suis trop jeune pour compter dans mes relations quelque femme, autrefois aimée, et dépouillée par le temps des grâces qui constituaient son empire. J'ai l'idée qu'un tel spectacle doit affliger les yeux, et jeter dans le cœur la tristesse que donnent les ruines.

Une telle crainte est inconciliable avec la pensée de la femme que j'aime.

C'est dans l'âme qu'est notre mutuelle affection. Sa nature la soustrait aux atteintes de l'âge ; et quoiqu'il m'en coûte de supposer qu'une si jeune et si splendide créature aura un jour un corps moins svelte, un teint moins pur, un regard moins fascinateur, un éclat de rire moins argentin, je suis certain que, dans vingt ans, je ne passerai pas près d'elle sans tressaillir ; et qu'elle même, en m'apercevant parmi d'autres plus jeunes, plus séduisants, plus célèbres, me jettera un regard attendri, et se dira dans son cœur : « Voilà celui qui m'apprit à être heureuse sans reproche, et à aimer sans repentir. »

Je rouvre mon journal.

J'étais trop heureux ; j'aurais dû me défier. Au milieu de mon ciel le plus azuré éclate un coup de tonnerre qui brise ma vie.

Hier, dans la soirée, un billet, écrit d'une main de femme, m'invite à me rendre, pour une communication intime et urgente, dans un hôtel de la rue de Duras. L'heure de minuit m'était indiquée, avec la recommandation de venir à pied, afin qu'il n'y eût pas même un cocher dans le secret de ma démarche.

A l'heure indiquée, j'étais au rendez-vous.

Lorsque j'eus sonné, j'aperçus une femme qui m'attendait sur le perron de la cour mal éclairée, car l'aspect de la maison faisait voir que les hôtes étaient absents.

J'allai à elle, et je pris la main qu'elle me tendait. « Veuillez me suivre, monsieur, me dit-elle » ; et nous entrâmes bientôt dans un petit salon, où une lampe brûlait sur une console.

La femme abattit alors la mante qui l'enveloppait, et me laissa voir un visage inondé de larmes.

—Je ne sais, monsieur, me dit-elle, si vous me connaissez ; mais je suis l'amie intime de celle que vous aimez : je suis ici par son expresse volonté ; et je vous apporte ses derniers adieux, car elle se meurt.

Je ne pus retenir un cri de douleur, auquel l'amie désolée, que j'avais tout d'abord reconnue, mêla ses sanglots.

Lorsque son émotion lui permit de parler, elle me dit :

— Oui, monsieur, Louise est perdue, Louise se meurt ; et je vais repartir en poste, dans un instant, pour ne pas perdre la chance incertaine de la retrouver vivante.

« Après avoir passé toute une matinée seule, même sans la sœur de charité qui la veille, elle m'a demandée.

« — Laure, m'a-t-elle dit, en me désignant du doigt une lettre cachetée sur un géridon, près de son lit, je lui ai écrit. Je serais morte désespérée, si je n'avais pas pu lui montrer mon âme tout entière avant de fermer les yeux. Pars pour Paris à l'instant même, pars sous tel

prétexte que tu voudras, porte-lui ma lettre et reviens
en hâte.

« — Mais, ma chère Louise, comment te quitter en ce
moment ?...

« — Pars, te dis-je. Tu ne comprends donc pas que
l'heure de m'en aller approche, et que je voudrais, si
cela est possible, avoir de ses nouvelles avant de mourir ?

« Je l'embrassai, et j'arrive. »

J'étais immobile, pétrifié, muet. Je pris la lettre qu'elle
me tendait. J'imprimai sur sa main mes lèvres émues, en
l'arrosant de mes pleurs, et je lui dis:

— Madame, promettez-moi de déposer ce baiser sur
la main de la morte.

Elle me l'a juré, et je suis sorti.

Il est trois heures du matin ; la lettre est là, sur ma
table de travail. Je l'ai ouverte, mais en vain. Mes mains
convulsives la peuvent tenir à peine, et mes yeux inondés
n'en distinguent pas l'écriture.

J'ai fait appel à mon courage ; je me suis dit que si
cette âme, déjà peut-être envolée, a pu rester maîtresse
d'elle-même, dans les luttes de la mort, pour me donner,
calme et recueillie, sa dernière pensée, je devais à son
souvenir de l'écouter avec sérénité.

Je prends la lettre, et j'y lis ce qui suit :

*
* *

« Je vais mourir, peut-être ce soir, certainement dans
un petit nombre d'heures, car il n'y a plus de jours pour
moi.

« La mort, qui scelle les lèvres des autres, ouvre les miennes, car elle me délie des obligations du monde, auquel je n'appartiens plus.

« J'ai appelé, embrassé, congédié tous les miens, me réservant le repos de ma dernière matinée, dont je veux jouir seule, n'ayant plus devant les yeux et en face de mon âme que Dieu et vous.

« Je m'ouvre à Dieu, qui aura pitié de mes faiblesses, parce qu'il sait que, même en pensée, je n'ai jamais violé ses commandements.

« Je m'ouvre à vous, mon ami, parce que mon cœur vous doit un épanchement-suprême, et que je ne veux pas quitter la terre sans laisser une consolation à l'immense et irréparable douleur de votre vie.

« Je vais vous écrire des choses que je ne vous aurais pas dites, car je me sens déjà l'indépendance de la tombe. C'est une morte qui vous parle, et vous recevrez, à travers mon suaire, des aveux que, vivante, je ne vous aurais jamais faits.

« Je voudrais pouvoir trouver un mot où je mettrais toute mon âme :

« Je vous ai bien aimé!

« Mais ce mot lui-même ne vous dit pas toute mon affection, car il n'exprime pas les motifs sur lesquels elle se fonde.

« Je vous ai aimé, parce que vous m'avez préservée de moi et des autres.

« Comme toute femme, je portais en moi l'instinct du plaisir que l'on trouve à plaire. Vous avez tourné mon esprit vers des triomphes qui ne coûtent rien au devoir, et j'ai savouré, dans votre affection, cette tendresse délicate qui rend une femme heureuse en la laissant honnête.

« Je me suis livrée avec d'autant plus d'abandon au penchant de mon cœur, qui m'entraînait vers vous, que j'y trouvais la sécurité de mon honneur, et qu'en le plaçant avec confiance dans vos mains, j'employais le meilleur moyen de le défendre.

« Un tel choix me rendait inaccessible aux hommages vulgaires du monde, car en comparant les diverses poursuites dont je me sentais l'objet, je voyais bien que si d'autres me réservaient une place dans leur vanité ou dans leurs plaisirs, vous me donniez toujours la première dans votre amour discret et dans votre estime.

« C'est donc par vous que j'ai pu laisser goûter à mon âme un bonheur en apparence incompatible avec ma situation, le bonheur d'aimer l'homme de mon choix, sans que l'accomplissement de ce dangereux rêve coûtât un sacrifice à ma conscience, ou un amoindrissement au respect dû à mon foyer.

« Si donc je vous ai tant aimé, c'est que mon affection trouvait en vous un double aliment : vous entreteniez l'extase de mon esprit, en défendant l'honneur de ma vie.

« Et puis, quelle femme n'aurait pas voué les plus tendres pensées de son âme à celui dont la délicate et vigilante sollicitude s'était imposé la tâche de me protéger contre les lâchetés du monde, et qui ne crut jamais un service digne de lui, si son zèle n'avait aussi bien réussi à le cacher qu'à le rendre ?

« Que de soins, que de ruses, que de prières ne me fallut-il point, pour vaincre la réserve et le silence des auxiliaires que s'était donnés votre générosité ?

« Et quelle main, après mes actives et patientes recherches, trouvai-je toujours dans les crises heureuses de ma vie ?

« La vôtre !

« Qui me préserva de la honte, chez la comtesse Merlin ?

« Vous !

« Qui fit remettre secrètement en mes mains ces lettres fatales, arrachées à l'inexpérience de ma jeunesse ?

« Encore vous !

« Qui n'hésita pas, sur le désir imprudemment exprimé d'être seule aux bains du Roussillon, à risquer sa vie pour retenir à Paris l'homme dont la présence devait m'être odieuse ?

« Toujours vous !

« Je vous ai toujours trouvé le premier au-devant de mes chagrins, pour en conjurer ou pour en adoucir l'amertume. Comment n'aurais-je point placé votre image dans mon cœur, pour en être la préoccupation la plus noble et la joie la plus pure ?

« Je ne serais pas sincère si je n'avouais que je remets avec une résignation douloureuse ma jeunesse entre les mains de Dieu, qui la reprend ; mais le plus grand chagrin de cette vingt-deuxième année, qui va clore mon existence, c'est de ne pas vous avoir assez longuement béni de votre tendresse et de votre dévouement.

« Qu'aurais-je pu faire pour vous livrer plus complé-

14

tement encore le meilleur de mon âme, puisque nous
n'aurions pu, sans crime, caresser la pensée et entretenir
l'espoir d'être un jour l'un à l'autre ? — je ne sais; mais
j'aurais épuisé l'ingéniosité de mon intelligence à vous
donner la persuasion, si vous ne l'aviez déjà tout entière,
que je vous aimais comme aucune autre femme ne vous
eût jamais aimé.

« Adieu, mon ami ; regardez encore à ma fenêtre, où
mes roses ne seront plus, mais où vous attendra chaque
soir mon âme immortelle.

« Je serai enterrée à Paris, près de ma mère. Vous re-
connaîtrez mon tombeau à l'inscription que j'ai or-
donnée et qui, faite pour vous seul, n'avait besoin que
d'un mot :

LOUISE

« Mon ami, ma fermeté m'abandonne et l'éternel repos
m'envahit. Ma main tremble, mes yeux se voilent. Je
m'arrête !

« A force d'évoquer votre souvenir, mon imagination
exaltée a placé devant moi votre image. Je vous vois,
vous êtes là, près du lit où je meurs, et votre front incliné
s'approche de mes lèvres pâlies.

« Mon cœur s'y fond dans un baiser. »

Voilà la lettre : il était jour depuis longtemps, que je
n'avais pu en détacher mes yeux.

J'attends, dans l'angoisse et l'insomnie ; je suis comme

le patient que le bourreau n'a pas achevé du premier
coup.

Après cinq mortelles journées, traînées dans un hébé-
tement douloureux, je reçois le billet suivant:

« ... le 8 avril 1842.

« Je l'ai retrouvée vivante. Elle m'a reconnue ; elle a
tressailli à votre nom, prononcé bien bas à son oreille.
Elle a aussitôt levé les yeux au ciel, avec un long et
doux sourire sur ses lèvres.

« Les médecins disent qu'il reste encore un peu
d'espoir. »

Sept jours plus tard, autre billet qui me ranime :

« ... le 15 avril.

« Un mieux sensible se déclare ; l'espoir de la sauver
devient sérieux. »

Enfin, le 25 avril, le billet suivant me rend la vie :

« Tout danger grave et immédiat est conjuré. Les
forces se réveillent, nous la considérons comme sauvée ;
elle veut que je vous l'écrive, en son nom, et que je
vous exprime le ferme désir qu'elle a de vous revoir. On
lui porte une tige de germandrée, cueillie sur les Albères.
Sa main en détache la corolle rosée, et vous la trouverez
dans ce billet. »

* * *

Maintenant, non-seulement je renais à la vie, mais je
respire l'idéal, et je me sens planer sur les ailes de
l'extase.

L'horrible angoisse causée par l'imminence de sa mort
a amené le témoignage écrit et brûlant de son amour.
Si ce n'était pas un sacrilége d'y penser, j'aurais le lâche
égoïsme de m'applaudir du danger qu'elle a couru.

Maintenant, je défie toutes les vicissitudes humaines :
j'ai son cœur, même par delà la tombe.

Dans l'ivresse où je me sens plongé, ma vie n'a plus
qu'un emploi, l'aimer, et qu'un but, l'attendre !

Aux cœurs heureux, la patience est facile ; et Vauve-
nargues a dit : « La patience est l'art d'espérer. »

FIN DU JOURNAL

Ainsi finit le *manuscrit* de Philippe de Grandfay.

Il lève pour moi les derniers voiles qui me dérobaient
le mobile secret de ses actions, et il étale, dans leur véhémence, comme dans leur pureté, les sentiments partagés
qui l'unissaient, depuis plusieurs années, à madame du
Guénic.

Le prétendu roman qu'il m'avait annoncé, c'était l'histoire vraie, écrite sous l'impression fiévreuse de chaque
jour, de la portion la plus agitée de sa vie.

Son récit constitue, comme il me l'avait dit, une étude
nouvelle du cœur, faite au point de vue des affections
immédiatement désintéressées ; et la thèse de l'amour
heureux, sans la possession, m'y paraît victorieusement
démontrée par son exemple.

En ce qui touche la suite des événements déjà ébau-
chés dans les chapitres qui précèdent, la découverte que

je viens de faire ne dissipe pas entièrement toutes mes inquiétudes.

Sans doute, l'ardente passion de Philippe de Grandfay pour madame du Guénic prouve bien, malgré les véhéments soupçons d'Albert de Moraines, un peu confirmés par Oliva, qu'il n'aspire, dans aucune mesure, à une liaison de cœur avec la contessine. Par conséquent, la rencontre entre les deux jeunes créoles n'aurait désormais aucun fondement qui la justifiât.

Mais, outre que l'amour réciproque de Philippe et de l'amirale constitue, pour moi personnellement, une confidence sacrée et un secret inviolable, dont je ne saurais user dans aucun cas, même pour éviter une rencontre aussi folle que redoutable, les aveux échangés d'une façon si solennelle entre les amoureux me font redouter de plus grandes hardiesses, et peut-être des imprudences.

Si l'amiral, qui m'a toujours paru en savoir plus long qu'il n'en dit, venait à entrer en scène, il se montrerait peut-être plus pressé que le comte Gino de causer avec l'amoureux de sa femme, à longueur d'épée.

En somme, si l'intrigue générale s'éclaire, l'avenir s'obscurcit. Mon embarras, déjà grand pour conjurer deux duels engagés, deviendrait inextricable si, par aventure, il en survenait un troisième, le plus redoutable de tous.

14.

IX

LE CAP MISÈNE

J'étais resté seul au Boulou.

Le chevalier de Médrane, un peu fatigué, mais toujours droit, ferme, indomptable, et portant l'âge accumulé avec orgueil, était parti le premier pour l'Italie, avec un itinéraire aussi accidenté que d'habitude, mais avec le projet de se rabattre vers Naples, où il songeait à louer, ou près de Sorrente, ou près de Misène, quelque villa où pût se reposer la famille de l'amiral.

Celui-ci, épuisé par ses longues campagnes, mal rétabli par son commandement sédentaire à Fort-Royal, profondément éprouvé par la grave maladie de sa femme, qu'il aimait avec la passion des vieillards épris de la jeunesse, semblait éprouver ces vagues et nerveuses impatiences des oiseaux voyageurs qui se préparent aux longues migrations.

Il avait comme le vague pressentiment de l'approche de la sienne.

Religieux, comme ceux qui ont l'habitude du danger, et froidement brave, comme ceux qui l'affrontent par devoir, il lui plaisait néanmoins d'aller, avant de s'éteindre, se retremper dans les impressions de sa jeunesse et respirer le fortifiant parfum des brises marines.

Le cap de Misène et le cap de Sorrente se disputaient son choix indécis. Il savait néanmoins que près de l'un ou de l'autre il retrouverait, dans les légers embruns des eaux napolitaines, cette odeur à la fois suave et pénétrante qu'aucune fleur ne fait oublier, et qui avait autrefois ranimé ses sens émoussés sur les grèves des Antilles.

Obligé de ménager les forces renaissantes et encore mal affermies de l'amirale, il s'était dirigé à petites journées vers Marseille, où il devait prendre le bateau à vapeur qui fait le trajet de Naples, en touchant à Gênes et à Livourne. La contessine, plus nécessaire que jamais à madame du Guénic, accompagnait son amie. Oliva et Beppa complétaient la colonie.

Marciole avait vu avec chagrin s'éloigner ses deux nouvelles amies, dont l'une lui imposait par sa beauté, l'autre par son talent poétique, et qui toutes deux élargissaient son horizon, limité jusqu'alors aux impressions et aux idées naturelles aux vallées de l'Ariége.

Présider à la confection des fromages, élever par passe-temps un jeune ourson, se ranger docilement aux conditions douces, laborieuses, paisibles de la vie honnête des montagnes, lui avait suffi jusqu'alors.

Oliva l'avait exaltée en lui peignant la nature exubérante et splendide de la Martinique, avec la houle de ses champs de cannes, aux panaches courbés par les vents, avec ses pitons à la ceinture de forêts vierges, avec ses ravines ombragées par les lianes, où les colibris font oublier les serpents.

Beppa l'avait fait rêver, en lui répétant, dans son beau dialecte de Sienne, les *stornelli* et les *rispetti* pleins d'amour, improvisés dans les prairies de l'Ombrone et de l'Arno, par les bergères toscanes.

Elle avait eu le désir ardent et secret de suivre ses amies. Sa fortune, indépendante et sagement administrées, le lui aurait permis ; et la pureté de sa vie lui eût obtenu de l'amirale l'autorisation de se placer sous son patronage.

Un obstacle la faisait réfléchir et l'arrêtait : c'était Jacquet. La bête était encore douce et familière ; mais un ours voyageant en chaise de poste lui semblait gênant. Elle me consulta à ce sujet, et je fus obligé de la confirmer dans ses appréhensions, en lui assurant que Jacquet trouverait difficilement à qui parler en Italie, où l'on voyait beaucoup moins d'ours que de moines et de poëtes.

Elle poussa un profond soupir de regret, en se résignant ; et, après avoir tendrement embrassé ses deux amies, elle reprit avec Jacquet, par la tour de Tautabel, le pays de Sault et la grande forêt de Puyvert, le chemin de la vallée de Bémale.

Comme je l'ai dit, je restai seul, un peu isolé et encore plus tourmenté. Albert de Moraines venait de m'écrire.

Complétement rétabli de sa blessure, fort, impatient, toujours plein de sa passion pour la contessine, plus persuadé que jamais de la rivalité de Philippe de Grandfay, il prétendait vider le plus tôt possible cette querelle, afin d'être plus libre de ses sentiments et de ses mouvements à l'égard du comte Gino.

Il comptait toujours sur moi pour négocier les conditions de cette rencontre et l'assister sur le terrain; mais son ardeur intempérante allait jusqu'à me laisser prévoir qu'en cas d'attente un peu prolongée, il amènerait lui-même le choc avec de Grandfay, même au prix d'une provocation directe et personnelle.

Au fond, cette résolution ne me surprit pas. Je savais bien que finalement il faudrait arriver à une crise ; je n'avais des doutes que sur l'heure précise où elle se produirait; malheureusement mes réflexions les plus obstinées ne m'avaient rien révélé qui pût m'aider à la conjurer efficacement.

Je savais sans doute, par la lecture du *manuscrit* de Philippe de Grandfay, que la jalousie exaltée d'Albert de Moraines n'était que l'hallucination d'un insensé : mais le silence le plus absolu m'était imposé sur les secrets que je venais d'apprendre ; et je voyais déjà par intuition dégainer les épées, sans pouvoir pousser le cri qui les aurait fait rentrer au fourreau.

La délicatesse et l'impuissance de ma situation me navraient. Quelle ne fut pas mon angoisse, lorsque je reçus le billet suivant, que m'écrivait de Rome le chevalier de Médrane :

« Je viens de Florence, et je me dirige vers Naples par

la route de San Germano, pour éviter la fièvre des marais Pontins.

« Le comte G..., impatienté des retards que subit la conclusion de sa démarche auprès de votre ami, veut en brusquer le résultat.

« Supposant, avec plus ou moins de raison, que sa femme répugne à cet éclat, et le retarde pour arriver à l'éviter, il va se rendre près d'elle, à Naples, où il sait qu'elle est au moment d'arriver.

« C'est là que je vois se former l'orage, et qu'il éclatera probablement. A moi seul, je ne puis rien d'efficace pour le détourner. Il y a de la besogne pour deux, et j'ai besoin de vous.

« Vous m'avez promis votre concours. Je l'invoque, actif et prompt.

« Le premier arrivé attendra l'autre au *Largo del Castello*, où descend la diligence de Rome. »

Il fallait alors sept jours pour aller de Paris à Naples, sans s'arrêter. J'en mis six, de Perpignan, pour débarquer sur les degrés du *Porto grande*, d'où un facchino transporta, en dix minutes, mes bagages au *Largo del Castello*, par la strada du Môle, en laissant à gauche le Château-Neuf.

Le chevalier de Médrane n'était pas arrivé.

L'hôtel où j'étais descendu était et restera, malgré le beefsteak à la tubéreuse et les côtelettes au jasmin qui m'y furent servis à dîner, le point le mieux choisi pour voir, entendre, humer, respirer la vie des Napolitains.

C'est sur cette place que le bruit de la ville, assourdissant ailleurs, devient tintamarre.

C'est là que les cochers brûlent, à bride abattue, les larges dalles de lave qui forment le pavé, tout en échangeant des lazzis avec les habitants ou avec les chambrières de tous les étages.

C'est là que les *acquaiuoli*, avec leurs pyramides de citrons, leurs seaux pleins de neige, leur linge blanc et leur échoppe proprette, versent au passant, pour deux centimes, un verre d'eau glacée avec du limon, de l'amarena et de l'anis.

C'est là que retentissent, en soulevant de frais et de longs rires, les parades de Polichinelle, et qu'on essaye au moins un couplet de la chanson nouvelle chantée tous les soirs à San Carlino.

C'est là que débouchent à pied les bourgeois de la haute ville qui vont voir, au Fondo, les pièces de Scribe, traduites en italien, et que roulent les voitures portant la noblesse à San Carlo, où elle va savourer sa musique, dans la salle la plus vaste et la moins gaie de l'univers.

Enfin, c'est là que se tient la petite bourse d'amour, et que des courtiers élégants et mielleux offrent aux étrangers un assortiment d'Hébés ou de Ganymèdes, à une cote assez modérée pour ne désespérer personne.

Naples est, en été, la ville la plus saine de l'Italie. Les miasmes de l'Arno et du Tibre, deux fleuves lents et limoneux, rendent Florence et Rome dangereuses ; tandis que la brise du golfe renouvelle et parfume tous les matins l'atmosphère napolitaine.

On est réveillé de bonne heure, au Largo del Castello. A huit heures, j'étais sur *Chiaia*, la plus merveilleuse promenade du monde, respirant l'air de la mer,

ayant à gauche la côte de Portici et de Resina, dominé
par le Vésuve ; à droite, la petite île de Nisida ; sur
crête du Pausilippe, le tombeau de Virgile ; devant mo
l'immense horizon des flots bleus, dont l'azur n'a d'éga
que celui des tropiques.

J'allais lentement, tout droit devant moi, absorbé pa
ce beau spectacle et rencontrant peu de promeneurs, ca
les hommes des pays chauds n'aiment pas à marcher san
nécessité absolue. Arrivé en face du Pausilippe, au lie
de m'engager dans la grotte, je tournai à gauche e
suivant le quai de Mergelline ; et, m'étant approché d'u
groupe, qui regardait des pêcheurs retirant de la me
leurs filets immenses, je fus frappé par le son d'un
voix, claire et sonore, formulant, en bon dialecte d
l'Ariége, une exclamation de surprise, à la vue des beau
poissons qui se débattaient dans les mailles.

Je me retournai vivement : c'était Marciole, ave
Beppa et Oliva. Si elles se récrièrent, en m'apercevant,
je n'ai pas besoin de le dire.

— Monsieur, me dit Marciole, je n'ai pu retenir mo
envie de voir Naples. Après avoir ramené Jacquet, j'a
pris à la hâte la route de Marseille, où j'ai eu le bonheu
de retrouver madame l'amirale, qui s'y reposait d'u
peu de fatigue ; et me voici.

Que c'est beau, monsieur, cette ville, cette mer, ce
navires ! et ces troupeaux d'innombrables poissons, plu
gros que les moutons de Bémale, à travers lesquels nou
sommes passés en venant, et qui cabriolaient à la surface
des vagues !

Néanmoins, je ne sais pas comment Jacquet aurai

supporté le mal de mer ; Beppa y est habituée ; Oliva s'en moque ; mais moi j'en souffre encore.

J'appris des jeunes filles que l'amiral, arrivé depuis quarante-huit heures, s'était provisoirement établi dans un hôtel de la rue de Tolède, à l'entrée de la place du Palais-Royal.

J'allai lui faire ma visite et me mettre à sa disposition, dans l'après-midi, pour le choix de l'établissement qu'il méditait de faire aux environs de la ville.

Madame du Guénic me parut à peu près complétement rétablie ; et la contessine, plus belle que jamais, semblait vaguement préoccupée.

Plus vieux par la fatigue que par les ans, l'amiral s'affaissait à vue d'œil. Il avait alors deux fantaisies : habiter près de la mer, et essayer les eaux chaudes appelées Etuves de Néron, *Stufe di Nerone.*

Ce programme impliquait la location d'une villa entre Pouzzoles et Baïa, ou entre Baïa et Misène. Il fut convenu que je viendrais, le lendemain matin, prendre la contessine de bonne heure, et que nous irions fouiller la côte ouest du golfe de Pouzzoles, pour trouver la villa désirée.

Entre Pouzzoles et Baïa, nous ne découvrîmes rien qui fût convenable comme séjour. Tout au plus, les édifices antiques appelés : *temple de Mercure, temple de Vénus, temple de Diane,* offaient-ils un but intéressant aux promenades. Nous continuâmes de longer la côte, en passant, à gauche, devant le château de Baïa, et nous nous dirigeâmes vers Bacoli.

A gauche du village, en tirant vers la langue de terre

15

appelée *Punta di Pennata*, qui se dirige vers le port de Misène, et peut-être sur l'emplacement de la villa antique de Bauli, où Néron décida, en l'année 59 de l'ère vulgaire, le meurtre de sa mère Agrippine, s'élevait un chalet d'aspect assez satisfaisant, bâti par un touriste anglais.

La vue y était splendide. A gauche, sont le golfe de Pouzzoles, et l'île de Nisida vers la pointe du Pausilippe, avec Castellamare et Sorrente à l'horizon; à droite, le cap Misène, avec les îles de Procida et d'Ischia; et, sous le regard, l'immensité de la mer.

Nous arrêtâmes la villa.

Pendant notre retour à Naples, la contessine laissa percer plus explicitement ses inquiétudes, et me demanda si, depuis notre séparation du Boulou, j'avais des nouvelles plus rassurantes des dispositions de M. de Moraines à l'égard du comte Gino, son mari.

Sans lui dire toute ma pensée, je ne lui laissai pas ignorer que la situation était restée à peu près la même; et j'ajoutai que j'attendais des conseils et de la prochaine arrivée du chevalier de Médrane les moyens d'en conjurer les périls.

Elle m'apprit que le chevalier, s'étant arrêté à San-Germano, était allé visiter l'abbaye du Mont-Cassin, où l'avait retenu, pour une semaine environ, la courtoisie hospitalière du savant Père Tosti.

Elle me dit aussi quelques mots de l'arrivée probable du comte Gino; et elle ne me dissimula pas la délicatesse de ses rapports nouveaux avec lui, aussi longtemps que le projet de duel avec son ancien cavalier servant ne serait pas abandonné.

Les deux journées suivantes furent employées par l'amiral à visiter la villa de Bacoli, et à s'assurer des heures auxquelles il pourrait prendre ses bains aux Etuves de Néron. De son côté, madame du Guénic s'occupa des petits achats et des approvisionnements nécessaires à son installation.

Le soir, j'allais au théâtre *del Fondo*, ou bien j'écoutais, à quelques pas de mon hôtel, les parades très-divertissantes de Polichinelle, au milieu du public que ses lazzis attiraient régulièrement, devant la porte de San-Carlino.

En me retournant, le second soir, pour contempler les figures épanouies de ce milieu singulier, où se coudoyaient les lazzaroni et les dames du monde, les moines et les soldats, je crus apercevoir, à quelques pas de moi, criant plus fort que les autres, Philippe de Grandfay, que j'avais laissé à Paris. Je fendis aussitôt la foule pour le rejoindre : il avait disparu.

Je demeurai très-vivement frappé de cette vision, c'était sûrement Philippe. Il m'avait sans doute aperçu, et il se cachait de moi; pourquoi? sa présence secrète à Naples, juste au moment où venait d'y arriver l'amirale, me donna beaucoup à penser, et je pressentis, dès ce moment, quelque imprudence et quelque complication.

Le lendemain, j'étais au *Fondo ;* on jouait une pièce de Scribe, traduite en italien, et dans laquelle le traducteur avait introduit un personnage qui provoquait les rires bruyants de la salle, parce que son rôle, conçu et tracé dans une donnée populaire, était écrit en dialecte napolitain. A Naples, l'italien est une langue étrangère,

artificiellement apprise dans les écoles, et que le peuple
entend mal ou écorche, comme le peuple de Toulouse,
de Nîmes ou de Marseille écorche le français, qui n'est
pas sa langue maternelle.

Je faisais des efforts pour suivre le rôle de ce personnage, et mon regard distrait errait vaguement dans la
salle, lorsque, au fond d'une loge des baignoires, je vis
très-distinctement Albert de Moraines. La pièce tirait
vers sa fin ; je l'attendis à la sortie : il m'échappa.

Ainsi, Philippe de Grandfay et Albert de Moraines
étaient à Naples. Ils s'y cachaient de moi, et probablement
l'un de l'autre. Mes derniers doutes se dissipèrent ; un
éclat devenait imminent ; et si, par malheur, le comte
Gino arrivait aussi, cet éclat ne pouvait être que com-
plet.

Je passai trois jours dans les plus poignantes inquiétudes, fouillant les promenades le jour, les théâtres le
soir ; je ne trouvai ni Albert, ni Philippe.

Le matin du quatrième jour, vers huit heures, Albert
de Moraines entra chez moi.

— Je vous savais ici, me dit-il, même avant de vous
avoir aperçu au *Fondo*, où mon regard a évité le vôtre.
Je ne voulais pas vous déranger. Je n'avais encore que
mes vieux soupçons ; depuis hier soir, j'ai la certitude
absolue. Philippe de Grandfay est mon rival ; c'est lui
qui m'a enlevé le cœur de la contessine.

Je l'ai surpris à un rendez-vous secret avec elle, et
je l'ai provoqué. Nous nous battons demain. Etes-vous
toujours mon témoin ?

— Toujours, mon cher Albert.

— Eh ! bien, alors, allez le trouver, et arrêtez les conditions. Il demeure hôtel de Genève, Strada Medina. Je suis logé hôtel de Rome, quai de Santa Lucia. Je vous y attendrai toute la journée. Au revoir !

— Cependant, mon cher Albert, encore faut-il que je sache de quoi il s'agit.

— Rien de plus simple. Je l'ai provoqué, il a accepté. Tout est là.

Et ce qui prouve bien qu'il sent, comme moi, que le motif de la rencontre est suffisamment grave, c'est qu'il ne m'a pas demandé plus d'explications que je ne lui en ai donné. Un regard échangé et dix paroles nous ont suffi.

— Vous vous battrez, n'est-ce pas? lui ai-je dit.

— N'en doutez pas, m'a-t-il répondu.

— Quand, et à quelles armes?

— Quand vous voudrez, et à telles armes que vous voudrez.

— Alors, c'est pour demain?

— Va pour demain.

Voilà tout le dialogue. C'est net, comme vous voyez, et cela dispense de négociations.

— Mon cher Albert, dis-je avec fermeté, je ne puis entrer, ni vous laisser entrer à l'étourdie dans une affaire aussi grave.

Entre adversaires, et en vous mesurant du regard, vous vous êtes bornés à une provocation, faite à brûle pourpoint et acceptée de même.

Les témoins ont un autre rôle et d'autres devoirs. Il faut absolument que je sois en situation de discuter non-seulement les conditions, mais les causes mêmes du duel, si, comme je n'en doute pas, elles sont mises sur le tapis.

— Je persiste à croire ces explications inutiles, car la rencontre a été acceptée sans réserve ; mais puisque vous paraissez attacher du prix aux détails, les voici :

Albert de Moraines était toujours le même, vif, souriant et enjoué ; mais l'insistance de mes questions l'avait rendu un peu fiévreux.

— J'avais su, à Paris, reprit-il, que M. de Grandfay se préparait à partir pour Naples, où la contessine Laura le précédait. Je le faisais observer de près, et je le suivis.

Arrivé ici, je sus qu'ils s'étaient déjà vus ; et j'appris hier matin, avec toute certitude, qu'il y avait un rendez-vous projeté pour l'entrée de la nuit, à Baïa.

Je m'y étais rendu de bonne heure. Je le vis arriver, seul ; et, à la nuit, une voiture aux stores baissés s'arrêta, un peu avant d'entrer dans le village, tout près de cette belle ruine bien conservée, qu'on appelle le temple de Vénus.

Deux femmes soigneusement voilées en descendirent. La première, grande, élancée, avec une démarche que je reconnaîtrais entre mille, était la contessine ; l'autre, un peu plus petite, était une camériste que je connais. Elles entrèrent immédiatement dans le temple, habituellement vide dans la journée, et toujours désert à cette heure.

Au même moment, et par l'ouverture opposée de la rotonde, un homme s'y introduisait ; c'était M. de Grandfay.

Après quelques minutes d'attente, je me dirigeai vers la porte de la ruine par laquelle les deux femmes avaient pénétré.

Dès que je touchai le seuil, la contessine, avertie par le bruit de mes pas, s'élança de l'intérieur et me barra le chemin. En me reconnaissant, elle poussa un cri.

— Monsieur de Moraines, me dit-elle avec énergie, vous n'entrerez pas malgré moi. Vous épargnerez, à moi cet outrage, à vous cette inconvenance, qui, en violant ma défense, deviendrait une lâcheté !

Au premier cri de la contessine, M. de Grandfay était arrivé d'un bond sur la porte, et s'était placé entre elle et moi.

— Monsieur, me dit-il, que voulez-vous ?

— Je voulais vous voir, monsieur, lui répondis-je.

— Eh bien ! alors vous êtes satisfait ?

— Oui, monsieur.

Je saluai la contessine, et je reculai de quelques pas en me retirant. M. de Grandfay me suivit, et, à vingt pas de la porte, la provocation fut faite, acceptée, dans les termes que je vous ai dits.

J'en avais assez vu. J'allai prendre mon cheval à l'*osteria della Regina*, et je rentrai à Naples immédiatement.

Maintenant, vous savez tout, et vous pouvez agir en conséquence.

— Comptez sur moi, mon cher Albert. Je vais me rendre auprès de M. de Grandfay, lui demander ses témoins, conférer avec eux, et tout préparer pour le ré-

sultat. Je ne puis prévoir l'heure à laquelle je vous verrai ; allez m'attendre chez vous.

La crise prévue était arrivée; il fallait la dénouer
virilement. Je me rendis *strada Medina*, où M. de Grandfay attendait les témoins de son adversaire.

Quel motif avait pu déterminer la contessine à concerter un rendez-vous secret avec M. de Grandfay au
temple de Baïa? Je ne pouvais le deviner; mais l'idée
d'un accord amoureux entre eux était, à mes yeux,
une hypothèse insensée; et je savais mieux que personne que le rendez-vous ne pouvait être finalement
pour elle.

Malheureusement, ce que je savais de science certaine,
je ne pouvais pas le dire. Le mystère, très-transparent
d'ailleurs, m'avait été révélé par le manuscrit de M. de
Grandfay; il lui appartenait donc exclusivement; et c'é-
tait à lui, à lui seul, à en faire ou à en autoriser la di-
vulgation.

Quant à moi, j'étais obligé par l'honneur à laisser
M. de Moraines dans son fatal aveuglement, et condamné
à assister, muet, à une rencontre sanglante, fondée sur
une erreur, et qu'un mot aurait immédiatement arrêtée.

Ce mot, M. de Grandfay le dirait-il? — C'est ce que
j'allais savoir en le voyant.

Il vint à moi, grave, mais affectueux, et en me tendant la main :

— Vous êtes le témoin de M. de Moraines, me dit-il?
J'en suis bien aise; et je suis sûr que ceci n'altérera,
dans aucune mesure, nos sentiments mutuels d'estime
et d'amitié.

— Non, assurément, lui répondis-je. J'étais depuis longtemps et éventuellement engagé, mais en vue d'une difficulté différente de celle-ci ; et j'ai cru ne pas devoir décliner la complication qui se présente.

Quelles sont les préoccupations, quels sont les désirs que j'apporte dans cette affaire ? vous les soupçonnez aisément.

M. de Moraines et vous, vous devez tout à la dignité et à l'honneur, et vous êtes gens qui payez vos dettes ; mais vous ne devez rien à la fantaisie, à la prévention, au malentendu. N'y a-t-il rien d'aucune de ces trois choses dans l'affaire qui m'amène ?

En lui parlant ainsi, je lui tendais son manuscrit, et j'ajoutais, en attachant mes regards sur les siens : « Nous en causerons plus tard, mais je vous remercie en attendant de l'émotion que m'ont valu les nobles sentiments qui y sont exprimés, et je vous félicite de l'écho qu'ils ont trouvé dans l'âme d'élite qui les a inspirés et justifiés. »

Je ne pouvais pas pousser plus loin, sans choquer ses intimes sentiments, l'allusion directe aux secrets que le manuscrit m'avait révélés. Il ne répondit pas à cet appel de ma pensée ; mais pour me montrer qu'il le comprenait, il prit le manuscrit avec un sourire empreint de mélancolie et me dit :

— Savez-vous où et dans quelles conditions j'ai été provoqué ?

— Oui.

— Vous voyez alors que je n'ai que deux choses à faire, me taire et me battre.

15.

— Et pas un seul mot possible, qui mette sur la voie de la vérité ?

—Pas un seul ; — puis, après un court silence, il ajouta : « Ce premier mot mènerait trop loin. »

Veuillez donc accomplir votre mission, continua-t-il. Je dois vous déclarer que je n'ai pas encore de témoin. Je ne connais qui que ce soit à Naples que je voulusse mêler à cette affaire. Le plus vulgaire respect envers la personne intéressée au débat me le défend. Une seule peut, avec convenance, être initiée, ainsi que vous, à la mesure de révélations due aux témoins ; c'est M. le chevalier de Médrane. Il est attendu aujourd'hui ou demain matin.

Je réclame donc un délai de quarante-huit heures, que les circonstances rendent impérieusement nécessaire. Je vous prie de le demander officiellement à M. de Moraines, de ma part.

Je me rendis immédiatement au quai de Santa-Lucia, où M. de Moraines m'attendait. Il convint de la justesse des observations alléguées par son adversaire pour retarder un peu la rencontre, et il accorda de bonne grâce le délai demandé.

En revenant au *largo del Castello*, j'aperçus devant l'hôtel la diligence de San-Germano qui arrivait. Le chevalier de Médrane en descendit.

— N'y a-t-il rien de nouveau ? me dit-il, aussitôt que nous fûmes entrés dans l'appartement que je lui avais retenu.

Je le mis au courant de tout, avec détail. J'appuyai particulièrement sur l'invraisemblance absolue de toute liaison intime entre la contessine et M. de Grandfay ; et je le priai de méditer sur la possibilité de mettre bien au jour cette invraisemblance, ce qui rendrait le duel sans cause et nous permettrait de l'arrêter.

— Vous avez bien raison de croire, répondit-il, qu'il n'y a, entre M. de Grandfay et la contessine, aucune liaison de cœur. Aiment-ils chacun de son côté, c'est bien possible ; qui aiment-ils ? je ne veux pas le savoir ; mais ce dont je mettrais ma main au feu, c'est qu'ils ne s'aiment pas entre eux, et que leurs entrevues n'ont pas un accord personnel pour objet.

Démontrer cette vérité, qui pour moi est absolue, ce serait, comme vous dites, rendre la rencontre impossible. Je vais tendre vers ce but, avec toute la patience et toute l'énergie possibles ; mais sans vous dissimuler que j'ai peu d'espoir de réussir.

De Moraines ne sait rien ; de Grandfay ne dira rien ; il se battra et mourra, au besoin, bouche close.

Je vais de ce pas me mettre à la disposition de M. de Grandfay, et de là j'irai faire une visite à l'amiral. En une occurrence de cette gravité, rien n'est à négliger de ce qui pourrait prévenir cette absurde et affreuse aventure. J'aurai donc, avant de rentrer, une conversation particulière avec la contessine.

A ce soir.

Je réfléchissais, l'esprit très-perplexe, sur cette situation, désespérante par ses perspectives, sans réussir à trouver une issue au cercle qui nous enveloppait, lorsque ma porte, violemment ouverte, donna passage à une femme à demi échevelée :

C'était Oliva.

— Monsieur, me dit-elle, je suis une misérable, j'ai commis le plus lâche des crimes, j'ai compromis et peut-être perdu ma marraine!

La vie m'est désormais insupportable. Je viens vous prier de m'aider à réparer le mal que j'ai fait; et si, malgré vos conseils, que je demande, et votre concours, dont je suis certaine, le mal est irréparable, je serai ce soir au fond du golfe.

Vivre dans l'ignominie et dans le remords de mon infâme action, je ne le pourrais pas, je ne le ferai pas!

— Relevez-vous, mon enfant, lui dis-je tout d'abord; mettez un peu d'ordre dans vos idées. Le mal que vous auriez fait n'est pas sans remède, puisque vous venez me demander de vous aider à le réparer.

Je connais votre cœur et votre courage; je sais à quel degré de véritable héroïsme votre dévouement à madame du Guénic a toujours été porté. Si vous vous étiez un instant départie de ce dévouement, ce ne pourrait être que par imprudence, et sans la participation de votre volonté.

Vous avez trop aimé madame l'amirale, pour ne la pas aimer encore. Voyons, qu'avez-vous donc fait? et quel est ce grand crime d'ingratitude, dont je vous sais parfaitement incapable?

Oliva pleura longtemps, avec des sanglots. Lorsqu'elle put parler, elle me fit la révélation suivante:

— J'ai cédé aux conseils de la plus indomptable jalousie; depuis la Martinique et depuis cinq ans, j'aime M. de Grandfay en désespérée.

Tant que, de son côté, il n'a aimé personne, j'ai dévoré mon chagrin et mes larmes. Il ne m'aimait pas ; il me témoignait une amitié, une bonté fraternelles, qui me déchiraient l'âme ; mais enfin, si son cœur n'était pas à moi, il n'était pas à une autre. J'attendais, abusée par cette espèce de consolation.

Depuis environ cinq mois, tout a changé. J'ai surpris, entre madame la comtesse Laura et lui, de mystérieuses intelligences. La merveilleuse beauté et le charme entraînant de cette Italienne ont fondu cette glace, que la chaleur d'aucune émotion n'avait encore entamée.

Pendant notre séjour dans le Roussillon, ils s'écrivaient ; au moment le plus grave de la maladie de ma marraine, elle se rendit à Paris ; et j'ai su, avec toute certitude, qu'ils s'étaient vus.

Dès ce jour, ma passion n'a plus eu de frein.

M. de Moraines, qui n'a jamais bien su par qui et comment les cinq lettres de ma marraine avaient été soustraites, mais qui avait appris par M. de Nolivos ma présence à Pondichéry, fit, quelque temps après la soirée de madame la comtesse Merlin, les tentatives les plus vives et les plus multipliées pour apprendre de moi ce secret.

Je l'éconduisis sans éclat, mais avec fermeté. Je ne lui pardonnais pas d'avoir voulu perdre ma marraine.

Ses instances ne cessèrent jamais complétement.

J'avais appris, par de vagues conversations tenues en ma présence, sa violente passion pour madame la comtesse Laura ; et un jour, dans un moment d'impatience et de dépit, je lui fis dire avec dédain, par une

fille de couleur de mes amies, envoyée par lui auprès
de moi, qu'au lieu de tant se tourmenter pour découvrir
ce que j'avais pu faire à Pondichéry, il ferait bien mieux
de surveiller ce que faisait madame Laura à Paris.

Ce fut pour lui un trait de lumière, et cela devint
malheureusement entre nous un trait d'union. Il avait
trouvé en moi un auxiliaire de sa jalousie, et il devint
un complice de la mienne.

J'eus la honteuse faiblesse de l'instruire peu à peu
des secrètes relations de madame la comtesse Laura et de
M. de Grandfay. C'est moi qui lui ai révélé leur accord;
c'est moi qui l'ai fait venir à Naples, où M. de Grandfay
l'avait précédé. Enfin, monsieur, après avoir appris que
madame Laura devait avoir, hier soir, à Baïa, un rendez-vous avec M. de Grandfay, c'est moi qui ai révélé le
lieu et l'heure à M. de Moraines; c'est moi qui ai jeté
l'homme que je déteste dans les intimes joies et sur l'é-
pée de l'homme que j'aime.

Je soupçonnais bien qu'il y aurait choc et duel, et il
me semblait qu'un peu de sang était bien dû à mes cinq
années de souffrances.

C'est ici que Dieu a puni mon égoïsme et ma lâcheté.
Je savais le mal que je ferais à un ingrat, mais ce que je
ne savais pas, ce que je n'aurais jamais soupçonné, c'est
que je conduisais M. de Moraines, non pas à un rendez-
vous de M. de Grandfay avec la comtesse Laura, mais à
un rendez-vous de M. de Grandfay avec ma marraine.

Et sur un mouvement soudain de ma physionomie,
dont je ne fus pas le maître, Oliva ajouta :

— Oui, monsieur, Philippe et ma marraine s'aimaient

avec un impénétrable mystère et une inexprimable passion ; c'est pour elle, c'est avec elle que le rendez-vous
avait été concerté; c'est à ses pieds que Philippe était
agenouillé, lorsque M. de Moraines s'est montré soudai-
nement sur la porte, où, fort heureusement, madame la
comtesse Laura lui a barré le chemin.

— Vous étiez-donc à Baïa, vous aussi ? lui demandai-je.

— Oh ! non, madame Laura avait ordonné à sa femme
de chambre de se préparer à l'accompagner ; et j'ai vu,
en effet, deux personnes sortir ensemble ; mais comme
je guettais leur retour avec l'attention que vous pouvez
supposer, elles ne se sont pas si bien cachées de moi,
que je n'aie reconnu ma marraine dans l'une d'elles.

« Jugez de ma surprise et de mon inquiétude !

« Elles paraissaient fort émues. Ma marraine était défaillante ; madame Laura affectait, au contraire, une per-
sistance inébranlable dans quelque résolution qu'elle
aurait prise en rentrant.

« — Il faut que ce soit ainsi, cela sera ainsi, disait-
elle. Tu n'es pour rien dans cet éclat. Il n'a vu que moi ;
mon intervention serait aussi imprudente qu'inutile.

« — Il n'a vu que toi, c'est vrai, répondait ma marraine ; mais j'y étais, et toi-même, tu n'y étais que pour
moi. Je ne puis pas répondre à ton amitié en te ren-
voyant, pour m'y soustraire, un scandale dont seule je
suis la cause.

« — Mais considère donc, Louise, ajoutait madame
Laura, que tu ne peux pas supprimer ce qui est accompli. Si, dans les quelques mots échangés à voix basse,

il y a eu provocation faite et acceptée, tu y es absolument étrangère. Pour qui donc M. de Moraines a-t-il vu
accourir M. de Grandfay? Pour moi. Devant qui l'a-t-il
vu se placer? Devant moi. Qui croit-il qu'il aime? Moi.
Il ne le désabusera pas ; tu peux être, sur ce point,
bien tranquille. Ne songe donc pas à compliquer la lutte.
Rien ne t'y appelle. Pourquoi t'y engager?

« — Pourquoi m'y engager, Laura? mais pour t'en
dégager toi-même; pour sortir du mensonge, pour confesser la vérité, pour apaiser ma conscience et Dieu, en
plaçant l'expiation à côté de la faute.

« — Mais nul ne sait mieux que moi, chère Louise, à
quel point ton âme est honnête et ta conscience sans reproche.

« Je ne t'ai encore rien dit de la raison qui, à elle toute
seule, doit t'imposer silence. Pourquoi voudrais-tu, sans
cause sérieuse, assombrir les dernières années de ton
mari? Il t'adore; il a la foi la plus absolue dans la droiture de tes sentiments et dans la pureté de ta vie. Qui
t'a dit, quelques explications qu'on pût lui donner après
un tel éclat, qu'il ne resterait pas des doutes affreux
dans son esprit? — Il en mourrait!

« Tu peux être sévère pour toi ; mais tu n'as pas le droit
de détruire son repos et d'empoisonner ses derniers jours.
On expie des torts réels ; je sais ce qu'ils pèsent ; mais
tu n'as à te reprocher que des sentiments purs, qui ne
sont autre chose que la liberté même de ton âme.

« Seule, l'apparence est contre toi; ce n'est qu'une
apparence; n'en fais pas une réalité, en l'exagérant.

« — Je le sens bien, et voilà ce qui m'accable, reprit

ma marraine; c'est la pensée de ruiner la santé chancelante de l'amiral, en lui portant le coup le plus terrible
que son âme puisse recevoir. Certes, j'ose me rendre ce
témoignage, je n'ai été qu'imprudente ; — mais il me
croira perdue ! »

— Telle a été, continua Oliva, recueillie et recousue
par lambeaux, la conversation de madame Laura et de
ma marraine, à leur retour de Baïa. A quelle résolution
suprême aura-t-elle abouti ? Je l'ignore, mais M. l'amiral est sombre ; ma marraine est alitée ; seule, madame
Laura conserve une inaltérable sérénité.

Je viens vous demander aide et conseil. Que puis-je,
que dois-je tenter, pour réparer, si peu que ce soit, le
mal que j'ai fait ? Vos relations avec madame Laura,
avec M. l'amiral, avec M. le chevalier de Médrane, vous
permettent de pénétrer dans ce que j'ignore de cette effroyable aventure, et d'y intervenir au besoin. Le désespoir me gagne ; les tentations les plus sinistres m'obsè-
dent ; ayez pitié de moi !

— Restez calme, mon enfant, lui répondis-je. Pas un
acte imprudent, pas une parole inconsidérée ; vous ajou-
teriez aux difficultés, en vous y mêlant.

Le rôle des amis de madame l'amirale est tout tracé ;
ceux qui, comme vous et moi, savent son secret, le gar-
deront inviolable au plus profond de leur âme ; ceux qui
l'ignorent ont pour elle trop de respect pour faire violence à sa dignité, en cherchant à le savoir.

Ne parlez à personne de votre présence ici ; retournez
chez votre marraine, étouffez votre chagrin, et attendez.
M. le chevalier de Médrane et moi nous agirons.

Oliva était partie depuis dix minutes à peine lorsque
le chevalier de Médrane entra.

Le chevalier avait la démarche fiévreuse, les lèvres
serrées, le regard allumé.

— La fatalité s'en mêle, me dit-il d'une voix émue ;
ce duel est insensé, je le sens, je le sais, et vous en êtes
persuadé comme moi ; mais il aura lieu ; leur attitude en
fait une nécessité.

— Vous n'avez donc rien pu obtenir, ni de la contessine, ni de Grandfay, qui donnât ouverture à une tentative d'arrangement ?

— Rien.

« La contessine, pressentie par moi, avec toute la réserve possible, ne m'a laissé aucun espoir, dès le premier
mot.

« Mon cher chevalier, m'a-t-elle dit, je ne peux ni
ne veux nier la vérité. M. de Moraines a trouvé M. de
Grandfay avec moi ; et, si provocation il y a, j'en suis
naturellement la cause.

« Que M. de Moraines se permette d'être jaloux de moi,
c'est une impertinence ; qu'il s'avise de tirer des conséquences de ma rencontre avec M. de Grandfay, c'est
un outrage. Libre à lui de se conduire, sous sa responsabilité, comme un étourdi et comme un insolent ; mais
il m'a bel et bien vue, à l'entrée de la nuit, avec M. de
Grandfay ; il n'y a pas à s'en dédire. »

« De Grandfay a pris exactement la même attitude.

« — Rien de plus simple et de moins discutable que ce
qui est arrivé, m'a-t-il dit. J'étais dans la ruine, à gauche, près de Baïa, lorsqu'un cri de surprise, poussé par

madame la cont⋯ ⋯e l'apparition subite
d'un homme s⋯ suis précipité, et j'ai
couvert madar⋯ ⋯rps. C'était **M.** de Moraines; il s'e⋯ ⋯je l'ai suivi. **A** vingt
pas de la por⋯ ⋯enu.

« Sa pro⋯ sur un accord qu'il lui
plaît de supposer en⋯ la contessine et moi, et
cet accord lui paraissant ⋯ par notre présence dans
cette ruine, je ne puis, ni ne veux, ni ne daigne le dé-
sabuser.

« S'il retire sa provocation, nous irons chacun de notre
côté. S'il la maintient, nous nous battrons.

« J'ajoute, mon cher chevalier, que je désire ne pas
le faire attendre. »

« Voilà tout ce que j'ai pu tirer de l'une et de l'autre.
Sous les apparences de la sincérité dont ils se couvrent,
ils mentent effrontément tous les deux, je le vois bien;
mais nous ne pouvons faire violence aux sentiments intimes qui les dirigent, et ils témoignent d'assez de fermeté et de dignité pour avoir le droit d'être crus sur
parole.

« Puisque le sort en est jeté, occupons-nous de la rencontre. Il faut qu'elle ait lieu demain matin.

« Connaissez-vous un bon endroit pour un duel?

— Je n'en sais qu'un, mais il est sans égal au monde.
C'est le rocher isolé qui forme la pointe du cap Misène.

— Allons le visiter, me répondit-il; le temps presse.

Nous partîmes aussitôt. En une heure et demie, la
voiture nous porta à Bacoli, et de là, en cinq minutes,
au port de Misène. Après avoir franchi le pont et dé-

passé l'église du village, un enfant s'offrit à nous guider, à travers les ruines, les villas et les vignes. Nous parvînmes ainsi, par des sentiers étroits, au sommet du promontoire, ou *in coppa*, comme disait l'enfant, en son langage napolitain.

Le plateau oblong qui couronne le rocher a la forme d'une tombe, et se présente au regard avec l'aspect d'un travail régulier fait de main d'homme. Là, dit Virgile, fut enseveli le pilote d'Enée, Misène, qui lui donna son nom.

Rien de plus formidable pour un duel de désespérés que ce champ clos, isolé de la terre ferme, couronnant une falaise à pic, au pied de laquelle moutonnent nuit et jour, avec grand bruit, des flots bleus, empanachés d'écume.

Il y a juste, dans le sens le plus long, l'espace nécessaire aux mouvements offensifs ou défensifs de deux combattants. Placés le long du bord, s'ils tombent blessés ou s'ils font un faux pas, ils peuvent aisément, d'une hauteur de deux cents pieds, plonger irrévocablement dans l'abime.

— Je n'avais pas revu le promontoire, me dit le chevalier, depuis l'époque où Gérard, pour donner un souvenir à madame de Staël, exposa, en 1819, son tableau de *Corinne au cap Misène*. Si la brise du large était, ce jour-là, aussi incommode qu'à présent, Oswald dut avoir de la peine à lui disputer son manteau, en écoutant les accords de la harpe de Corinne.

Ceci est en effet, ajouta-t-il, une arène appropriée aux passions sans mesure et sans merci des deux adversaires.

S'y bien défendre est difficile, reculer y est impossible. Épée ou pistolet, tout y impose le pied ferme. Lequel des deux ramènerons-nous ? En ramènerons-nous un ? Questions poignantes qui s'imposent et que je n'ose pas examiner.

Nous regagnâmes le village par l'étroite et récente digue jetée entre le *mare morto* et le port, à la place de l'antique pont de bois qui joignait autrefois le cap à la terre ferme. Lorsque la voiture nous eut ramenés de Misène à Bacoli, nous descendîmes pour aller voir en quel état se trouvait la villa louée par l'amiral.

Il nous paraissait nécessaire d'avoir, à une distance convenable du terrain choisi, un lieu de réunion où nous pussions, en allant, soit nous reposer, soit nous concerter, et surtout, en revenant, un lieu de repos à proximité, que tout nous faisait présager comme nécessaire, après la lutte.

Quoique meublée à moitié et hors d'état de recevoir avant une semaine la famille de l'amiral, la villa répondait néanmoins à la destination éventuelle qui nous avait préoccupés.

Rentrés à Naples vers la tombée du jour, nous nous séparâmes pour informer nos partners, prendre leur sentiment sur tout et arrêter l'heure de la rencontre.

Je fus en outre chargé, comme le plus ingambe, de courir chez les fourbisseurs, et d'y faire un choix de pistolets et d'épées convenables et acceptables.

Nous nous étions mis d'accord entre nous pour proposer de tirer les armes au sort, et de fixer le combat pour le lendemain matin, à dix heures.

Tout ayant été convenu avec les deux adversaires, nous rentrions, le chevalier et moi, à notre hôtel, à neuf heures. Il n'y avait eu un moment d'hésitation que sur les épées.

Je n'avais trouvé chez les fourbisseurs que l'épée italienne. Elle ne ressemble pas à la nôtre.

L'épée italienne est plus longue que l'épée française, de quinze à vingt centimètres. Au lieu d'être triangulaire, elle est carrée comme le fleuret, mais plus forte. Sa monture est droite, sans inclinaison à la poignée; et elle porte, perpendiculaire à la lame, un croisillon qui déborde, à droite et à gauche, d'un bon pouce, du côté extérieur de la coquille.

Lorsque l'épée est en main, l'index et le médius saisissent le croisillon des deux côtés intérieurs de la poignée, qui n'est tenue que par la paume et par trois doigts.

Faute de choix, et tout restant égal pour les deux, l'épée italienne avait été acceptée.

C'était donc fini, et j'avais le cœur gros à la pensée du lendemain. Nous jugeâmes, le chevalier et moi, qu'une démarche collective auprès de l'amiral était indispensable.

Nous étions tous deux ses hôtes et ses amis. La contessine, à l'occasion de laquelle cette malheureuse rencontre allait avoir lieu, occupait sous son toit une situation d'affection et d'estime qui, en l'absence de son mari, faisait de l'amiral comme son répondant et son protecteur naturel. Seconder à son insu et laisser s'accomplir sans lui réserver une part d'intervention quelconque un événement aussi grave, survenu à l'occasion d'une femme de ce rang et de cette situation, nous au- rait paru manquer aux égards qui lui étaient dus.

L'amiral écouta avec une émotion contenue, mais peut-être avec un sentiment de surprise moins vif que nous ne l'avions supposé, l'exposé succinct que lui fit le chevalier de Médrane; il nous remercia de notre inter- vention aussi discrète que rapide et nous déclara son in- tention formelle de donner, en cette grave circonstance, à madame la comtesse Laura un témoignage formel de son attachement et de son respect.

En conséquence, il approuva notre dessein de nous réunir, avant la rencontre, à sa villa de Bacoli. Il nous fit connaître son intention de s'y trouver, et il nous pria d'y amener les deux adversaires, auxquels il voulait ab- solument dire quelques mots avant leur rencontre au cap Misène.

A neuf heures précises, le lendemain matin, trois voi- tures arrivaient, à peu de distance l'une de l'autre, à la villa de Bacoli. Dans la première était l'amiral seul; dans la seconde, se trouvait le chevalier de Médrane avec M. de Grandfay; j'étais dans la troisième, avec Albert de Moraines.

Nous n'avions pas amené de médecin, pour ne pas ébruiter prématurément l'affaire. L'amiral s'était borné à faire prier celui dont il recevait les soins, à Baïa, de se tenir dans son cabinet vers onze heures.

L'amiral nous reçut dans le salon, debout et appuyé sur la cheminée. Le chevalier lui présenta M. de Grand- fay et je lui présentai M. de Moraines. Entrés par une

porte latérale, ils restèrent à quelque distance et en face
de lui.

— Messieurs, leur dit-il, nous sommes vous et moi
anciens officiers et je me suis autorisé de mon grade
pour vous prier de vous arrêter un instant chez moi. J'espère que vous excuserez cette fantaisie de ma barbe grise.

« Je sais où vous allez. Je ne vous demande pas vos
secrets et je ne me fais pas votre juge. Mais j'ai tenu à
dire à M. de Moraines que ceux que j'abrite sous mon
toit, je les abrite aussi sous mon épée ; et à M. de
Grandfay, que je ne permets qu'on défende mes hôtes
qu'après moi, et lorsque je suis couché par terre.

« Nous nous entendons suffisamment tous cinq, et il
n'y a rien de changé dans vos communs projets, si ce
n'est que je vais au cap Misène avec vous, et que M. de
Grandfay voudra bien me laisser prendre, en face de
M. de Moraines, le tour qui m'appartient, comme premier offensé.

« Allons, messieurs ! »

Il est plus aisé de concevoir que d'exprimer le désarroi
que cette intervention aussi ferme qu'inattendue de l'amiral jeta dans nos projets et dans nos idées. Nous demeurâmes un instant muets et irrésolus ; et M. le chevalier de Médrane, comme le plus ancien, allait prendre
la parole, lorsque des pas précipités se firent entendre
dans l'escalier. La porte latérale, poussée avec force,
s'ouvrit bruyamment ; nos regards se portèrent de ce
côté, et deux personnes parurent sur le seuil.

La première, haletante, la toilette en désordre, était
madame du Guénic.

La seconde personne, homme d'environ trente-cinq ans, de belle et de noble figure, était le comte Gino.

L'amirale, en entrant avec précipitation, nous avait tous quatre en face d'elle, MM. de Grandfay, de Moraines, de Médrane et moi. Sans regarder ailleurs, sans réfléchir, elle nous jeta les paroles suivantes d'une voix altérée :

— Messieurs, ce duel est impossible. Fondé sur une erreur de personne, il serait horrible ; et le sang versé retomberait sur moi, si j'avais la lâcheté de le laisser s'accomplir.

« Cette erreur, que mon amie a accréditée par sa générosité, et M. de Grandfay par son courage, je dois, je veux, je viens la dissiper. Le rendez-vous à Baïa n'avait pas été donné par Laura ; il avait été accordé par moi. C'est pour moi qu'il a eu lieu ; mon amie n'a fait que m'y accompagner. »

Et faisant deux pas vers notre groupe, elle ajouta, le cou tendu et les lèvres crispées :

— Le croirez-vous, monsieur de Moraines, lorsque je viens, au prix de mon honneur, vous en faire la déclaration publique ?

Cette attitude et ce langage nous remplirent d'une soudaine épouvante. Il était évident que l'amirale, emportée par la véhémence de sa résolution, ne s'était pas donné le temps de bien regarder devant qui elle parlait. En nous voyant consternés et muets, elle s'arrêta ; et, comme nos regards s'étaient tournés avec angoisse vers la cheminée, elle en suivit instinctivement la direction

16

et aperçut son mari qui l'écoutait, debout et immobile.

Elle parut osciller sur elle-même, poussa un grand cri et tomba agenouillée devant lui.

Au milieu d'un profond silence, interrompu par ses sanglots, madame du Guénic, la tête inclinée et les mains jointes, prononça les paroles suivantes :

— Amiral, je viens d'imprimer une tache publique à vos cheveux blancs ; mais, au malheur d'avoir commis une imprudence, je n'ai pas voulu ajouter celui de laisser commettre un meurtre. Par un égoïste et coupable silence, je n'ai pas voulu racheter une faute personnelle au prix du sang d'un homme et du déshonneur d'une femme, se sacrifiant pour moi l'un et l'autre, et tous les deux innocents.

« Je m'humilie à vos pieds pour une offense d'autant plus grave, qu'il n'y en eut jamais de plus imméritée, et que nulle part une femme n'infligea un tel chagrin à un homme plus digne que vous de son affection et de son respect.

« Si grande que soit la générosité de votre âme, je doute qu'elle égale mon ingratitude et mon désespoir.

« Je n'ai d'autre refuge que la miséricorde de Dieu, et je vous supplie de me permettre d'aller lui consacrer le resté de ma vie dans quelque sanctuaire ignoré du monde, où mon âme, dans un abîme de repentir, n'aura d'autre pensée que d'obtenir son pardon et de mériter le vôtre. »

Comme elle achevait ces paroles, l'amiral, ayant sur ses lèvres un sourire triste et doux, lui tendit la main et lui dit :

— Louise, relevez-vous ; vous n'avez besoin du pardon de personne.

Puis, il l'attira affectueusement vers lui ; et, pendant que la pauvre femme, la tête inclinée et appuyée sur son épaule, pleurait amèrement, l'amiral continua :

— Est-ce que vous croyez que j'ignorais le rendez-vous de Baïa ? est-ce que vous croyez que je ne savais pas que vous viendriez ici ? depuis que vous m'avez donné le droit de descendre dans votre âme, Dieu n'en a pas suivi les mouvements secrets plus sûrement que moi.

« Vous avez toujours été libre de vos actions, parce que j'étais sûr de la droiture de vos pensées.

« Restez donc auprès de moi, où mon affection et ma confiance ne vous ont jamais fait défaut, et reprenez la garde du foyer, où mon honneur ne saurait être confié à des mains plus pures.

« Louise, les femmes comme vous ont le droit de marcher la tête haute, et je ne vois pas pourquoi vous pourriez raisonnablement vous accuser, lorsque je vous absous.

« Messieurs, continua l'amiral en s'adressant à nous, je crois que maintenant les épées peuvent correctement rentrer au fourreau ; et, si M. de Moraines me faisait l'honneur de m'accepter pour juge en matière de dignité, je lui donnerais le conseil de reconnaître galamment qu'il s'était trompé.

— C'est vrai, amiral ; je le reconnais de grand cœur, et j'espère que mon camarade de Grandfay acceptera les regrets que je lui exprime.

En disant cela, M. de Moraines tendit la main à M. de Grandfay, qui l'accueillit par une étreinte cordiale.

— Mon avis, dit alors le chevalier de Médrane, est que nous n'avons plus qu'à nous en aller.

Comme nous nous inclinions tous, en signe d'assentiment, le comte Gino, qui était resté immobile à sa place, s'avança au milieu du salon et nous dit :

— Je crois, messieurs, qu'il y a parmi vous une personne qui pourrait bien avoir quelque affaire à régler avec moi.

— C'est moi, monsieur le comte, répondit M. de Moraines en s'avançant, et je suis absolument à vos ordres.

— Tout beau, messieurs, dit M. de Médrane. Ce qui vient de se passer prouve que, même entre personnes de sens et de cœur, des rencontres s'organisent quelquefois à la légère.

« Nous tous, qui sommes ici présents, nous reconnaissons que, par leur nature, certaines affaires relèvent exclusivement de l'épée. Telle peut être celle à laquelle M. le comte Gino a fait allusion ; et, si cela est, nul ne pourrait songer à la porter devant une juridiction différente.

« M. le comte Gino a parmi nous plus d'un ami ; et il n'y trouverait personne indifférent aux choses de l'honneur. S'il voulait bien nous faire la grâce d'accueillir notre sentiment, nous le prierions d'ajourner un peu le règlement de l'affaire dont s'agit.

« Je vais m'établir, près de Rome, au pied des pentes de la Sabine. L'amiral, qui se trouve mal à Naples, et ces messieurs, qui se trouvent bien partout, me feront l'honneur d'accepter, au moins pour quelques jours, mon hospitalité. M. le comte Gino, qui m'a donné si souvent celle de son palais, ne dédaignera pas celle de ma masure.

« Là, nous serions plus reposés et plus calmes. A nous tous, et sans exclure madame l'amirale, nous formerions un jury dont nul autre ne dépasserait l'équité et la délicatesse.

« Monsieur le comte, accepteriez-vous sa décision ?

— Sans hésiter, monsieur le chevalier.

— Eh ! bien, je vous y convie. Et vous, madame l'amirale, me ferez-vous l'honneur d'y assister aussi ?

— A une condition, mon cher chevalier, répondit l'amirale, remise de son trouble et s'appuyant sur le bras de son mari.

— Et laquelle, madame ?

— C'est à la condition qu'en nous réunissant, vous tiendrez la promesse que vous nous avez déjà faite, à mon amie et à moi, de nous révéler enfin le secret de votre vie ; ce secret si bien gardé, énigme mystérieuse qui doit avoir son mot en Italie, où vous venez en pèlerinage depuis cinquante ans, et qui a imprimé un tel sceau à votre caractère, que vous êtes pour tous le type de la droiture et de l'honneur.

— Vous ajoutez beaucoup au prix de mon secret, madame, puisqu'il vous inspire de si bienveillantes paroles. Eh ! bien, puisque vous désirez le connaitre, je vous le dirai ; mais, en attendant, je ne veux pas vous faire deux réflexions, qui me viennent à l'instant même :

La première, c'est que, désirant connaitre mon secret,

16.

vous avez prudemment fait de ne pas l'attendre plus longtemps, car je sens qu'il ne tardera pas à être scellé dans ma tombe ;

La seconde, c'est que jamais secret de cette nature n'aura été versé dans des cœurs plus amis, et mieux préparés à le recevoir.

Et comme nous nous étions récriés sur ses pressentiments sinistres, il ajouta, en se parlant à lui-même :

— Il y a quarante-trois ans qu'elle m'appelle ; je suis parti bien souvent ; mais cette fois-ci, je sens que j'y vais.

X

LE SECRET DÉVOILÉ

Bien qu'il me sût fort éloigné de la connaissance familière et pratique qu'il avait acquise de l'Italie, le chevalier de Médrane me pria de l'aider dans le choix de ce qu'il appelait, en souriant, sa dernière guérite.

— Depuis un demi-siècle, me dit-il, mon esprit a toujours hanté ce pays. Il porte de tous côtés la trace de mes pas. Aujourd'hui, la lassitude me gagne ; et je sens le moment de m'y arrêter et de m'y reposer.

Néanmoins, toute contrée n'y est pas bonne à mes desseins. Je veux retourner aux lieux où le grand souvenir de ma vie m'appelle.

Trouvez-moi donc, sur la rive gauche du Tibre, entre l'embouchure du *Teverone* et celle du *Fiume di Farfa*, quelque villa assise sur les dernières pentes de la Sabine, près de Corrèse, et d'où le regard, dominant à droite et à gauche, embrasse à la fois, sur les deux rives, les hauteurs de Monte-Libretti et celles de Fiano.

Voilà mon programme; j'en confie l'exécution à votre amitié.

— Il sera ponctuellement exécuté, monsieur le chevalier, grâce au concours de deux collaborateurs que je vais me donner.

Il y avait alors à Rome deux Français qui, par leur infatigable obligeance, étaient la providence de leurs compatriotes en quête de renseignements sur la ville ou sur ses environs.

Le premier était l'aimable et bon Merle, libraire, au coin du Corso et de la place Colonne, en tirant vers le palais de Venise.

Le second était le jovial et spirituel Bérard, ci-devant journaliste, alors médecin, occupant une partie du beau palais Bernini, rue *delle Mercede*, en face de la charmante église dédiée à Saint-Andrea *delle Fratte*, où M. Ratisbonne vit la sainte Vierge, ainsi que le constate le tableau où est peint l'événement.

Depuis longtemps établi à Rome, aimé, considéré, M. Merle voyait sa boutique habituellement fréquentée par les membres de la prélature, ainsi que par les jeunes lettrés capables de mettre un sonnet sur ses pieds, et qui, pour les Romains, insatiables de littérature, portaient légitimement le titre de poëtes.

M. Bérard était un Parisien, royaliste et catholique ardent; il s'était fait journaliste après la révolution de 1830, et avait publié, sous le titre de *Cancans*, une série de pamphlets ultra-vifs contre la branche cadette.

Forcé de s'exiler, pour se dérober à la prison, il s'était retiré à Naples, ensuite à Rome, et avait pris un diplôme de docteur en médecine. Qu'il fût un grand docteur, je n'en jurerais pas ; mais il avait tant d'esprit, qu'il devait s'en glisser, même à son insu, dans ses remèdes.

Je tins conseil avec mes deux collaborateurs, pour chercher la guérite où le chevalier de Médrane voulait monter sa dernière garde. Merle proposait une excursion aux ruines de Véies, en poussant, s'il le fallait, vers Baccano. Bérard préférait la rive gauche, les environs de Monte-Rotondo, de Castel Chiodato ou de Palombara. Je résolus de tout voir ; et nous préparâmes deux expéditions, comme on doit les faire dans la campagne de Rome, c'est-à-dire approvisionnés et armés jusqu'aux dents.

Il y a en effet trois choses qu'il ne faut jamais oublier, lorsqu'on pénètre dans la solitude de la campagne de Rome : une boussole, des provisions et un fusil.

La boussole est indispensable pour s'orienter. Lorsqu'on a franchi trois ou quatre plis de terrain sur ce sol ondulé, on ne voit plus devant soi rien qui vous guide, ni un clocher, ni un village, ni une maison, ni un arbre. Des pâturages sans fin, dans un horizon sans limites. Perdu dans ce désert, on n'a que la boussole pour marcher vers son but, ou pour revenir sur ses pas.

La logique, qui s'impose en toutes choses, a fait construire de loin en loin, le long des antiques voies consulaires, des auberges isolées, six mois sans aubergiste, mais toujours ouvertes, où les passants peuvent s'abriter, de jour comme de nuit, contre le soleil ou contre l'orage. L'*osteria* appartient à quelque prince ou à quelque marquis, qui l'a fait bâtir sur ses terres, et dont les armes, peintes sur un panneau, sont fixées au-dessus de la porte d'entrée.

Quelquefois, à côté de l'*osteria*, a été construit un petit bâtiment quadrangulaire, sans fenêtre, et dont la porte ne s'ouvre que le dimanche matin, au point du jour. C'est une chapelle, où un moine, descendu sur une mule du couvent qui domine la colline, vient, suivi d'un acolyte, dire la messe aux paysans accourus on ne sait d'où.

Le danger de la campagne de Rome ne consiste pas seulement dans la rencontre fortuite de rôdeurs, qui l'écument; il est encore et surtout dans l'approche inopinée et subite d'immenses troupeaux de buffles noirs ou de grands bœufs gris, élevés et vivant à l'état sauvage dans cette solitude.

Les buffles, groupés de préférence autour des marais, s'y plongent entièrement pendant la chaleur du jour, ne tenant hors de l'eau que leurs têtes aux cornes fuyantes, lesquelles représentent assez fidèlement, au regard du chasseur qui passe, un vol de macreuses gigantesques, abattues dans les roseaux.

Les bœufs, tous d'un pelage gris, aux cornes immenses, circulairement redressées, et de ce type au fanon puissant, représenté par le taureau de Clésinger, paissent sans gardien dans les dépressions de la campagne.

Lorsque, en grimpant au sommet d'un léger coteau,

on les surprend tout à coup paissant ou ruminant dans l'étroite vallée, ils partent tous ensemble, en poussant un reniflement formidable ; et, d'un pas cadencé qui ébranle la terre, ils vont couronner le coteau d'en face. Là, ils font tête, le museau en l'air, festonnant le ciel avec l'arcature de leurs cornes, et tout prêts, si on les brave, à opérer un retour offensif, qu'il est toujours prudent, mais pas toujours facile d'éviter.

C'est à travers ce désert, jalonné de quelques rares fermes, portant le nom de *casale*, que je fis avec Bérard une pénible et énorme excursion, sur la rive droite du Tibre, jusqu'au-dessus de Civitella San Paolo. Puis, ayant passé le fleuve vers la Palombara de Nazzano, nous nous rabattîmes sur l'osteria de Ponte Sfondato, où, après avoir considéré la figure de l'aubergiste et celles de sa famille, nous jugeâmes prudent de déjeuner les pistolets sur la table et le fusil armé entre nos jambes.

Nous n'avions rien trouvé qui pût répondre convenablement au vœu du chevalier de Médrane.

De Ponte Sfondato, sur le *fiume di Farfa,* nous redescendîmes, toujours en chassant, le long de l'antique voie *Salaria,* nous dirigeant vers l'osteria de *Passo di Correse,* bien connue de Bérard, braconnier infatigable, et n'ignorant, dans la campagne de Rome, ni la remise d'une caille, ni la tanière d'un renard.

Nous arrivâmes à l'entrée de la nuit, ayant prudemment renouvelé nos provisions, et discutant sur la question de savoir si nous trouverions l'*osteria* avec ou sans l'*oste.*

Deux hypothèses se présentaient ; l'*oste* pouvait être simplement absent de l'auberge, ou être aux galères.

Comme toutes les autres auberges de la campagne de Rome, l'osteria de *passo di Correse* reste perpétuellement ouverte.

Y entre, s'y repose, y passe la nuit qui veut. Les grandes chambres vides, sans meubles, sont à la disposition des voyageurs, qui y déposent ou qui y prennent des légions d'hôtes invisibles, mais dont la présence se révèle immédiatement avec une dévorante activité.

Lorsque les chaleurs de l'été arrivent avec les fièvres, l'aubergiste cède la place, et se retire sur la montagne.

D'un autre côté, cette population des montagnes, habituée à jouer du couteau, est plus qu'aucune autre sujette aux aventures violentes. L'*oste* pouvait donc avoir eu quelque démêlé avec la justice ; et Bérard m'assurait que le même faisait rarement trois saisons.

Nos craintes furent vaines ; l'aubergiste était à sa porte : il reconnut Bérard, et nous accueillit joyeusement.

Nous étions à l'embouchure du *Fosso di Correse*, qui se jette dans le Tibre. Cette charmante petite rivière, aux eaux transparentes, au cours rapide, contourne le massif de collines au sommet desquelles se trouve le joli village de Correse, bâti sur l'emplacement de Cures, capitale antique des Sabins et patrie de Numa.

Cette partie de la Sabine, sillonnée de vals nombreux, arrosée de ruisseaux limpides, et dominant de deux cents mètres le niveau du Tibre et de Rome, doit à cette altitude une population vigoureuse et active, attirée par la salubrité du climat et par la fécondité du sol.

A gauche vers Correse, à droite vers Monte Libretti, les pentes des collines sont égayées par de jolies maisons entourées de cultures. Nous en trouvâmes une, plus spacieuse, plus commode, plus ombragée que les autres, au pied du Monte Maggiore, bordée de prairies qu'arrose le *Fosso delle Rosie*. Un de ces brocanteurs de récoltes, propres à la ville de Rome, et qu'on appelle *marchands de campagne*, l'administrait pour un marquis romain. Il nous la loua.

La guérite était donc trouvée. Restait à y amener la sentinelle. J'écrivis au chevalier de Médrane, qui approuva sans voir, et qui approuva bien mieux encore après avoir vu.

C'est vers le milieu du mois de septembre, pendant ces vacances traditionnelles que tout Romain observe, le pape à Castel Gandolfo, les seigneurs dans leurs villas, les bourgeois dans leurs *vignes*, que le chevalier de Médrane vint s'établir à *Monte Maggiore*, à deux kilomètres de *Passo di Correse*.

Il paraissait de son corps plus fatigué et affaissé que jamais. Seul, le regard conservait sa jeunesse, le caractère sa sérénité, l'âme son énergie. On eût même dit qu'il avait amassé et tenu en réserve toutes les forces de sa volonté, pour l'accomplissement de quelque acte suprême, destiné à clore sa vie et à couronner sa mémoire.

Ses confidences, faites à demi-mot, me le montraient préoccupé des révélations promises au cap Misène, et peut-être plus encore d'une solution à donner au différend du comte Gino et de M. de Moraines, et qui fût de

17

nature à satisfaire à la fois l'opinion du monde et leur propre dignité.

J'écrivis aux amis que la villa de *Monte-Maggiore* était prête, et que le chevalier de Médrane les attendait.

Je fis aussi un arrangement avec l'*oste* de *Passo di Correse*, qui mit l'auberge à ma disposition exclusive pendant une semaine, pour les voitures, les chevaux et la suite, comme aussi pour les invités qui ne pourraient pas être logés à la villa.

Le rendez-vous fut fixé à la veille du dernier dimanche de septembre ; et les lettres portaient le post-scriptum suivant, de la main du chevalier :

« Vous êtes priés de ne pas manquer à ce rendez-vous ; mes quatre-vingt-douze ans, sonnés d'hier, ne me permettant pas d'en indiquer un second. »

En attendant, je dus, aidé de Bérard, procéder à un nettoyage énergique de l'osteria. L'opération dura trois jours. Dix *facchini* versèrent dans la maison les eaux du Rio de Correse, à l'imitation d'Hercule, qui avait lancé les flots de l'Alphée dans les étables d'Augias.

Enfin, le grand jour se leva, et les hôtes arrivèrent.

Ce furent d'abord madame du Guénic et la contessine, arrivant seules, et ayant laissé, pour trois jours, aux bains de Vicarello, l'amiral trop souffrant pour les accompagner. Elles étaient naturellement suivies d'Oliva, de Beppa et de Marciole.

Presque en même temps apparurent de Grandfay et de Moraines, complétement réconciliés, et qui, par discrétion, s'établirent à l'osteria.

On n'attendait plus que le comte Gino, qui était à

Rome, et qui se fit annoncer pour le dimanche matin.

L'après-midi fut une de ces splendides soirées de l'Italie méridionale, où le ciel conserve inaltérable cet azur cru et violent, qui n'a de rival, en Europe, que le bleu profond de la Méditerranée. Les grands pins laricia déployaient sur ce ciel l'immense envergure de leur rond parasol, et autour d'eux se détachaient, sans les atteindre, les chênes verts couverts de glands, et les caroubiers aux longues siliques tordues.

M. de Grandfay et M. de Moraines, étant venus faire une visite au chevalier, demandèrent la permission de saluer les dames. On se réunit sur la terrasse, dominant les prairies, et d'où le regard embrassait, avec les pentes de la Sabine inclinées vers le Tibre, les crêtes qui dominaient Monte-Libretti, Corrèse et Nérola.

Le chevalier, qui semblait familier avec ces contrées, nommait les églises, les couvents, les tours en ruine, ponctuant l'horizon comme des virgules gigantesques. Il désignait les coteaux divers et nombreux appelés du nom de *Palombara*, appellation populaire, commune aux dialectes des Pyrénées, où les *palomières* et les *pantières* indiquent les cols abaissés, traditionnellement franchis par les palombes ou ramiers voyageurs, venant s'engouffrer eux-mêmes dans les immenses filets qui les attendent.

Il marqua d'une attention et d'une notice particulières un couvent de Frères Mineurs, placé près de la Palombara de Corrèse ; et, plus haut, à droite, vers Santa-Croce, un monastère de femmes de l'ordre des Carmélites, petit groupe de saintes femmes, vêtues de blanc, et vouées à la vie contemplative, essaim jadis envolé de la maison réformée par sainte Thérèse d'Avila.

Il caressa longtemps du regard le petit donjon du monastère, émergeant à peine au-dessus des collines, et nous dit qu'il nous en reparlerait le lendemain.

Puis, revenant au couvent des Frères Mineurs, il ajouta que de là partirait, le lendemain matin, à la pointe du jour, le moine venant célébrer la messe à la petite chapelle bâtie près de l'osteria de Corrèse. « J'ai, dit-il, une dévotion spéciale à cette chapelle ; vous en saurez la cause, et je serais heureux qu'il vous convînt à tous de m'y accompagner. »

Les dames se hâtèrent d'adhérer ; les hommes s'inclinèrent ; et il fut convenu qu'après la messe, on viendrait tous ensemble déjeuner à la villa, où, sous les grands pins de la terrasse, le chevalier de Médrane accomplirait la promesse qu'il avait faite au cap Misène.

Un grand applaudissement suivit ces paroles, et de Moraines et de Grandfay prirent congé et rentrèrent à l'osteria, la nuit étant déjà venue.

Je les accompagnai, éclairé par une vive lueur dont l'éclat m'étonna, la lune n'étant pas encore levée. C'était Vénus, connue à Paris des astronomes seulement, mais à ce point resplendissante dans le ciel pur de Rome, qu'elle suffit à éclairer les voyageurs, dont elle projette sur les chemins les ombres allongées.

Le lendemain, dimanche, les premières lueurs du jour se dessinaient à peine au sommet du Santo-Oreste, et les feux de Vénus, inclinée à l'ouest, lançaient des gerbes horizontales sur les crêtes des monts de la Sabine et de l'Ombrie, lorsque nous descendîmes vers la chapelle. La distance était courte, la route unie. Nous marchions à pied.

Devant nous babillaient les trois jeunes filles.

Oliva, accoutumée aux matinées des Antilles, où le soleil sort subitement et tout entier de la mer, comme une lampe allumée projette sa lumière sans transition, se raillait de la somnolence du jour italien, qui semblait se frotter les yeux avant de luire. Marciole, au contraire, admirait ce crépuscule, absolument semblable à ceux de Bémale et de la Vallongue. Quant à Beppa, séparée par le Tibre de cette terre de Toscane, sa patrie, elle prêtait l'oreille aux premiers accents d'une *pecoraïa*, improvisatrice comme elle, et qui réveillait ses chevreaux en saluant l'aurore.

En arrivant devant la chapelle, située, comme l'osteria, au confluent du Rio de Corrèse, et le long de l'antique voie Salaria, nous trouvâmes tout l'espace libre devant l'auberge et sur la route, occupé par des charrettes dont les bœufs et les buffles avaient été dételés. Parties pendant la nuit des villages divers de la montagne, elles se dirigeaient presque toutes vers Rome, où elles apportaient des provisions.

Les paysans qui les conduisaient, aux guêtres de cuir fauve, à la ceinture rouge, au chapeau vert et pointu, portant sur la poitrine le scapulaire bénit, se dessinant en noir par l'entre-bâillement de la chemise, se tenaient debout l'aiguillon à la main, auprès de leur attelage, et attendaient la messe, avant de poursuivre leur route. Couchés sur le gazon, à côté des charrettes, les grands

bœufs gris et les buffles aux longs poils hérissés, rumi-
naient en silence, et laissaient tomber sur le sol de longs
filets d'écume blanche, de leurs puissants et larges mu-
seaux.

Tout d'un coup, un mouvement se dessina dans la
foule. On venait d'apercevoir deux mules montées, qui
achevaient de descendre la montagne. C'étaient le moine
qui venait célébrer la messe, et l'acolyte qui devait la
servir. Les paysans les avaient reconnus.

La première mule portait le moine seul ; la seconde,
chargée de deux caisses minces pendant le long de ses
flancs, portait l'acolyte. On s'écarta respectueusement
lorsqu'ils s'approchèrent. Le servant, qui était un jeune
garçon, ouvrit les caisses, en retira les ornements et le
calice. Le moine s'habilla devant nous, dans la chapelle,
et la messe commença.

Il n'y avait pas encore assez de jour pour que le moine
pût lire le rituel. L'acolyte avait allumé un peloton de ces
minces bougies roulées, qu'on appelle vulgairement *un
rat*, et, debout sur l'autel, à côté de l'officiant, il éclai-
rait sa lecture. Le public faisait les répons.

Nous étions un très-grand nombre à genoux, sur le
gazon ; cinq ou six, les dames, le chevalier de Médrane,
les jeunes filles étaient dans la chapelle, et la remplis-
saient. Je me trouvais sur le seuil.

Lorsque le moine éleva au-dessus de sa tête l'hostie
consacrée, le premier rayon du soleil levant, arrivé par-
dessus le Tibre, vint la frapper, et en fit éclater la mate
blancheur. Le plus profond silence régnait dans cette
multitude de bouviers et de pâtres, dont le front touchait

la terre ; et, dominant le tintement argentin de la clo-
chette agitée par l'acolyte, se faisaient entendre distinctement autour de nous, comme une note plus ferme et
plus mâle, la sourde cadence produite par la rumination
des buffles, et les énergiques ressauts des eaux du Rio
de Corrèse, luttant contre les galets détachés de la montagne.

Ce demi-jour, ces fronts inclinés, cette nature qui cé-
lébrait Dieu par le bruit, lorsque les hommes l'honoraient
par le silence ; ce pauvre moine, priant dans cette pauvre chapelle, et renouvelant, devant d'autres pâtres et
d'autres animaux, la scène de l'étable de Béthléem ; tout
ce spectacle nous saisit avec une indicible puissance ; et,
pour moi, aucune autre messe, entendue dans ma vie,
si j'excepte celle que, seul dans la basilique et devant le
maître-autel de Saint-Jean-de-Latran, je fis dire un jour
pour l'âme de mon père et de ma mère, ne m'a jamais
remué le cœur à l'égal de celle-là.

La messe finie, nous nous levâmes tous. L'acolyte re-
plaça le calice et les ornements dans leurs caisses, ferma
la chapelle, et suivit le moine revenant à la montagne.

Pendant que les bouviers poussaient leurs attelages
vers Rome, le comte Gino, arrivé pendant la messe,
vint saluer le chevalier et les dames. Il était avec un cavalier de haute mine, conduisant une dame voilée, et
se dirigeant vers Venise, par Rimini et Bologne. L'encombrement de la voie *Salaria* les avait arrêtés un instant. Le cavalier était lord Howden, connu de tous les
hommes distingués de l'Europe, ainsi que du chevalier
de Médrane, auquel il rendit des devoirs empressés.

Pris de court, et comme devancé par le comte Gino, il dut, avec un embarras dont je comprenais seul la cause, présenter la dame voilée, dans laquelle je reconnus aussitôt madame de la Pl..., et dont le visage, mis à découvert, fit pousser un cri à Albert de Moraines. La jeune Andalouse couvrit tout à fait, par sa dignité et par sa grâce, l'irrégularité de sa société avec le colonel ; et le chevalier, trop courtois pour se montrer rigoriste envers le noble lord, les invita tous deux à venir déjeuner à la villa, ce qu'ils acceptèrent.

Le déjeuner fut court ; l'attitude du chevalier de Médrane, silencieux et visiblement préoccupé, réagissait sur les convives. Placé à côté de madame de la Pl..., je lui expliquai la cause de cette disposition générale des esprits. L'idée de se trouver admise, par le hasard d'une rencontre, au récit de la vie mystérieuse du chevalier, la remplit de joie. Elle me parla de *Danaë*, pour laquelle, dans sa loge de l'Opéra, elle m'avait servi de modèle ; et elle m'engagea, si le sujet s'y prêtait, à lui donner un pendant avec le secret du chevalier.

Enfin, on se leva, et l'on passa sur la terrasse, à l'ombre des grands pins. L'altitude où se trouvait la villa maintenait l'air ambiant, surtout à cette saison, dans un milieu de température modérée.

Un cercle étroit nous réunit près du fauteuil du chevalier. L'amirale, la contessine et la jeune Andalouse étaient à ses deux côtés ; et, tout à fait devant nous, Oliva, Beppa et Marciole formaient un groupe assis sur le gazon.

Le chevalier de Médrane était pâle et ému ; il hésitait à prendre la parole ; mais le silence dont il était environné, et l'attente respectueuse dont il se sentait l'objet, pesèrent sur son irrésolution.

Il nous couvrit tous d'un long regard voilé, et il s'exprima en ces termes :

— Vous désirez connaître ce que vous appelez le secret de ma vie, je cède au vœu de votre affection.

« Il faut pour vous le révéler, que je soulève la pierre d'une tombe scellée depuis quarante-trois ans ; il faut surtout, pour que je me résolve à laisser pénétrer le jour sur d'intimes sentiments, rattachés à une auguste et chère mémoire, que j'attende de cette lumière l'applaudissement de ceux que guident la délicatesse et l'honneur.

« Ce que j'ai à vous raconter se réduit à l'histoire d'un serment, échangé sur les marches d'un trône, et n'échappant aux conditions des engagements ordinaires, que pour avoir indissolublement lié deux âmes, encore moins dans le rayonnement de la majesté royale, que dans les angoisses de l'exil, et par delà les adieux de la mort.

« Je dois à cet immuable sentiment la paix et la droiture de ma vie.

« L'ange de l'Écriture qui lutta, toute une nuit, avec Jacob, avait paralysé, par son contact, une partie de son énergie physique. L'ange sous le regard duquel mon front s'est incliné et mon cœur s'est fondu, a été la source de ma vie morale, et le foyer où se retrempait, dans ses luttes, ma volonté meurtrie ou irrésolue.

« Comme Dante, guidé par Béatrix, j'ai parcouru, en la suivant, les cercles de la spirale éthérée où planent,

17.

au-dessus des déceptions, la pensée sans troubles et l'amour sans remords.

« J'ai appris d'elle qu'un seul sentiment suffit à nourrir les méditations de la vie la plus longue, comme un seul éclair suffit à illuminer les ténèbres de la plus profonde nuit; et qu'une affection unique, pieusement gardée, est de toutes la plus douce et la plus forte, en ce qu'elle acquiert, par sa durée, la mesure d'éternité qui peut se trouver dans les choses humaines.

« J'ai longtemps hésité à lever le voile de ce sanctuaire, où deux existences s'unirent dans la vie et dans la mort. Ce secret, connu de Dieu seul, repose depuis soixante-douze ans dans ma poitrine. Un seul d'entre vous a été amené à connaître, non pas sa nature, mais seulement son existence.

« Deux choses le font monter aujourd'hui de mon cœur à mes lèvres, avant qu'elles se ferment pour jamais. Je mêlerai un dernier souvenir de sa pureté et de sa grâce au dernier bruit de son nom; et j'allumerai devant vos yeux un phare d'honneur, dont les clartés guideront vos pas dans la vie.

« Suivez-le sans hésiter, âmes que pousse aux extrêmes de la passion l'ardeur aveugle et inexpérimentée des jeunes années; suivez-le, cœurs atteints et donnés pour jamais, mais trop haut placés par votre respect mutuel, pour gâter le bonheur dont vous êtes dignes en cherchant des joies passagères, qui seraient dérobées au devoir; suivez-le, esprits aigris, même par des griefs légitimes, et dominez, domptez les révoltes de votre nature, au spectacle de celle qui, pouvant tout, le mal comme le bien, sut régner avec sérénité sur ses ressentiments comme sur ses affections. »

La parole du chevalier de Médrane était grave et dominée par une invincible émotion ; il se tut un instant, comme pour se rendre plus maître de lui-même, et puis il reprit ainsi :

— Ceux qui ont vu, au musée de Versailles, une Diane chasseresse peinte par Nattier, en 1748, à demi couchée sur un rocher, tenant de la main droite des flèches posées par terre, de la main gauche un arc, la poitrine à moitié découverte, ayant les pieds nus dans des sandales, et adorablement jolie ; — savent ce qu'était, à quinze ans, madame Victoire, fille de Louis XV, sortant de l'abbaye de Fontevrault, et faisant sa première apparition à la cour.

« Telle je la vis encore, en août 1761, avec ses grands yeux noirs, ses merveilleuses épaules, son teint ardent de belle et brune fille, au château des Cascades, près de Lunéville, où le roi Stanislas, son grand-père, la reçut et la fêta, avec madame Adélaïde, sa sœur, pendant un voyage à Plombières.

« J'étais de la fête : j'avais onze ans.

« On avait formé un ballet de jeunes filles, costumées en matelots, qui, une rame dorée à la main, descendirent d'un vaisseau hollandais, mouillé derrière un massif de roses, dans les bassins du parc.

« Je commandais comme officier. Je me vois encore, vêtu, ainsi que les jeunes filles, en corset de taffetas citron, couvert d'un réseau d'argent ; des manches en Amadis, garnies de blonde, et le jupon de mousseline, avec des falbalas. Je portais un petit chapeau, de la couleur du corsage, enjolivé de rubans ; et une fraise, agrémentée de bleu, me servait de collerette.

« Quand nous eûmes dansé notre ballet, madame Victoire exprima le désir d'embrasser l'un de nous. Sans que cette invitation me fût personnelle, je m'avançai avec la hardiesse d'un page ; et, après l'avoir embrassée sur les deux joues, je la saluai de ma rame, et me replaçai à la tête de mes matelots.

« Cette action, décemment, mais résolûment accomplie, l'étonna. Elle se retourna, en riant, vers le roi, son grand-père, qui se pencha vers elle, et lui parla bas à l'oreille. A l'expression étonnée de son visage, je vis que j'avais été trahi.

Avec un sérieux visiblement affecté et qu'elle avait peine à garder, elle me fit signe de l'éventail de m'approcher d'elle.

« — Monsieur le chevalier, me dit-elle, vous avez des dispositions précoces aux usurpations de rôle et de fonctions. Toutefois, je suppose qu'elles peuvent être mieux utilisées, et que vous porteriez l'épée aussi vaillamment que la rame.

« Vous m'avez gravement offensée ; je vous donne, pour vous repentir, jusqu'au jour où vous endosserez l'habit de garde ou de mousquetaire. Vous me serez présenté par ma dame d'honneur ; je me serai fait rendre compte de votre conduite, et je verrai si nous êtes digne de votre pardon. »

« Rouge, confus, mais étouffant de bonheur, je m'inclinai sous le regard souverain de la princesse ; à la tête de mes douze matelots, choisis parmi les plus jolies filles de Nancy, je défilai devant la cour, et nous remontâmes sur notre vaisseau, qui resta à l'ancre derrière sa touffe de roses.

« Cet incident domina et dirigea ma vie.

« Aimer uniquement madame Victoire, accomplir quelque action extraordinaire qui méritât son attention, et, s'il se pouvait, sa bienveillance, tels furent mon plan et mon rêve.

« Le chevalier de Boufflers, alors à l'aurore de sa poétique renommée, était à la cour de Nancy, près de la comtesse, sa mère, qui en était l'ornement et la vraie reine. Grâce à son admission dans l'ordre de Malte, il conservait une abbaye de quarante mille livres de rente, que le roi Stanislas lui avait donnée. Il me félicita de mon audace, et m'enhardit dans la pensée de mon succès. Si j'avais voulu l'en croire, il m'eût aidé à composer des vers en l'honneur de mon idole ; mais ma vénérable mère, pieuse Navarraise de la principauté de Viane, ma patrie, m'avait imbu de doctrines qui me faisaient trouver légères celles du chevalier.

« Je voulais aimer en madame Victoire la grandeur poétique de sa race, sa beauté, ses talents, ses principes, et j'avais la pensée qu'en la blessant sur un point, je l'offensais sur tous.

« Je me faisais raconter son histoire par une tante attachée à la cour de Nancy ; et, en apprenant qu'un jour, devant Saint-Roch, le peuple lui avait battu des mains en la voyant se mettre à genoux, dans la boue, sur le passage du Saint-Sacrement porté à un malade, je formai

le dessein de respecter la religion comme elle, et d'imiter
les anciens preux, qui ne séparaient pas le culte de Dieu
du culte de leur dame.

« Après trois années passées à Nancy, dans les études
et les exercices propres à un jeune gentilhomme, j'allai
suivre à Paris les cours de l'Académie royale, c'est-à-dire
apprendre le dessin, les mathématiques, les armes, la
danse, la voltige et l'équitation.

« A dix-huit ans, je sollicitai et j'obtins d'être enrôlé
comme volontaire, dans le régiment des dragons du
comte de Vaux, envoyé en Corse pour prendre possession de l'île, cédée à la France par les Génois, et vaincre
enfin la résistance de Paoli, qui avait battu M. de Chau-
velin.

« C'était en 1768. Je partais à la recherche de quelque
belle blessure, de quelque héroïque balafre, bonne à
montrer à l'OEil-de-Bœuf, qui en était déshabitué depuis
la fin de la guerre de Sept-Ans.

« La Providence voulut que je fusse servi à souhait.

« Le 9 mai 1769, au combat sanglant de Pontenuovo
où Paoli et ses partisans furent définitivement vaincus,
je reçus d'abord un coup de pique au bras gauche, et
puis une balle de mousquet, qui me traversa la poitrine.
Je restai évanoui sur le champ de bataille.

« Lorsque je revins à moi, je me trouvai en pleine
campagne, dans un casino appartenant à un seigneur
nommé le comte de Corbara. Autour de mon lit était une
famille empressée, et tout près de moi un jeune garçon
qui s'efforçait d'arrêter le sang de mes blessures, et qui
trouvera sa place dans la suite de ce récit.

« Lorsque je fus à demi guéri de ma principale blessure, je rentrai en France, et je me rendis à Versailles, au printemps de 1770.

« J'arrivais, planant, depuis neuf ans, dans les espaces éthérés du rêve le plus radieux, qui est le premier rêve du cœur, en entrant dans la vie.

« Madame Victoire n'était pas seulement la plus belle princesse de la cour ; elle en était encore la plus instruite, la plus respectée et la plus aimée.

« Ses grands yeux noirs, pleins de caresses ou d'éclairs, ses épaules régulièrement opulentes, ses bras et ses mains dont l'art le plus délicat semblait avoir dessiné les contours et creusé les fossettes, faisaient d'elle un type de jeune fille à la fois doux et majestueux, provoquant et auguste ; devant lequel le cœur le plus irrésistiblement envahi prosternait, en tremblant, ses vœux muets et ses impénétrables hommages.

« Nul, placé en face de cette souveraine fascination, ne se sentait, ou les forces de la résistance, ou les audaces de l'aveu.

« L'attrait dominateur de la femme était surpassé, en madame Victoire, par la douce et noble attitude de la princesse.

« De beaucoup la plus intelligente des filles du roi, comme l'a montré le catalogue de sa riche bibliothèque, elle en était aussi la mieux élevée, et celle dont les aptitudes variées avaient le mieux répondu au zèle de ses maîtres.

« Jusqu'à Louis XIV, l'usage de la cour, depuis les Valois, avait été d'enseigner le latin et même le grec aux princesses. Marguerite de Valois, Marie Stuart, Marguerite de France, le savaient.

« Le roi Louis XV, assez indifférent à l'éducation de ses filles, n'avait pas précisément songé à en faire des savantes. Lorsque, en 1750, il rappela les deux dernières de l'abbaye de Fontevrault, où il les avait envoyées comme les autres, pour en débarrasser Versailles, madame Louise, devenue fondatrice des Carmélites de Saint-Denis, avait douze ans, et ne connaissait de l'alphabet que les douze premières lettres. Il aimait ses filles tendrement, non d'une tendresse virile et prévoyante, mais de cette paternité inintelligente et égoïste, qui fait des enfants comme autant de jouets, réservés aux joies intimes de la famille. Il les désignait même publiquement par des noms où se peignaient ses sentiments ; appelant madame Victoire, *coche ;* madame Adélaïde, *loque ;* madame Sophie, *graille ;* madame Louise, *chiffe.*

« L'esprit élevé et délicat de madame Victoire s'était tourné vers les lettres et vers les arts. Sa bibliothèque était nombreuse et variée. Son premier maître de musique fut Caix, et l'un des derniers Beaumarchais. Elle dessinait bien et peignait assez bien. Son talent sur le clavecin était remarquable ; selon le goût du temps, elle avait appris le violon, la musette et la basse de viole ; et, sous la direction de Beaumarchais, elle y ajouta la harpe et la guitare.

« Pleine d'une répugnance instinctive pour les favorites de son père, elle n'accepta jamais avec elles d'autres rapports que ceux que la bienséance exigeait, et elle resta, au milieu des scandales connus où voilés de la cour, le sanctuaire inviolable où s'étaient réfugiées la majesté du trône, et cette dignité de la vie privée, qui est, avec le respect des choses religieuses, une convenance pour tous, et un devoir étroit pour les personnes royales.

« J'arrivais donc à la cour, plein de ces visions, où madame Victoire m'apparaissait avec la double auréole de la beauté et du trône, et, par avance ébloui de ce que j'espérais y trouver, j'y voulais suivre du souvenir et du regard les pas qu'y avait imprimés Lauzun.

« Ce n'est pas que, dans les plus grandes témérités de mes rêves, mon ambition eût entrevu ou poursuivi la faveur née des faiblesses princières. Jeune, ardent, insouciant par l'esprit, ambitieux par le cœur, enivré des récits de la chevalerie, heureux en guerre, puisque je venais de verser mon sang pour le roi et pour la France, j'aspirais de toute l'ardeur de mon âme les premières ivresses de l'amour idéal.

« C'est avec l'orgueil du jeune homme, la fierté du soldat, la fièvre de l'amoureux, qu'au mois de mai 1770, je mis tous mes soins à solliciter l'honneur d'être présenté au roi et à madame Victoire.

« Louis XV était déjà bien affaissé. M. de Flamarens, grand louvetier, qui lui avait déjà parlé de moi, me présenta un matin, au retour de la messe. Le roi me sourit gracieusement, et me recommanda d'être bientôt assez complétement guéri pour endosser un habit de mousquetaire.

« Peu de jours après, je reçus en effet une commission à la compagnie grise, commandée par le marquis de la Chèze.

« Vous savez que la première compagnie, dite des
mousquetaires gris, ne différait de la seconde, dite des
mousquetaires noirs, que par la robe des chevaux.

« L'uniforme, identiquement le même, était fort beau.

« Habit, collet, doublure, pardessus et culotte écarlate,
bordés d'or, boutonnières d'or. Doubles poches en long,
manches en bottes, bas blancs, chapeau bordé d'or, plu-
met blanc, soubreveste bleue, doublée de rouge, garnie
d'un double bordé d'argent; sur la poitrine et sur le dos,
couvrant la casaque bleue, une grande croix blanche,
dont les quatre branches étaient terminées par des fleurs
de lys, avec des flammes rouges et argent; autour du
corps, le ceinturon galonné en or, et en plein.

« A cette magnificence répondait l'équipage du cheval, qui était de drap écarlate, bordé d'or.

« C'est avec mon habit de mousquetaire, le bras gauche en écharpe, et la manche de ma casaque pendante,
que je fus présenté à madame Victoire, par la marquise
de Durfort, se dame d'honneur et sa plus affidée confidente. C'était un après-midi, sur la terrasse du château,
et pendant une promenade, dans l'allée transversale qui
longe le parc.

« Là, mon calme m'abandonna; je perdis complète-
ment la tête, et, au lieu de me tenir à une respectueuse
distance de la princesse, je mis un genou en terre et
tombai à ses pieds.

« — Madame, lui dis-je, je viens, selon la permission
que vous m'en avez donnée, supplier Votre Altesse
Royale de me dire si mon offense du château des Cascades
est oubliée ou pardonnée; et, à défaut d'un généreux

pardon que j'implore, de m'indiquer l'expiation qui en effacera le souvenir.

« Ce désordre et cette exaltation ne parurent pas m'avoir fait du tort.

« — Relevez-vous, chevalier, me dit la princesse, en souriant, et modérez enfin, s'il se peut, votre vivacité habituelle. Je n'ai pas oublié l'incartade du château des Cascades, puisque le désir, que je ne puis blâmer, d'obtenir votre pardon, vous a porté à servir le roi avec un courage qui vous honore, et un éclat dont je suis heureuse de vous féliciter.

« J'espère que vous serez promptement rétabli, et j'accueillerai avec plaisir la nouvelle de votre guérison, que je vous autorise à me faire connaître. »

« Il serait malséant aux lèvres d'un vieillard, que la mort scellera bientôt pour jamais, de consacrer ses dernières paroles à la peinture de sentiments d'un autre âge, dont l'explication et l'excuse doivent être cherchées dans la cause qui les fit naître et la jeunesse qui les éprouva. Ils sont restés inaltérables dans mon âme; mais je leur dois la réserve et le respect de mon silence.

« J'ai dû en révéler l'origine, en faire comprendre l'inépuisable énergie; — j'en dois voiler les intimes épanchements. Le cœur de la femme a sa pudeur, comme son corps; en parler seulement, c'est la trahir et être indigne de ses confidences.

« L'histoire a conservé la mémoire de Bothwell, de Leicester, d'Essex, de Monaldeschi et de Lauzun, pour avoir conquis une place illustre et enviée dans quelques affections royales; et leur nom vivra dans le souvenir des générations, associé à ceux de Marie Stuart, d'Élisabeth, de Christine et de mademoiselle de Montpensier.

« De notre temps, un Italien, simple courrier d'un gentilhomme, Bergami, pour une faveur supposée auprès de Caroline de Brunswick, reine d'Angleterre, s'est créé une légende, dans laquelle avaient déjà pris place, à Naples, l'Irlandais Acton, à Madrid, l'Espagnol Godoï, ayant tous trois réussi à triompher de l'oubli des hommes, sans toutefois être parvenus à triompher de leur mépris.

« L'ambition d'ajouter un chapitre à l'histoire des grands cœurs épris était bien de nature à séduire un jeune mousquetaire. Je l'éprouvai dans toute sa violence, seulement, elle s'alliait, dans mon âme, à l'inviolable respect conquis et conservé jusqu'à la fin par la belle et noble femme qui l'avait inspirée.

« Bothwel, Leicester, Monaldeschi, Lauzun donnèrent de l'éclat à leur triomphe, et fondèrent leur crédit dans le monde sur la faiblesse des cœurs qui s'étaient donnés à eux. Ils avaient courbé et abaissé jusqu'à leur taille l'arbre royal dont ils avaient convoité les fruits d'or.

« Telle ne pouvait être et ne fut jamais ma pensée.

« Attirer sur moi l'attention, l'estime, peut-être l'affection d'une fille de France, était le terme de mon rêve ; une telle fortune dépassait la mesure de mon mérite et comblait celle de mon orgueil.

« Nos âmes furent prudentes à s'interroger, promptes à se comprendre. Dès qu'avec l'instinct qui éclaire toutes les femmes, elle se sentit aimée, elle ne put pas se tenir d'aimer.

« C'était à Trianon. Les deux cœurs s'ouvrirent et se

donnèrent. Il ne fallut pas de longs pourparlers ; il suffit d'un sourire échangé et d'une main pressée. C'était pour toujours !

« Cependant, les hésitations survinrent, le cœur se troubla ; l'imagination, réveillée par le sentiment du devoir, recula devant l'avenir. Alors, les premières larmes furent pleurées, et la noble fille, effrayée par son propre cœur, me dit en tremblant :

« — Chevalier, comment m'aimez-vous ?

« — Madame, comme on aime Dieu.

« — Eh bien ! alors, donnez-moi votre honneur pour gage de votre parole.

« La fille des rois se fie à vous ; jurez-lui d'abord de l'aimer uniquement, ensuite de la défendre loyalement contre tout, c'est-à-dire contre votre cœur, et, au besoin, contre le sien !

— Madame, dans la bonne comme dans la mauvaise fortune, le chevalier de Médrane n'aura d'autre pensée, d'autre passion, d'autre but, que de vous aimer, de vous respecter et de vous obéir.

« — Chevalier, me dit-elle avec exaltation, soyez béni de Dieu et de moi. Plus qu'à mon nom, plus qu'à mon rang, je vous devrai de vivre heureuse !

« De longues années d'affection et de joie suivirent ce serment. Cependant le malheur prévu eut son jour. Il arriva avec la fièvre des sentiments vrais et des théories fausses, que fit éclore la réunion des Etats généraux.

« Madame Victoire habitait alors, avec madame Adélaïde, sa sœur, le château de Bellevue, construit par madame de Pompadour sur le coteau qui domine la Seine,

entre Sèvres et Meudon, racheté de la marquise par
Louis XV, et donné, après sa mort, à Mesdames par le
nouveau roi.

« Les agitations de Paris, après la prise de la Bastille,
retentirent jusqu'à Versailles, et donnèrent de légitimes
inquiétudes aux hôtes de Bellevue.

« A l'approche des horribles journées du 5 et du
6 octobre, les périls évidents du roi et de la reine
avaient appelé leurs tantes à Versailles.

« Elles occupaient l'appartement du rez-de-chaussée,
sous l'appartement du roi, chez lequel elles pouvaient
se rendre par un petit escalier intérieur. Elles s'y trouvaient dans la nuit du 5 au 6, et l'approche des piques
de Maillard avait obligé de fermer les volets.

« J'étais là avec des dames et des seigneurs, assisté de
quelques serviteurs fidèles, bien armés, au nombre desquels, et parmi les plus braves, était un jeune Corse, le
comte de Corbara, cet enfant de Pontenuevo qui étan-
chait le sang de mes blessures après la défaite de Paoli.
Nous portions des habits de bourgeois pour n'être pas
distingués et pouvoir, au besoin, nous mêler plus faci-
lement à la foule.

« Au moment où, après son fatal sommeil, Lafayette
vint conseiller au roi de se rendre à Paris, Mesdames
montèrent près de Sa Majesté, et nous occupâmes fortement l'appartement du rez-de-chaussée, le plus menacé
par le tumulte du dehors.

« Le 6, vers midi, lorsque le roi, la reine et les enfants
de France partirent, la voiture de Mesdames les suivit.
Elle était entourée et gardée par cent gardes nationaux,

dont quelques-uns, dévoués comme nous, avaient consenti à nous prêter leurs uniformes. Arrivés au tournant de Bellevue, nous obtînmes du commandant d'y conduire Mesdames, qu'une immense cohue avait séparées du roi et de la reine.

« Elles y reprirent leur séjour, sans y trouver leur sécurité !

« Étrangères à la politique, persuadées, comme beaucoup d'autres, qu'il n'y avait à traverser qu'une crise passagère, elles formèrent et mûrirent le projet de se retirer à Rome, jusqu'après l'apaisement des troubles. On comptait si fermement sur le retour, que l'abbé Delille, l'un des assidus de Bellevue, avait demandé et obtenu la faveur d'être du voyage.

Après de mûres réflexions et de longs préparatifs, le projet de voyage fut rendu public au commencement de janvier 1791 ; les émigrations de quelques seigneurs de la cour avaient excité les esprits, et il ne fut pas aisé de vaincre les obstacles apportés au départ de Mesdames par la commune de Paris, par les clubs et par l'Assemblée.

« Enfin, le samedi, 19 février, à dix heures du soir, elles montèrent dans une voiture particulière, venue à Bellevue sous le prétexte d'une visite. J'étais sur le siége avec Corbara ; et, une fois sur la route de Fontainebleau, on prit d'autres et de meilleurs équipages, secrètement préparés et réunis ; la suite était d'environ vingt personnes.

« Les journaux du temps ont conservé le souvenir des graves incidents qui entravèrent le voyage, d'abord à

Moret, où un escadron de chasseurs dut dégager les voitures, ensuite à Arnay-le-Duc, d'où Mesdames, retenues onze jours prisonnières, ne partirent que le 4 mars.

« Les angoisses de la route furent donc nombreuses et longues, et lorsque les princesses passèrent la frontière au pont de Beauvoisin, elles purent entendre à la fois, sur la rive de France d'ignobles outrages, et sur la rive de Savoie le salut respectueux du canon.

« Après un court séjour à Chambéry, à Turin, à Parme et à Bologne, elles arrivèrent à Rome, le samedi 16 avril.

« Rome, ce n'était pas seulement la sécurité, c'était encore l'hommage empressé de tous les cœurs droits, inaccessibles aux miasmes qui s'élèvent des bas-fonds de la démagogie. Le cardinal de Bernis était ambassadeur de France à Rome ; les princesses descendirent à l'ambassade. C'était alors le splendide palais Corsini, situé au Transtevere, via della Longara, sur le penchant du Janicule, là où plus tard le général Duphot périt par accident, pendant une émeute.

« Avec la sécurité étaient revenues la confiance et même une gaieté relative. Un jour, madame Victoire avait regretté tout haut, devant Corbara et devant moi, deux charmants petits épagneuls, laissés à Bellevue, au milieu des préoccupations naturelles du départ. Aussitôt, Corbara et moi nous échangeâmes un regard qui voulait dire : Lequel de nous deux ira les chercher ?

« Corbara partit le soir même. Un mois plus tard, au moment où, le matin, s'ouvrait la chambre de madame Victoire, les deux mignons épagneuls s'y précipitèrent, et la saluèrent de leurs petits cris joyeux. En m'apercevant, dans la journée, elle me dit : « Il n'y a ici que deux cœurs qui aient pu, à ce point, penser à moi : c'est vous ou Corbara. »

« — Nous avons tiré au sort, madame, c'est lui qui a gagné.

« Les mois se passèrent ainsi, à suivre le sort de la France, à espérer, à visiter les monuments de Rome, à faire des excursions dans la campagne. Le 21 janvier fut un coup de foudre. Les princesses prirent le deuil et ne le quittèrent plus. Les distractions et les courses devinrent d'autant plus nécessaires.

« C'est dans une excursion poussée jusqu'au cœur de la Sabine, que madame Victoire, frappée du charme de ses vallées et de la salubrité de son climat, visita en détail cette contrée et s'attacha, en souvenir de sa sœur Louise, au couvent des Carmélites de la Palombara, dont vous apercevez le donjon par-dessus l'éventail des pins. Elle y passa deux jours, aida par un don à restaurer l'église, et y fit depuis lors d'assez fréquents voyages.

« Un jour, surprise par un violent orage à la descente du Mont de Corrèse, elle dut, avec sa petite suite, s'arrêter à l'osteria que vous avez vue. La pluie et les coups de tonnerre nous y retinrent, et il fallut se résigner à y passer la nuit.

« Pendant la soirée, madame Victoire me fit appeler.

« — Chevalier, me dit-elle, le moment est venu de vous confier une mission suprême et sacrée, qui occupe depuis longtemps ma pensée, et dont, seul, un homme tel que vous peut recevoir la confidence. Elle mettra le

18

sceau à toutes celles que mon âme vous a déjà ouverte-
ment faites, ou laissé deviner.

« L'exil, la mort horrible du roi et de la reine, la captivité des enfants de France, m'ont accablée ; ma santé
chancelante, et de secrets et infaillibles avertissements
m'annoncent que ma fin approche. Je veux reposer, au
moins par une partie de moi-même, en ce beau pays,
qu'ensemble nous avons visité et aimé. Mon testament
ordonne qu'après ma mort, mon cœur soit placé dans
une urne d'argent désignée, et puis laissé à vos soins
pour être déposé dans une église connue de vous.

« En quelque lieu que je meure, promettez-moi que
vous apporterez mon cœur dans l'église des Carmélites
de la Palombara, et que vous l'y ferez ensevelir près de
l'autel de Sainte-Thérèse, que j'ai orné en souvenir de
ma sœur.

« Quand vous aurez des peines secrètes, allez prier
près de cet autel ; l'intervention de ma sainte sœur les
guérira, en considération de moi, que vous avez aimée,
comme un preux des croisades.

« Me le promettez-vous, chevalier ? »

« Pour toute réponse, je couvris de larmes la main
qu'elle me tendait.

« — Plus tard, bien plus tard, reprit-elle, quand vous
sentirez approcher votre heure, vous choisirez un dernier gîte, en ce pays et pas trop loin de ce cœur que
vous avez toujours rempli. Avant d'abandonner ma dépouille à la terre, je veux être certaine que je laisse près
d'elle le confident discret de mes plus intimes pensées,
et le gardien fidèle de mon honneur.

« Autrefois, lorsque j'étais encore jeune, votre respect m'a épargné des épreuves que mon cœur eût pu rendre dangereuses. Aujourd'hui, l'âge a amené l'époque des amitiés tendres et des aveux sans péril.

« La mission que je vous donne suppose une affection dont je suis sûre, et des droits que je veux vous conférer.

« Demain matin, aux premières lueurs du jour, le moine franciscain viendra dire la messe à la chapelle de l'osteria. Averti de ma part, il devancera l'heure. Je ne ferai pas prévenir ma dame d'honneur ; vous y assisterez avec moi, et nous serons seuls.

« Confondus dans une même pensée, rapprochés par l'âme et par le cœur, nous appellerons la bénédiction de Dieu sur l'union mystique qui nous lie. Vous n'aurez plus auprès de vous la fiancée aux jeunes années des fêtes de Versailles ; l'âge et le malheur ont flétri ses traits ; mais elle est toujours celle que vous avez aimée ; le sang qui coule encore dans la main qu'elle vous tend est celui de Louis XIV et de saint Louis ; et ni l'un ni l'autre ne désavouerait le gentilhomme auquel je la confie. »

« Le lendemain matin, le vœu de madame Victoire fut secrètement accompli, et nous rentrâmes à Rome.

« Pendant la messe, madame Victoire, ôtant de son doigt une belle bague antique, l'avait fait bénir par le moine ; et, avant de sortir, elle me l'avait donnée, en me disant : « Chevalier, voici votre titre ; si, par malheur, je mourais loin de vous, mon cœur vous serait remis sur la présentation de cet anneau. »

« Cependant, la sécurité définitive sur laquelle. on avait compté ne se réalisait pas. A quatre années d'un calme relatif succédaient une inquiétude vague et une agitation croissante. Bonaparte entrait en Italie ; et, de Montenotte et de Mondovi, il l'ébranlait tout entière.

« Pie VI était préoccupé ; Mesdames s'en aperçurent et sentirent que le sol de Rome n'était plus solide sous leurs pas. Les Deux-Siciles leur étaient ouvertes. Elles s'y réfugièrent, au mois de mai 1796. Fuyant la populeuse capitale, que gagnait déjà la fièvre nouvelle, elles s'établirent à Caserte, qui est comme le Versailles des Bourbons de Naples.

« Après les y avoir conduites, que ferai-je ? fut la première question que je m'adressai.

« Le climat de Caserte est merveilleux ; la beauté du palais, du parc et du pays, incomparable ; la population, d'un esprit excellent, vénérait les filles de Louis XV, que le roi Ferdinand et la reine Caroline visitaient assidûment.

« Il y avait donc là, selon toutes les probabilités, ample et longue provision de repos et de santé. Qu'avais-je à y faire ? — Rien, si ce n'est y vivre de l'immobilité des fakirs, ce qui ne fut jamais mon fort.

« D'un autre côté, le canon tonnait incessamment depuis 1792. Supporter ces quatre années de tocsin, avait déjà été un effort au-dessus de l'énergie de mes nerfs. Je détestais les révolutionnaires, mais j'aimais la France ; et je ne pouvais pas me résoudre à laisser fouler et envahir ce sol conquis et unifié par la monarchie.

« En 1792, j'avais dit à madame Victoire : « Permettez à un soldat d'aller faire son métier ; j'aurais honte de me reposer, lorsque des Prussiens passent la frontière. « — Allez, me répondit-elle ; écoutez votre courage ; votre royalisme ne sera jamais suspecté. »

« J'avais connu Dumouriez à la cour ; j'allai près de lui dans l'Argonne, et j'étais son officier d'ordonnance à Valmy. La mort horrible du roi me chassa de l'armée : je ne pouvais pas servir un gouvernement d'assassins, et je revins à Rome.

« Mais l'établissement de Mesdames à Caserte m'ouvrait un horizon nouveau ; la paix était faite avec la Prusse et avec l'Espagne, elle était inévitable avec l'Autriche ; je me sentais jeune, on savait que je ne pactiserais jamais avec les ennemis des Bourbons, et j'obtins encore le congé de courir les aventures militaires. Vers la fin de 1797, on attribuait à Bonaparte des desseins immenses, encore mystérieux ; je résolus d'aller lui offrir mes services à Toulon.

« Mais avant de réaliser mon projet, j'eus avec Corbara un entretien. C'était le plus noble cœur et le plus ferme courage. Je lui confiai mon secret départ et lui recommandai de veiller, avec discrétion et avec respect, sur la sécurité de Mesdames. Je lui fis la promesse de l'informer de ma destination, dès qu'elle serait fixée, et je tirai de lui celle de m'envoyer, à tout prix, un homme sûr, si quelque circonstance extraordinaire et imprévue portait madame Victoire à juger ma présence nécessaire ou seulement utile à quelqu'un de ses desseins.

« Toutes mes précautions prises, j'arrivai à Toulon en mai 1798, et me confiai à Bonaparte et à sa fortune.

18.

Je n'étais pas difficile à placer ; je ne demandais qu'une épée. Il aimait d'ailleurs les anciens officiers.

« Quelle fut ma surprise lorsque, après un mois d'incertitude, j'aperçus, le 1er juillet, les minarets d'Alexandrie, et j'appris, avec toute l'armée, que nous allions conquérir l'Egypte !

« Il fallut bien se résigner. Je fis mon devoir comme les autres ; mais j'obtins de monter, au mois d'août 1799, sur la frégate de Ganteaume, et je débarquai à Fréjus avec Bonaparte.

« Le désespoir le plus profond m'y attendait ; j'y appris la mort de madame Victoire !

« Où était-elle morte ? quand ? En quel lieu reposait sa dépouille ? On l'ignorait.

« L'Italie, couverte de soldats autrichiens ; la Méditerranée, couverte de vaisseaux anglais, rendaient les communications difficiles, dangereuses, presque impossibles. Deux faits seuls étaient certains : les filles de Louis XV avaient dû quitter Caserte, à l'arrivée de Championnet ; et de là, après avoir erré de ville en ville, dans la Capitanate et dans la Pouille, elles s'étaient embarquées pour une destination incertaine, d'où la vague nouvelle de la mort de madame Victoire avait été apportée par un vaisseau anglais.

« Dans quelles parties de l'Europe étaient dispersés, comme émigrés, les fidèles serviteurs de Mesdames ? où les chercher ? où les trouver ?

« Je me reprochais mon départ de Caserte comme un crime. L'idée que madame Victoire ne m'avait pas trouvé près d'elle dans sa détresse, qu'elle m'avait appelé en vain à sa mort et que j'en étais réduit à chercher sa tombe, me plongeait dans une douleur morne et profonde, qui m'eût infailliblement tué, si je n'avais eu ma faute à réparer.

« Au risque d'être fusillé comme officier français, je gagnai Gênes et me dirigeai vers Naples, où mes premiers efforts tendirent à découvrir les traces de Corbara.

« De Caserte, je suivis les traces de Mesdames jusque sur les côtes de l'Adriatique, à Foggia, à Cerignola, à Trani, à Bari. Je les perdis à Brindisi, où elles étaient montées à bord d'une frégate étrangère.

Je trouvai aussi celles de Corbara, aux environs d'Otrante. Profitant d'une ressemblance frappante avec le prince héréditaire de Naples, il s'était présenté sous son nom aux populations de la Basilicate et de la Pouille, après l'arrivée des Français ; et, à la tête de partisans nombreux et dévoués, il avait efficacement protégé, pendant trois mois, les filles de Louis XV. Serré de près, et incapable de résister longtemps, il s'était embarqué dans un port inconnu de la côte, avec le projet, croyait-on, d'aller solliciter à Corfou l'appui du gouvernement russe. Qu'était-il devenu ? on l'ignorait.

« Navré de douleur, mais non désespéré, et résolu à tout, j'examinai les diverses hypothèses qui pouvaient être admises sur l'asile où s'étaient retirées Mesdames.

« Trois se présentaient d'elles-mêmes : la Sicile, sous le pavillon anglais ; les îles Ioniennes, sous le pavillon russe ; l'Illyrie, sous le pavillon autrichien. Je me préparai donc à visiter successivement Palerme, Corfou et Trieste.

« Débarqué à Palerme au quai de la *Porta Felice*, je pris la strada Toledo, qui coupe la ville en deux parties égales, me dirigeant en droite ligne vers la cathédrale, le dôme de Sainte-Rosalie, où devait logiquement se trouver la dépouille vénérée que je cherchais. Arrivé au carrefour monumental formé, au centre de la ville, par la *Via Macqueda*, coupant à angle droit la *strada Toledo*, mon regard s'arrêta un instant à la colonnade et aux statues qui la décorent, et tout à coup un homme se détacha de la colonnade et vint se jeter dans mes bras.

« C'était Corbara.

« Après nos premières et mutuelles exclamations, je le pris par le bras, et, l'interrogeant d'un regard sévère, je lui dis :

« — Où avez-vous laissé madame Victoire ?

« — Je l'ai laissée à Brindisi, me répondit-il, en sûreté au milieu d'une population royaliste, à la fin du mois de mars dernier ; et je suis parti moi-même pour aller à Corfou, solliciter de l'amiral russe Outschakoff le secours d'une frégate.

« — Quel fut le résultat de votre démarche ?

« — Une déplorable fatalité. Pris en mer par un corsaire barbaresque, je suis resté six mois prisonnier à Alger. Echangé par une frégate anglaise, je suis arrivé ici, il y a quelques jours.

« — Ainsi, c'est malgré vous, et par des causes indépendantes de votre volonté, que vous n'avez pas tenu vos promesses, et que madame Victoire n'a pu entendre prononcer mon nom par vous, avant de mourir ?

— Assurément, monsieur le chevalier.

« — Merci, Corbara. Et, si je n'étais venu, qu'alliez-vous faire ?

« — A peine délivré, je me suis enquis à l'amirauté du sort de Mesdames. J'ai appris que la frégate dont j'étais allé solliciter les services était spontanément venue les prendre à Brindisi, et les avait portées à Corfou, avec leur suite. Mes informations s'arrêtent là.

« Trois jours plus tard, vous ne m'auriez pas trouvé à Palerme. J'ignore quels devoirs peuvent encore rester à remplir envers les filles de Louis XV ; mais je vous ai juré de veiller sur madame Victoire, vivante ou morte, et si un malheur bien imprévu m'a empêché d'assister à son dernier soupir, je pars dans trois jours pour aller à la recherche de son tombeau.

« — Corbara, nous partirons ensemble.

« Nous partîmes en effet. Arrivés à Corfou, nous n'étions pas depuis deux heures dans un hôtel de la strada Marina, que nous connaissions, dans ses détails essentiels, l'affreuse vérité. Mesdames, reçues avec respect par les populations, n'y avaient séjourné qu'un mois et demi. Transportées à Trieste, sur leur instant désir, madame Victoire y était morte le 8 juin, et madame Adélaïde s'y mourait.

« Un grand résultat était atteint ; je savais où reposaient ses restes.

« Nous prîmes passage à bord de la première polacre en partance, et nous nous dirigeâmes vers Trieste.

« A mesure que j'approchais du but ardemment poursuivi, je sentais croître les angoisses de mon âme troublée ; j'avais passé quarante ans voué à une pensée et fidèle à une promesse, et il me semblait qu'une voix, désolée et pleine de doux reproches, allait sortir de la tombe et me dire : Où étiez-vous, quand l'heure de la dernière angoisse est venue ? Où étiez-vous, quand ma main défaillante a cherché la vôtre ?

« Sans doute, je ne me sentais pas responsable de la fatalité qui m'avait retenu loin d'elle ; mais qui pouvait m'assurer qu'elle ne m'avait pas accusé ? Qui pouvait me dire qu'un soupçon ne s'était pas glissé dans son âme défaillante ? Qui pouvait me répondre qu'une larme amère n'avait pas mouillé son dernier regard, lorsque ses yeux m'avaient cherché avant de se clore ?

« Je me disais que peut-être elle était morte sous l'impression d'un chagrin dont j'étais la cause ; et je sentais que ma vie ne serait pas assez longue pour expier ce tort, et surtout pour m'en consoler.

« Arrivé à Trieste, j'allai au plus pressé et je tirai droit sur la cathédrale. Je fis lentement le tour des bas côtés, examinant le sol des chapelles. Pendant que je lisais une inscription funéraire, Corbara me toucha légèrement le coude et, me désignant une grande dalle devant l'autel, me dit à voix basse : « C'est ici. »

« Je me retournai ; aux deux premières lignes de l'inscription, mes yeux se voilèrent de larmes et je tombai à genoux.

« Dieu, qui voit le fond des âmes, connut alors ce qui se passa dans la mienne. En un instant, les splendeurs de Versailles, les enivrements de la cour, les hommages respectueux de la noblesse, tout ce que la fortune avait mis aux pieds de madame Victoire, passa rapidement levant mes yeux; et je puis me rendre ce témoignage, que jamais, ni au château des Cascades, où elle me sourit pour la première fois, ni dans les jardins de Trianon, où elle m'ouvrit son cœur, ni à Marly, où elle me le donna, elle ne fut plus sincèrement aimée que sous cette froide pierre, qui me semblait tressaillir sous mes genoux.

« En me relevant, je me sentis au cœur une sorte de fierté intime : je me retrouvais digne de la foi que j'avais reçue de sa jeunesse, et de la confiance que, sur les marches du trône, elle avait mise en ma loyauté de gentilhomme.

« J'examinai la dalle, et je m'aperçus qu'elle n'avait pas encore été scellée. Cela me donna la pensée que le cœur n'avait pas été déposé dans la fosse, ou qu'on s'attendait à l'en retirer dans un temps prochain.

« Résolu à tout accomplir promptement, je me présentai au prêtre chargé de l'ordre et du soin des sépultures. Après avoir reçu de lui les éclaircissements nécessaires, je lui demandai si le cœur de la défunte avait été réservé, ou descendu dans la fosse. Il me répondit qu'il était dans un dépôt spécial, d'où il ne pouvait sortir que sur la production d'un anneau de la princesse, confié par elle à une personne de son choix.

« Je produisis alors l'anneau, qui fut vérifié avec soin, et, au bout de trois jours, nous partîmes pour Ancône, avec mon trésor. Selon l'engagement que j'en avais pris, le cœur de madame Victoire fut déposé dans l'église des Carmélites de la Palombara, devant l'autel de sainte Thérèse d'Avila.

« Pendant trente années à partir de l'ouverture du siècle, j'y vins fidèlement en pèlerinage, accompagné de Corbara, qui avait voulu s'associer spontanément à ma vénération ; mais, depuis douze ans, j'y suis venu seul, Corbara, qui n'avait jamais pu pardonner sa captivité aux corsaires barbaresques, sollicita, en juillet 1830, l'honneur de monter à bord du vaisseau de l'amiral Duperré. Il fut tué par le dernier boulet de canon parti du môle, avant la prise d'Alger.

« Cher et digne compagnon, chevalier des grands siècles de loyauté et de bravoure, tu valais mieux que nous. La chance d'avoir été choisi par un noble cœur, près des marches du trône, m'avait donné, jeune encore, le désir et le besoin de la droiture et de l'honneur ; mais toi, tu avais eu ce désir et ce besoin par toi-même. Esprit délicat et tendre, tu avais vécu par le dévouement ; et tu sus être heureux en aimant, puisant dans ta riche nature la force morale que donne le bonheur d'être aimé. »

« Depuis sa mort, mes pas foulent seuls l'humble pavé de la Palombara. Le silence éternel que gardent les trépassés leur permet sans doute d'entendre le frôlement de nos genoux sur leurs tombes. Mais à présent, lorsque, aux prochains anniversaires, la morte n'entendra plus rien, elle éprouvera peut-être de nouveau l'angoisse du dernier jour, lorsque ses yeux se fermèrent sans rencontrer les miens. Cette pensée est un poids pour mon âme ; mais l'anneau bénit que je lui rapporte lui prouvera que je n'ai jamais trahi son affection. »

Depuis un quart d'heure, la parole du chevalier de

Médrane était devenue lente, sans perdre sa netteté. Il parlait, les deux mains croisées sur sa poitrine, les yeux à demi clos, le regard perdu dans l'espace, et comme absorbé par une vision.

Nous avions eu la pensée de l'interrompre, pour qu'il prît un peu de repos. Mais nous le voyions entraîné par un courant d'idées et de sentiments dont il ne semblait plus le maître.

Cependant, ses dernières paroles furent suivies d'un long silence, qui nous inquiéta. Nous nous soulevâmes tous à demi, pour étudier de plus près son état et son visage. Il ne nous regardait pas. Ses traits étaient calmes, sa respiration douce, ses lèvres entr'ouvertes gardaient l'expression d'un sourire extatique ; et, après un long soupir, il continua :

— Elle est là ; voilà quarante-trois ans que je l'y ai déposée, et que j'écoute périodiquement les silencieuses leçons de sa tombe.

« Comme un malade va tous les ans chercher la santé près d'une source salutaire, comme une âme troublée va demander le calme à la sagesse du prêtre, je venais, tous les ans, près d'elle, renouveler les serments de ma jeunesse, retremper ma vie aux souvenirs de la sienne, et me fortifier dans la méditation de sa droiture et de sa dignité.

« Elle m'avait dit, un jour, que sa sœur Louise serait près d'elle, et qu'elles réuniraient leurs inspirations pour me guider. Il devait se mêler en effet des choses venues d'au delà de la tombe aux conseils que je sentais sourdre de l'urne où repose son cœur.

19.

« Nul n'a jamais su, comme moi, ce qui s'exhale d
parfums de l'âme, des pensées et des actions d'un
femme droite et honnête. Ils purifient tout ce qu'il
touchent, comme une fontaine rafraîchit le gazon et le
arbres qui entourent ses bords.

« Mon âme, où s'épanchait la sienne, allait en répandr
au loin les fortifiantes émanations ; ce qui faisait dire
ceux qui en ressentaient les effets, que j'avais un secre
pour faire de l'honnêteté, comme les alchimistes er
avaient un pour faire de l'or.

«Que de pures inspirations elle a semées, par me
mains, dans ma longue existence ! que d'âmes vacillante
elle a raffermies ! que d'âmes accidentellement égarée
elle a remises dans leur voie naturelle !

« Ah ! oui, j'ai encore devant mes yeux le souvenir d
la plus noble de toutes !... »

Ici, le chevalier s'arrêta, comme s'il eût été affaibli ou
hésitant ; nous nous rapprochâmes un peu ; il s'er
aperçut, et il reprit d'une voix plus émue :

— Elle était jeune, elle était belle, elle avait tous le
talents et toutes les grâces ; elle portait au front la cou
ronne des patriciennes, et dans le cœur le germe d
toutes les vertus. Bien comprise, bien aimée, bien dirigée
elle eût jeté dans le monde, et, après elle, elle eût laissé
dans l'histoire la traînée lumineuse qui marqua le passage de cette Victoire Colonna, marquise de Pescaire
saluée dans la vie et dans la mort par l'admiration e
par le respect des hommes...

La voix du chevalier faiblit encore et se tut de nouveau. Pendant que nous nous rapprochions de lui avec

précaution, je jetai un regard sur la contessine. Elle
avait les yeux humides et le visage penché sur sa poitrine. Madame du Guénic, très-émue, pressait convul-
sivement l'une de ses mains, qu'elle tenait dans les
siennes.

— ... Aimée, reprit doucement et lentement le chevalier, elle le fut, elle dut l'être. Quelle froideur aurait osé
ou pu braver cette élégante et splendide nature? Comprise, elle le fut peu ; dirigée, elle ne le fut pas.

« Le jeune patricien, à qui deux familles avaient confié
ce trésor, livra à leur propre essor cette âme, qui avait
besoin d'aliment, et cette imagination, qui avait besoin
de frein; et, perdu dans les dissipations du monde, il
attendait de la jeunese de sa compagne la prudence et
la réserve que l'âge mûr n'apporte pas toujours.

« Au délaissement, il ajouta la tentation en plaçant
près d'elle, comme chevalier d'honneur et servant, un
homme jeune, intelligent et brave, se sentant assez
d'esprit pour chercher les charmes d'une aventure, et
assez de courage pour en braver les périls.

« Attirée d'un côté, sans être retenue de l'autre, la
noble nature fléchit peut-être un instant; mais la droiture de son âme, la force de sa raison, le respect de sa
race lui imprimèrent, en la redressant, la fierté de
l'athlète, frappé mais non vaincu, et en qui la blessure
reçue est le réveil de la prudence et le stimulant du
courage.

« J'ai eu, dans un long rêve, le spectacle touchant et
navrant de ces deux beaux enfants du patriciat, qui
avaient grandi, sous mes yeux, pour goûter les hon-

neurs et les joies du monde ; qu'une double inprudenc
de jeunesse avait un moment séparés, sans les désunir,
qu'avant de quitter la terre je voulais ramener, la mai
dans la main, au seuil de leur palais.

« Pendant mon rêve, je les conduisis là-bas, devant (
tribunal où Dieu parle par la bouche de deux saintes,
j'évoquai pour eux la sagesse d'en haut.

« Il me sembla entendre une voix bien connue, qu
disait à l'homme :

« — Quel est le fondement de vos griefs ?

« Avez-vous attentivement veillé sur votre foyer ?

« Avez-vous cherché et dévoilé les piéges qui s'
cachaient ?

« Avez-vous conseillé à votre compagne de le
éviter ?

« Avez-vous, pour l'arrêter, employé l'affectio
d'abord, l'autorité ensuite ?

« Non ?

« Eh ! bien, alors, pilote qui n'avez pas tenu le gou
vernail, pouvez-vous justement décliner la responsabi
lité du naufrage ? »

« Puis, mon rêve continua, et la même voix dit à l
femme :

« — Avez-vous la ferme résolution, et vous sentez
vous le courage de réparer le passé ?

« — Oui.

« — Rentrerez-vous volontairement, librement, ave
bonheur, sous le toit qui vous avait adoptée ?

« — Oui, mais à une condition ; c'est que j'y trouvera
la protection que j'y ai d'abord attendue, et qui m'a fai

défaut. L'abandon m'avait moralement déliée ; je me sentais sans gardien et libre ; car, en s'exemptant de ses devoirs, mon protecteur se dépouillait de ses droits. Mais le foyer est le refuge et la forteresse de la femme ; son honneur et sa sûreté ne sont que là. Je suis donc résolue et prête à y chercher de nouveau une autorité qui me guide, si je suis certaine de l'y trouver. »

« Et la voix, s'adressant de nouveau à l'homme, lui demanda si ces conditions lui semblaient justes et dignes, pour l'un et pour l'autre.

« — Oui, répondit-il.

« — Et alors, tout serait oublié ?

« — Tout, se hâta de répondre la femme, excepté les imprudences de notre jeunesse, que nous emploierons notre vie à réparer. »

« Tel fut le résultat d'un jugement des Saintes ; mon cœur s'en réjouit ; mais ce n'était qu'un rêve, et je tremble de me réveiller !

« L'opinion des hommes m'inquiète ; vous êtes ici un tribunal ; pourquoi ne prononceriez-vous pas comme elles ?

« Comte Gino, vous êtes le plus jeune ; opinez le premier ; accepteriez-vous la solution de mon rêve ?

« — Pleinement, répondit-il avec fermeté.

« — Ah ! merci, merci. Votre sentiment m'assure des autres et dissipe mes angoisses. Les beaux enfants de mon affection seront réunis de nouveau. Le vieillard s'en va bien heureux : mais retenez-le un instant de plus, en lui donnant votre main loyale. »

Et tandis que le chevalier de Médrane attirait le comte

Gino d'une main pour l'embrasser; il tendait l'autre à la contessine, qui la pressait en l'arrosant de ses larmes.

A l'exception de lord Howden et de madame de la Pl.... étrangers au monde du chevalier de Médrane, de Marciole et de Beppa, qui vivaient dans la société des oiseaux et des étoiles, tout le monde applaudit à la réconciliation qui venait de s'opérer, et qui faisait évanouir le projet de duel vivement poursuivi par le comte Gino.

Seul, Albert de Moraines semblait dépité. Il dévorait la contessine du regard, et disait entre ses dents :

— C'est dommage! Jamais elle ne fut plus belle, et un coup d'épée me l'aurait ramenée; elle en vaut deux plutôt qu'un, et je les eusse donnés ou reçus avec plaisir.

— Messieurs, reprit le chevalier de Médrane, après un moment de silence, vous savez maintenant mon secret. J'ai puisé dans l'ardent et pur amour d'une femme supérieure et honnête le sentiment de l'honneur et la passion du bien.

« J'ai donc payé ma dette envers vous, comme envers sa mémoire. Désormais, mon rôle est fini et ma vie close. L'éternel repos me réclame. Je bénis Dieu d'avoir groupé autour de moi tant de bons et nobles amis, et de pouvoir adoucir l'amertume du dernier adieu par un dernier sourire. »

Pendant que l'assistance se levait et se retirait, nous soutînmes le chevalier jusqu'à sa chambre, où il me retint seul.

Il me montra un tiroir, dont il me remit la clef.

— Vous y trouverez mon testament, me dit-il, avec les souvenirs que vous remettrez à mes amis. J'ai confié à votre amitié le soin de mes funérailles. Vous établirez Beppa dans la maisonnette, bâtie près de mon tombeau, et vous lui remettrez le petit troupeau qui a été acheté pour elle.

Le chevalier resta assoupi ; mais il refusa d'être mis dans son lit, crainte d'y être surpris par le dernier sommeil.

D'heure en heure, madame du Guénic, la contessine et moi, nous nous approchions doucement de son fauteuil, et il nous demandait chaque fois si le jour paraissait encore, se montrant chagrin de notre réponse négative.

A cinq heures et demie, nous nous approchâmes une dernière fois, et nous lui dîmes que le jour allait commencer. Alors, il voulut être porté sur la terrasse.

Lorsqu'il fut sous les grands pins, il ouvrit avec effort ses yeux à demi clos, pour voir encore les montagnes. Je le tenais un peu soulevé sur son fauteuil ; madame du Guénic pressait une de ses mains, et la contessine Laura pressait l'autre.

Au moment où le premier rayon du soleil éclaira le donjon des Carmélites de la Palombara, il soupira doucement et expira dans mes bras.

ÉPILOGUE

XI

LA DERNIÈRE GARDE

A huit heures, je descendis à l'osteria, et j'annonçai moi-même au comte Gino, à messieurs de Grandfay et de Moraines, à lord Howden et à madame de la P..., la mort du chevalier de Médrane.

Quoique prévue, cette nouvelle les impressionna vivement, et il demandèrent tous à assister aux funérailles, fixées au lendemain, un peu avant la nuit, selon l'usage des Romains.

Le testament du chevalier, que je m'étais hâté d'ouvrir, pour exécuter ponctuellement ses volontés, me fit connaitre qu'il avait acheté, sur la rive droite du Tibre, près de Fiano, entre la villa Paluzzi et la Rimessa, quelques arpents ou, comme on dit dans le pays, quelques rubio de terre, où se trouvaient, à demi ruinées, d'anciennes tombes étrusques.

Il avait fait restaurer la mieux conservée. Ce terrain quoique incliné vers la vallée du Tibre, la dominait encore de beaucoup ; et, de l'entrée de la crypte, adossée à un rocher et tournée vers le levant, on apercevait, par delà le fleuve, le donjon des carmélites de la Palombara.

Le chevalier avait voulu, disait le testament, dormir là son dernier sommeil, et y monter sa dernière garde.

Il dominait assez l'église des Carmélites, pour la garder à vue ; et il en était assez éloigné pour la garder avec respect. Il avait tenu à conserver, après la mort, la distance qu'il avait observée durant sa vie.

Sur l'imposte du tombeau, dont la porte était en bronze, il avait conservé l'antique inscription étrusque :

EKA SU

ce qui veut dire : *Je suis ici,* et il avait fait graver sur le plein de la porte la devise que le lecteur connaît déjà :

TOUTES POUR UNE

C'était celle de la bague antique, bénite par le moine dans la chapelle de Corrèse, et autour de laquelle, après la mort de madame Victoire, il avait ajouté celle de Marie Stuart.

De même que la fille de Louis XV avait voulu être placée sous sa garde fidèle, il s'était placé lui-même sous la garde mystique de Beppa. Il lui avait paru doux de reposer entre la piété et la poésie ; entre la femme qui avait servi Dieu dans les splendeurs du trône, et celle qui l'invoquait dans la solitude des prairies.

Une maisonnette, élégante et coquette, avait été construite pour Beppa, sur la croupe du terrain qui monte vers Fiano ; et le testament du chevalier laissait entre les mains de la contessine une rente suffisante pour entretenir convenablement la jeune *pecoraia*, comme pour la doter, au besoin. A travers les clayons des étables, on apercevait de calmes brebis, qui demandaient à paître, et de pétulants chevreaux, qui demandaient à bondir.

Au loin se faisaient entendre de rustiques *zampogne*, annonçant que Beppa ne manquerait pas de *pastorelli*, pour faire écho à ses chansons.

Secondé par la contessine et par madame du Guénic, j'avais dressé une chapelle ardente, au centre de laquelle s'élevait, sur des gradins, le cercueil du chevalier, recouvert de sa casaque bleue de mousquetaire, avec la grande croix blanche, terminée par des fleurs de lys. Sur le cercueil étaient son épée, son chapeau et sa croix de Saint-Louis.

Le soir, Beppa, Oliva et Marciole firent la veillée du défunt.

Le lendemain, sur le tard, le franciscain du couvent de la montagne vint procéder à la levée du corps et l'accompagna jusqu'à la chapelle, où il fit l'absoute.

Un peu avant la nuit, précédés de deux files de paysans

portant des torches, nous nous dirigeâmes vers Fiano,
dont les voitures gravirent lentement les pentes. Nous
déposâmes en silence le cercueil du chevalier dans la
crypte étrusque, à la porte de laquelle, fiers et debout,
deux vieux soldats d'Arcole, ses compagnons d'armes de
l'Argonne, étaient venus l'attendre.

Après avoir fermé la porte de la crypte, nous en don-
nâmes la clé à Beppa, qui fut mise immédiatement en
possession de sa maisonnette et de son troupeau. Oliva
et Marciole demandèrent et obtinrent de passer quelques
jours avec elle.

Et, comme dit l'orateur de la chaire, en voilà pour
jamais !

*
* *

En 1847, pendant un assez long séjour à Rome, je ne
manquai pas d'aller, une nuit, dormir à l'*osteria* de
Corrèse, et, le lendemain matin, de visiter la crypte de
Fiano. La main pieuse de Beppa l'avait environnée de
fleurs, et son talent poétique, tenu en éveil par son
cœur, avait débordé en *stornelli* élégants, qu'on trouvera parmi les meilleurs recueillis par Giuseppe Tigri,
dans les *Chants populaires de la Toscane*.

Beppa, devenue grande et belle femme, et un peu curieuse à raison de son sexe, me demanda naturellement
des nouvelles de tous ceux qu'elle avait aimés.

Elle apprit avec plaisir qu'après le mariage de M. de
Grandfay avec madame Louise de Saint-Vincent, veuve
de l'amiral du Guénic, Oliva et Marciole, amies insépara-

bles, ayant acheté le célèbre *Jardin d'hiver*, fondé par Bohain, faisaient avec grâce et avec succès le commerce des fleurs, et allaient, tous les mois, visiter Jacquet, auquel on avait fait construire une fosse élégante au Jardin des Plantes.

Elle-même me donna des nouvelles de la contessine, toujours belle, toujours bonne, et qui venait la voir, tous les printemps, en allant de Florence à Rome, pour les cérémonies de la semaine sainte. Elle était quelquefois accompagnée du comte Gino, mais seule la plupart du temps.

Beppa avait noté, comme une coïncidence bizarre, le passage périodique de M. de Moraines à Fiano, à l'époque où y venait la contessine Laura. Il en demandait discrètement et respectueusement des nouvelles; mais Beppa ne s'expliquait pas la sombre mélancolie du jeune voyageur, jadis si gai, et contre laquelle avaient échoué les plus radieuses matinées du printemps, et ses chants les plus poétiques.

FIN

TABLE DES CHAPITRES

FIN

CLICHY.—Imp. PAUL DUPONT, rue du Bac-d'Asnières, 12. (1716, 76.)

EXTRAIT DU CATALOGUE

DE LA

LIBRAIRIE E. DENTU

PALAIS-ROYAL, 17 ET 19, GALERIE D'ORLÉANS.

ROMANS ET NOUVELLES

Collection grand in-18 jésus, impression de luxe

à 3 francs le volume

LIBRAIRIE DE E. DENTU, PALAIS-ROYAL

ROMANS ET NOUVELLES, A 3 FR. LE VOLUME

F. du Boys	La Comtesse de Monte-Christo	2 —
Gontran Borys	Les Paresseux de Paris	2 —
Alix Bressant	Gabriel Pinson	1 —
—	Une Paria	1 —
Emile Chavette	Défunt Brichet	1 —
—	Les Compagnons du Remouleur	2 —
A. de Cesena	Les Belles pécheresses	1 —
Du Casse	Quatorze de dames	1 —
Jules Claretie	Mademoiselle Cachemire	1 —
—	Noël Rambert	1 —
Champfleury	L'Avocat trouble-ménage	1 —
L. Colet	Les Derniers marquis	1 —
—	Les Derniers abbés	1 —
Comtesse Dash	Une Femme libre	1 —
—	Quand l'esprit vient aux filles	1 —
—	Les Soupers de la Régence	1 —
Ernest Daudet	Marthe Varades	1 —
—	Le Prince Pogoutzine	1 —
—	Jean le Gueux	1 —
Alfred Delvau	Les Amours buissonnières	1 —
—	Les Lions du jour	1 —
Charles Deslys	Henriette, histoire d'une faute	1 —
—	L'Ami du Village	1 —
Alphonse Daudet	Les Aventures de Tartarini	1 —
A. Dubarry	Le Roman d'un Baleinier	1 —
Georges Eliot	La Famille Tulliver	2 —
Etienne Enault	Comment on aime	1 —
—	Le roman d'une Altesse	1 —
—	Le Dernier amour	1 —
—	Histoire d'une Conscience	1 —
—	L'Enfant trouvé	2 —
—	L'Amour à vingt ans	1 —
—	Mlle de Champrosay	1 —
Mme Marie de l'Epinay	Contes de nuit	1 —
Expilly	Aventures du capitaine Cayol	1 —
Oct. Féré et St-Yves	Les Chevaliers d'aventures	1 —
—	Un Mariage royal	1 —
—	Les Amours du comte de Bonneval	? —
Paul Féval	Aimée	? —
—	Le Capitaine Fantôme	? —

LIBRAIRIE DE E. DENTU, PALAIS-ROYAL

ROMANS ET NOUVELLES, A 3 FR. LE VOLUME

Paul Féval.	Les Filles de Cabanil.	1 —
—	La Cosaque.	1 —
—	L'Hôtel Carnavalet.	1 —
—	La Cavalière	2 —
—	La Duchesse de Nemours.	1 —
—	Madame Gilblas.	2 —
—	Les Belles de nuit.	2 —
—	Bouche de fer.	1 —
—	Les Deux Femmes du Roi.	1 —
—	Le Drame de la jeunesse.	1 —
—	Les Errants de nuit.	1 —
—	La Fabrique de mariages.	1 —
—	La Garde noire.	1 —
—	Jean Diable.	2 —
—	L'Arme invisible.	1 —
—	L'Avaleur de sabres.	1 —
—	Le cavalier Fortune.	2 —
—	Le Château de velours.	1 —
—	Contes bretons.	1 —
—	Le Jeu de la mort.	1 —
—	Maman Léo.	1 —
—	Mademoiselle Saphir.	1 —
~	Les Mystères de Londres.	2 —
—	Les Parvenus	1 —
—	La Pécheresse.	1 —
—	La Province de Paris.	1 —
—	Le Quai de la Ferraille.	2 —
—	Les Revenants.	1 —
—	La rue de Jérusalem.	2 —
—	La Tontine infernale.	1 —
—	La Tache Rouge.	2 —
—	Le Volontaire.	1 —
—	Le Petit Bossu.	2 —
E. Feydeau	Catherine d'Overmeire.	2 —
—	Sylvie.	1 —
Fortunio.	Les Amours de Geneviève	1 —
—	Les Femmes qui aiment.	1 —
—	La Lionne amoureuse.	1 —
B Gastineau	Nouveaux romans de Paris.	1 —
Gavarni	Manières de voir, façons de penser.	1 —

LIBRAIRIE DE E. DENTU, PALAIS-ROYAL

ROMANS ET NOUVELLES, A 3 FR. LE VOLUME

Léon Gozlan	La Vivandière	1 —
Garibaldi	La Domination du Moine	1 —
E. et J. de Goncourt	Une Voiture de masques	1 —
Gondrecourt	Le Pays de la Peur	1 —
—	La Guerre des Amoureux	1 —
—	Le Pays de la Soif	1 —
Gonzalès	Une Princesse russe	1 —
—	La Belle novice	1 —
—	Le Chasseur d'hommes	1 —
—	Les Amours du Vert-Galant	1 —
—	Les Gardiennes du Trésor	1 —
Ch. d'Héricault	Les Amours d'un diplomate	1 —
Haucastel (D')	Nouvelles Histoires	1 —
Jean Hopfen	La Chanteuse ambulante	1 —
Ch. Joliet	Chérubin	1 —
L. Jourdan	Un Hermaphrodite	1 —
—	Les Martyrs de l'amour	1 —
V. Kœning	Tout Paris	1 —
—	Voyage autour du demi-monde	1 —
Henri de Kock	La Fille d'un de ces Messieurs	1 —
Ernest Lacan	Les petites gens	1 —
Aylic Langlé	La Toile d'araignée	1 —
G.-A. Lawrence	L'Épée et la Robe	1 —
—	Frontière et Prison	1 —
—	Honneur stérile	2 —
—	Guy Livingstone	1 —
—	Maurice Dering	1 —
H.-T. Leidens	Le Manuscrit de ma cousine	1 —
Hippolyte Lucas	La Pêche d'un mari	1 —
—	Madame de Miramion	1 —
Ch. Maquet	La Passion de mon oncle	1 —
A. Marx	Histoire d'une minute	1 —
Mané	Paris amoureux	1 —
—	Paris viveur	1 —
—	Paris mystérieux	1 —
Mary-Lafon	Coutumes de la vieille France	1 —
Michel Masson	La Gerbée, Contes de famille	1 —
A. Mazon	Le Vieux musicien	1 —
Antony Méray	Tribulations d'un joyeux monarque	1 —
Mocquard	Jessie	3 —

IBRAIRIE DE E. DENTU, PALAIS-ROYAL

ROMANS ET NOUVELLES, A 3 FR. LE VOLUME

LIBRAIRIE DE E. DENTU, PALAIS-ROYAL

ROMANS ET NOUVELLES, A 3 FR. LE VOLUME

Ponson du Terrail.	Le Paris mystérieux.	4 —
—	Rocambole en prison.	2 —
—	La Corde de Pendu.	2 —
—	Les Mystères des Bois.	3 —
—	Le Secret du docteur Rousselle.	2 —
—	Mon village.	3 —
—	Les Voleurs du grand Monde.	7 —
A. de Pontmartin et F. Béchard.	Les Traqueurs de Dot.	4 —
Jules Prével.	Les Stations de l'Amour	4 —
B. L. Révoil.	Bourres de fusil.	4 —
E. Richebourg.	L'Homme aux lunettes noires.	4 —
A. Robert.	La Guerre des Gueux.	4 —
Marius Roux.	Evariste Planchu.	4 —
J. Ruffini.	Lavinia.	2 —
—	Le Docteur Antonio.	4 —
—	Lorenzo Benoni.	4 —
J. de Saint-Félix.	Les Chevalières du tour de France.	4 —
H. de Saint-Georges.	Jean le Matelot.	4 —
—	Le Pilon d'argent.	4 —
Albéric Second.	La Jeunesse dorée.	4 —
—	Misères d'un prix de Rome.	4 —
Mme Anaïs Segalas.	Les Magiciennes d'aujourd'hui.	4 —
—	La Semaine de la Marquise.	4 —
L. Serignan.	Les Crimes de province.	4 —
Ernest Serret.	Les Rancunes de femmes.	4 —
Ivan Tourgueneff.	Une Nichée de gentilshommes.	4 —
Louise Vallory.	Un amour vrai.	4 —
M. de Valon.	Nouvelles et Chroniques.	4 —
Henry Vié	La Muscadine.	4 —
De Viel-Castel.	Le Testament de la danseuse.	4 —
Marquis de Villemer.	Les Femmes qui s'en vont.	4 —
Pierre Zaccone.	Les Drames de l'Internationale.	2 —
Femme de chambre.	Mémoires écrits par elle-même.	4 —
A******	Les Amis de Madame.	4 —
A******	Les Amazones de Paris.	4 —
Une Femme du monde	Le Roman d'un Sportmann.	4 —

LIBRAIRIE DE E. DENTU, PALAIS-ROYAL

ROMANS ET NOUVELLES, A 3 FR. 50 C. LE VOL

Collection grand in-18 jésus à 3 fr. 50 le volume

Du Casse	Les Suites d'une partie d'écarté	1 —
A Gouet	Une Caravane dans le désert	1 —
G. Elliot	Adam Bède	2 —
—	La Dette de famille	1 —
Emile Gaboriau	L'Affaire Lerouge	1 —
—	Les Cotillons célèbres	2 —
—	Le Crime d'Orcival	1 —
—	Les Esclaves de Paris	2 —
—	Le Dossier n° 113	1 —
—	Les Gens de bureau	1 —
—	Monsieur Lecoq	2 —
—	La Vie infernale	2 —
—	Le 13e Hussards	1 —
—	La Clique dorée	1 —
—	Les Comédiennes adorées	1 —
Marc Pessonneaux	La Pretentaine	1 —
J. de Saint-Félix	Les Nuits de Rome	1 —
Société des gens de Lettres	Les Plumes d'or	1 —
Ivan Tourgueneff	Nouvelles Scènes de la vie russe	1 —
Ch. Yriarte	Les Célébrités de la Rue	1 —
A***	Mémoire d'un proscrit	1 —

LIBRAIRIE DE E. DENTU, PALAIS-ROYAL

ROMANS ET NOUVELLES, A 2 FR. LE VOLUME

Collection grand in-18 jésus à 2 fr. le volume

www.ingramcontent.com/pod-product-compliance
Lightning Source LLC
Chambersburg PA
CBHW070327030726
47505CB00004B/1117